W0032438

L'ALLÉGRESSE DE LA FEMME SOLITAIRE

IRÈNE FRAIN

L'ALLÉGRESSE DE LA FEMME SOLITAIRE

ÉDITIONS DU SEUIL
*57, rue Gaston-Tessier, Paris XIXe*

ISBN 978-2-02-148861-6

www.seuil.com

À la mémoire de Fernando Librado
– homme de mémoire s'il en fut.
Et au Peuple des Coquillages.

Comme la plupart de ses protagonistes, l'héroïne de ce roman a bel et bien existé. Son parcours a suscité l'intérêt, voire la passion, de nombreux chercheurs américains.

Elle demeure malgré tout énigmatique, ce qui a récemment conduit l'un de ces chercheurs à déclarer : « Ce destin est une page blanche en attente d'une fiction. »

Une phrase à ne jamais prononcer devant un romancier.

« Nous sommes de la même étoffe que les rêves et notre courte vie est tout emmaillotée de sommeil. »

Shakespeare, *La Tempête*

– 1 –

La question

Tout dépendait. Pour certains, c'était arrivé l'année où les baleines tardèrent tellement à quitter la baie. Pour d'autres, l'histoire commença juste après l'attaque de la ville par les bandits.

Ou bien les gens se repéraient à un événement familial. Un deuil, un mariage, une naissance. Là aussi, ça dépendait.

Ils se rappelaient quand même que c'était l'époque où les propriétaires de ranches et les commerçants de la ville avaient été obligés de payer des impôts. Mais ils étaient incapables de citer l'année, 1853. Il faut dire que le pays était engourdi dans une sorte de non-temps. On tombait encore sur des habitants qui ignoraient leur âge exact, surtout les Indiens.

Certains jalons chronologiques qu'ils s'étaient bricolés étaient surprenants. Les marins, par exemple, se souvenaient que les courtiers chinois de San Francisco avaient acheté les peaux de loutres de mer et les ormeaux séchés à des prix extravagants. Il s'est aussi trouvé quelques-uns pour dire : « C'est arrivé l'année où la beauté de doña Antonia s'est flétrie. »

Le Dr Shaw, lui, si on lui avait posé la question, aurait certainement répondu : « C'est l'année où je me suis mis à croire au destin. » Il ne voyait pas d'autre façon d'expliquer pourquoi il avait été mêlé à cette histoire. Ça avait tenu à un rien. Un rien qui l'avait conduit à vivre la période la plus tourmentée de sa vie.

Mais il est très peu probable qu'on l'ait interrogé. Il ne se confiait pas. Pas même à sa femme, pas même à son fils. Dès la fin de l'affaire, il s'était fermé, convaincu que cette année-là, et pour la première fois de sa vie, il avait été le jouet de forces obscures. Il s'obligeait à ne pas y penser. Il croyait avoir tiré un trait.

Des décennies plus tard, curieusement, lorsque les autres témoins ou protagonistes de l'affaire eurent disparu et que les journalistes se crurent autorisés à sonner chez lui, il les reçut tous. Il éludait aussitôt. Il avait sa méthode : urbanité, charme, manières exquises, ellipses, fausses confidences. Et une science consommée de l'esquive. Il pratiquait comme personne l'art de l'évaporation.

La veille de ses soixante-quinze ans, par conséquent, quand le Dr Shaw introduit dans son bureau-bibliothèque un jeune reporter tout feu tout flamme qui a fait le voyage de Chicago pour lui poser ce qu'il nomme désormais « la question » puisque c'est toujours la même : « Qu'est-ce qu'il y avait derrière cette histoire, vous le savez, vous ? », il est absolument sûr de lui : ce jeune rouquin, en moins d'une demi-heure et pareil à ses confrères, se retrouvera dans la rue sans en savoir plus long qu'à l'instant où il a franchi le seuil de sa villa. Il n'aura même pas compris ce qui lui est arrivé. Sauf que cet après-midi-là, comme trente-cinq ans avant, un rien vient s'en mêler et ce rien (que le Dr Shaw, par la suite, ne manquera évidemment pas d'attribuer à un nouveau tour du destin), c'est l'article que lui tend le jeune reporter.

Pour être précis, il s'agit de la une d'un quotidien depuis longtemps défunt. Son papier a pris une teinte bistrée et paraît fragile. Aussi le rouquin, au lieu de découper ce long entrefilet, a-t-il préféré le signaler en l'entourant d'un trait de crayon.

Ce cercle a été tracé d'une main légère, on le distingue à peine. Ça n'a aucune importance, le Dr Shaw a compris de quoi parle l'article. Il a suffi qu'il lise son titre et le nom du journal pour qu'il se souvienne : on le lui a déjà montré. Il se rappelle aussi que c'était six mois après sa parution. On ne parlait plus guère de l'affaire et celui qui lui avait tendu le journal lui avait dit : « Lis ça. On parle de toi. »

Il avait refusé. Il avait déjà décidé de s'en remettre à l'érosion de l'oubli. D'avancer en aveugle, de ne plus jamais se souvenir.

Était-ce seulement possible ? Il ne savait pas. Il essayait. Ça ne marchait pas si mal.

Pour ce qui est de cette gazette, en tout cas, les faits lui avaient donné raison. Elle avait vite sombré et personne n'avait plus songé à lui parler de cet article. Comment imaginer qu'on puisse le lui ressortir trente-cinq ans après ?

San Francisco Daily Herald,
8 septembre 1853

Un voyageur fraîchement débarqué du steamer *Goliath* nous rapporte un événement pour le moins singulier survenu il y a une semaine sur le rivage de la mission Santa Barbara. Lors d'une chasse sur l'île désolée de San Nicolas, à quatre-vingts miles au large du pueblo de Los Angeles, le vieux pionnier et capitaine émérite George Nidever a découvert une femme indienne sauvage et l'a ramenée sur le continent.
L'inconnue est présentement logée sous son toit. C'est là que notre voyageur a pu l'observer, revêtue d'une robe de plumes noires assortie d'une cape d'une matière identique, et entourée du monceau d'objets qu'elle a tenu à rapporter de son île. Il affirme que c'est la plus belle Indienne qu'il ait jamais vue en Basse-Californie et même dans les nombreux pays d'Amérique qu'il a visités. Elle ne s'exprime que par signes, sa langue étant incompréhensible.

Depuis son arrivée, elle est d'excellente humeur et ne s'est montrée aucunement surprise par les merveilles de la civilisation, sauf lorsqu'elle a mis le pied sur le rivage et qu'elle s'est soudain trouvée en présence d'un cavalier, le Dr J. B. Shaw, régisseur de l'île de Santa Cruz. Croyant que le Dr Shaw et sa monture ne formaient qu'une seule et même créature, et le prenant sans doute pour on ne sait quelle mystérieuse divinité, la femme sauvage a été saisie de terreur et s'est prosternée à ses pieds.
Le Dr Shaw a longtemps exercé la médecine, il a su la rassurer avec la délicatesse nécessaire. On lui a donc confié le soin de veiller sur la santé de la sauvage, ainsi que la tâche de déchiffrer sa langue, étant donné ses connaissances étendues en matière d'idiomes exotiques.

R. B. Ederson

Le Dr Shaw lit l'article ligne à ligne, mot à mot, comme un de ces contrats qu'il signe depuis qu'il s'est lancé dans les affaires – il est maintenant à la tête d'un petit empire immobilier ; dans une vallée où il n'y avait jusque-là que des terres livrées aux coyotes et aux chevaux sauvages, il a construit une ville.

Il finit par relever le nez du journal :

– Où avez-vous trouvé ça ?

Puis, sans attendre la réponse du journaliste, il explose :

– Foutaises ! Ça ne s'est absolument pas passé comme ça !

Au sens littéral du terme, il est hors de lui. Il ne sait plus où il est, qui il est, s'il pense tout haut, s'il rêve, s'il se souvient.

En fait, il voit. Il voit et il entend. Et ce qu'il voit et entend lui semble aussi limpide que l'eau d'un atoll.

Il voit la plage, celle qui déroule son long croissant à un kilomètre et demi de ce bureau où il fait face au journaliste. La mer est extrêmement lisse, le soleil tape et ainsi qu'aujourd'hui il est une heure de l'après-midi. Sur le pont de la goélette – elle s'appelle *Cora*, ça lui revient aussi –, une femme danse, chante, tout entière à sa joie.

Comme tous les navires, la goélette a mouillé derrière la ligne des brisants. Les hommes du bord viennent de mettre le canot à la mer. Ils font de grands signes à la femme. Ils veulent qu'elle les rejoigne. Elle s'y résigne.

Le capitaine est à bout de nerfs. Dès que la femme a sauté dans le canot, il part à l'assaut de la barre.

Il connaît bien la manœuvre. Le canot épouse la crête des vagues, manque de disparaître dans les bouillons d'écume mais s'en extrait très vite et file d'un trait vers la plage.

La marée est descendante. À l'approche du rivage, les rouleaux, comme le vent, s'épuisent. La femme, cette fois, ne fait pas de difficulté pour quitter le canot ; elle est la première à bondir sur le sable. Les hommes d'équipage sautent à leur tour et, sans désemparer, hissent la barque en haut de la plage. Elle les suit.

Elle boite légèrement mais sa démarche est sûre, son port de tête, princier, et elle ne vacille pas, même à la lisière de l'estran, où des enchevêtrements d'algues étouffent le sable. Elle les repousse à grands coups de pied, arrime son regard à la crête des montagnes, aspire l'air à longues goulées, recommence à chanter et danser.

Le soleil est au zénith, tout le monde fait la sieste. Pas une voile à l'horizon. Hors le petit groupe qui vient de débarquer, la plage est déserte. Personne non plus dans les rues du pueblo.

Et soudain, jailli d'on ne sait où, un homme qui a tout l'air d'un pêcheur – chemise et pantalon dépenaillés, chapeau de paille – se poste devant une cahute où sommeillent des marins. Il hurle :

– Le *Cora* est là, sa grand-voile est jaune !

Des dormeurs ouvrent un œil, se lèvent, sondent la mer, constatent qu'il a dit vrai, la grand-voile de la goélette est bien jaune.

Un seul marin le contredit. Furieux d'être arraché à sa sieste, il couvre sa voix :

– Non, elle est blanche !

Le pêcheur maintient que la voile est jaune. Lui aussi est furieux, il injurie, vocifère. Ses cris réveillent les marins. Ils plissent les yeux à leur tour, scrutent la baie. Comme le pêcheur ne veut rien entendre, ils redoublent de hurlements :

– Le *Cora* est rentré, la voile est jaune, Nidever a réussi son coup !

Puis abandonnent la cahute et gagnent en courant la petite route corsetée d'eucalyptus et d'épineux qui longe le rivage, si aveuglés par le soleil qu'ils en titubent.

À l'endroit où on a halé le canot, la végétation s'éclaircit et la plage est à découvert. C'est là qu'ils voient la femme.

Comme sur le pont de la goélette, elle chante, elle danse. Elle est étonnamment présente, ses mouvements sont alertes et vifs, sa voix sonne clair. Les marins, à l'inverse, ont l'air de spectres.

Les voit-elle seulement ? Ses yeux sont toujours arrimés aux montagnes et aux forêts qui couronnent la baie. Son chant et sa danse semblent une prière qu'elle leur adresse et tout le reste lui paraît indifférent, la frappe sans pitié du soleil, le fracas du ressac, la ronde surexcitée des oiseaux de mer au-dessus de sa tête, les coquilles de moules et d'ormeaux qu'elle écrase de ses pieds nus.

Si c'était une folle ? Pas impossible vu la façon dont elle est fagotée : une jupe taillée à la diable dans un tissu à carreaux noirs et rouges, une chemise de marin en coton blanc, un foulard noir, une veste de la même couleur – sans doute un vêtement d'homme, elle est trop large pour elle.

Son collier, en revanche, est magnifique : des pétales de nacre reliés par une attache gris foncé. Ils sont tous frappés de points disposés comme sur un dé. Il y en a neuf.

La femme n'a pas de chapeau. Elle doit s'en passer depuis des années, ses cheveux sont décolorés. Et emmêlés, usés. Sûrement des mois qu'elle ne les a pas peignés.

Quel âge a-t-elle ? Quarante ans, cinquante ? Là encore, difficile de trancher, sa voix est un pur cristal, on croirait celle d'une enfant.

De l'enfant, la femme a aussi la grâce native. Pas un de ses gestes qui ne soit à la fois exact et beau. On en est saisi puis on se demande : pourquoi cette danse ? Et son chant, que signifie-t-il ?

On tend l'oreille. En pure perte, on ne comprend rien.

Le soleil ne flanche pas ; les sables blanchissent encore. Les marins surgis des broussailles, comme l'épouse de Loth dans le livre de la Genèse, paraissent transformés en statues de sel. L'inconnue, elle, s'entête à danser et chanter. Elle s'essouffle. Et finit par s'interrompre.

Elle brandit une grande canne. L'avait-elle en main quand elle a sauté sur la plage ou vient-elle de la sortir du canot ? Il faudrait le demander aux hommes d'équipage qui s'occupent à le vider, pas seulement du bric-à-brac qu'on trouve ordinairement à bord des goélettes et des bateaux de pêche, toiles huilées, caisses, vieilles couvertures, mais aussi paniers identiques à ceux des Indiens de la côte. Ils sont remplis d'objets les plus divers, dont un vase jaune à goulot étroit, des hameçons, un filet, et ce qui semble être un couteau – il faudrait l'examiner de près pour être fixé.

Un matelot renverse un des paniers. Un luisant tissu de plumes noires s'échoue sur le sable.

Cette femme est sans doute une naufragée. L'émotion qui la saisit à la vue de cette plage, est-ce la joie d'être sauvée ?

Pas le temps de spéculer. Un des marins qui viennent d'accourir interpelle le capitaine :

– Alors, Nidever, on a mis la main dessus ? Après tant d'années ? C'est la bonne, tu crois ?

Ledit Nidever ne bronche pas. Les matelots non plus. Ils se dépêchent de vider le canot. Des hommes d'équipage, les Indiens sont les plus rapides. On les sent pressés de s'en aller.

La femme s'est remise à chanter. Elle commence à fatiguer ; elle s'appuie sur sa canne et elle a cessé de danser.

Mais c'est comme avant, sa chanson donne le tournis. On ne sait plus qui on est, où l'on est, sur ce versant de la vie ou l'autre, le monde d'à côté, le royaume invisible dont parlent les Indiens, le Pays des Esprits, ou plus loin encore dans le ventre du Temps.

Comment s'y retrouver ? On a la tête si lourde. Tellement vide aussi. Comme le canot.

Le Dr Shaw se reprend. Il fixe le jeune reporter et grommelle :

– Qu'est-ce que je disais ?

Car il a parlé, il en est quasiment sûr.

Si c'est vrai, il a enfreint le serment qu'il s'était fait il y a trente-cinq ans : ne jamais dire un mot de cette affaire.

Il a beau se creuser la tête, il ne comprend pas ce qui l'a pris. Sa voix a flanché, puis il a eu comme un vertige et, passé, présent, il n'a plus fait la différence.

Pour tout dire, il a l'impression de sortir d'une transe. Il n'arrive qu'à dévisager, un peu sonné, le jeune reporter.

Il le trouve intrépide. Et assez futé pour comprendre qu'il a rouvert une vieille blessure.

Ce jeune homme doit aussi savoir que l'histoire de « la femme sauvage », pour parler comme l'auteur de l'article, n'a jamais été éclaircie. Ici, où la femme a débarqué, il se trouve toujours quelqu'un qui met le sujet sur le tapis. À l'instant, généralement, où l'on s'y attend le moins, lors d'une partie de pêche, à la fin d'un bal, d'un concert, lors de la visite d'un parent, voire d'un échange informel avec des partenaires en affaires. Et ça finit chaque fois de la même façon : comme un feu de forêt mal éteint, les imaginations s'embrasent, les rumeurs, les hypothèses refont surface et tout aussi fatalement, quelques jours ou quelques semaines plus tard, une rédaction envoie ici un journaliste. Ils viennent parfois de loin, Boston, New York, Atlanta ou, comme aujourd'hui, Chicago.

*

Le Dr Shaw retrouve ses esprits. Et du même coup, son tempérament pragmatique. « Le mal est fait », se dit-il. « Mais je peux encore sauver la mise. »

Il a l'esprit vif, il sait tout de suite comment. Il désigne au jeune rouquin la terrasse qui prolonge son bureau-bibliothèque :

– Si nous allions parler de tout ça face à la mer ? J'ai commencé dans la vie comme chirurgien de marine et le panorama, d'ici…

Il joue sur du velours. Depuis cette terrasse, la vue est incomparable. Outre le long croissant de sable où l'inconnue avait débarqué, on découvre toute la baie, et par-delà, le long chapelet des îles. Il les pointe à son visiteur :

– Regardez. On voit tout l'archipel. J'ai longtemps vécu dans l'île d'en face. J'avais cessé d'exercer la médecine, j'étais devenu éleveur de moutons pour le compte de l'homme qui venait de l'acheter. Cette île-là s'appelle Santa Cruz. Quand elle paraît toute proche, comme maintenant, et qu'elle vire au bleu-noir, c'est signe que le temps va changer. D'ailleurs les autres îles ont elles-mêmes changé, Santa Rosa, San Miguel, et surtout Anacapa, là, au sud de Santa Cruz. Elle aussi, on a l'impression de pouvoir la rejoindre en une heure de navigation mais c'est une illusion et la raison, c'est que le vent va se lever. Ensuite, il y aura un coup de chien. Certaines fois, il pleut tellement que les canyons s'engorgent. Ils se transforment en torrents de boue et l'océan, tout le long de la côte, n'est plus qu'une soupe marronnasse…

*

Le Dr Shaw sait y faire avec ce jeune reporter et ce n'est pas seulement son art de l'esquive, il est conscient de ses atouts, sa prestance restée intacte en dépit des soixante-quinze ans, la finesse de ses traits, son côté dandy – barbe et maintien impeccables, cheveux blancs mais drus, tout juste un début de ventre. Et bien sûr, ses yeux. Leur bleu transparent, il l'a souvent remarqué, met les gens en confiance.

Les yeux du jeune homme ont presque la même teinte que les siens mais ils sont durs. Sa bouche aussi ; il semble déterminé à ne pas quitter les lieux sans en savoir plus.

Le silence n'en finit pas. Il va falloir le meubler.

Le Dr Shaw change de tactique. Il prend cette fois le ton de la confidence :

– À la vérité, quand je repense à la journée où cette affaire a commencé, elle me paraît irréelle. Pas très étonnant car on m'avait arraché à ma sieste, et moi, je suis comme tout le monde dans ce pays, j'aime faire la sieste. Sur ce point d'ailleurs, cette ville n'a pas changé. Ce n'est pas pour rien qu'on la surnomme « la Belle Endormie »…

Le gamin cesse de fixer la mer. Il se tourne vers lui, surpris et même adouci. Il a mordu. Il va tout gober.

Enfin gober, il ne faut pas exagérer. Il ne s'agit pas de lui raconter des bobards. Il faut être plus subtil, lui servir de la vérité arrangée. Sur le ton qu'il faut, comme d'habitude. Il sera maintenant un brin mélancolique.

*

– Quand je dis « ville »… C'est un bien grand mot. En ce temps-là, on disait « pueblo ». Parce que, ici, qu'est-ce qu'il y avait comme habitants ? Deux mille cinq cents, trois mille à tout casser. Et encore, en comptant les gens qui possédaient des ranches sur les hauteurs. Une seule rue à mériter ce nom, State Street, celle qui reliait le village à la mission – vous avez dû la prendre en débarquant du steamer. Deux entrepôts, quelques cahutes sur la plage, c'est d'ailleurs dans une de ces cabanes qu'a commencé notre pharmacien. Si vous aviez vu ça. Et le reste… Pas de villas, pas de parcs, rien que des maisons de pisé ; minuscules, comme celle que je louais à l'époque ; et des ruelles biscornues, des bastringues, des gargotes. On a presque tout rasé, sauf le castillo, la chapelle, la caserne et les demeures des vieilles familles espagnoles qui tenaient encore le pays.

Le Dr Shaw marque une pause. Il faut toujours avoir l'air songeur quand on feint d'égrener des souvenirs.

Cela dit, il n'invente rien. Donc continuer, un jeu d'enfant.

– C'était une époque bizarre. Les Américains venaient de conquérir la Californie et quantité de choses changeaient. Ils commençaient à mettre au pas les familles espagnoles – ou mexicaines, je ne sais plus, c'est tellement loin. En ce temps-là il y avait aussi des bandits mais les Yankees savaient y faire. Ils organisaient des élections, on choisissait un shérif, un maire, un juge du comté. Ils s'arrangeaient pour qu'on élise des hommes à eux, et la grande affaire, dès qu'ils étaient en place, c'était d'arpenter les terrains, établir un cadastre, décider qui possédait quoi puis dessiner des plans avec des rues qui se croisaient à angle droit. Ensuite, les gens qui avaient de l'argent achetaient des lotissements et construisaient des maisons. Dix ans plus tard, on avait des banques, des magasins, des immeubles en briques, des églises, des écoles, des hommes de loi, un tribunal, une prison digne de ce nom – avant, dès qu'on bouclait un voyou, il se faisait la belle. Moyennant quoi, il ne se passait pas grand-chose ici. Donc cette femme inconnue qui débarque, sur le coup, ça a tourneboulé les gens. Mais ils ont vite oublié, moi le premier. C'est comme toujours, la vie continue.

*

Le Dr Shaw désigne maintenant les bâtiments de la ville :

– Et regardez ce qu'on a construit : la mairie, la poste, les hôtels, le brise-lames, le quai pour les steamers, le train, la gare, l'éclairage au gaz… Il n'y avait rien de tout ça quand je suis arrivé. Même pas de phare, là-bas, au bout de la pointe. Alors que le nombre de naufrages, entre les îles et ici… Au moins deux par an, si ce n'est trois. La baie, lorsqu'on la regarde depuis cette terrasse, on la prend pour une mare aux canards mais les courants sont terribles, et par là-dessous, c'est un cimetière de bateaux.

Il cesse soudain de parler. Il s'est pris à son jeu. Il a de nouveau l'impression d'être aspiré par un siphon.

Il parvient à se calmer. Il lâche la rambarde de la terrasse et dévisage le gamin. Il a quoi ? Vingt ans. Et l'envie féroce de réussir là où tous les autres ont échoué.

Ça l'émeut. Il lui a ressemblé. C'est justement ce qu'il a voulu oublier.

Il s'attendrit : « Je ne peux pas le laisser partir comme ça. » Et il décide de lui servir un petit rabiot d'histoires.

Arrangées, là encore. Pas grand-chose, juste de quoi l'empêcher de sécher tout à fait devant sa feuille blanche et de désespérer du métier de journaliste. Mais ensuite, pas de quartier. Ce jeune reporter sera traité comme tous ceux qui sont venus lui poser *la* question : « Excusez-moi, j'aimerais continuer, seulement j'ai à faire ailleurs, je dois filer. » Puis rideau.

– Moi, pour être franc, ce qui m'a frappé dans cette histoire c'est qu'elle s'est passée l'année où les baleines ont tellement tardé à quitter la baie. Ce n'était jamais arrivé, tout le monde s'étonnait de les voir rester. Elles s'en vont généralement entre le 15 juillet et le 1er août. 1853, c'est la seule année où j'ai vu ça.

« Elles sont parties un lundi, je me rappelle. Et si j'ai gardé cette anecdote en tête, c'est que ça me turlupinait, moi aussi, qu'elles ne s'en aillent pas. La preuve, je me souviens de la date où elles ont gagné le large : le 29 août. Donc la femme sauvage – ou la Femme Solitaire, comme on a fini par l'appeler – a dû arriver le 30. Ou le 31, il faudrait que je vérifie.

« Ce jour-là, je me souviens aussi, les gens étaient tristes, c'est toujours comme ça ici quand les baleines s'en vont. Ils étaient soulagés de voir les choses rentrer dans l'ordre, mais tout de même, ça les rendait mélancoliques.

« Moyennant quoi, baleines ou pas baleines, cette époque-là, c'était le bon temps. On ne peut pas dire que ça ait changé. Rien que le climat. Le meilleur de la Californie, jamais de gelées. La preuve, mon parc. On est en décembre et il y a des fleurs partout. Les arbres aussi, toujours verts. De temps en temps, on a des tempêtes ou du brouillard qui nous plombe le ciel. Seulement ça dure quoi ? Une semaine. Il y a bien sûr la sécheresse mais on exagère, une tous les vingt-trente ans. Même chose pour les coulées de boue. Et qu'est-ce que c'est à côté du reste ? Tenez : vous avez vu ? Tout là-bas, derrière la chapelle, ces champs d'orangers...

C'est le moment crucial. Prendre soudain un air absent puis contrefaire l'homme qui sort d'un rêve :

– Comment j'ai pu oublier ? Il faut absolument que je me rende sur un chantier. J'ai dû vous en parler, je pense. Oui sûrement, je vous ai dit, cette ville que je viens de fonder là-haut, derrière les montagnes...

Le reporter n'y voit que du feu. Donc en profiter pour s'évaporer, léger, en elfe.

*

Comme toujours, c'est à sa femme que le Dr Shaw confie le soin d'exfiltrer l'importun. Elle est rompue au scénario. Dès que son mari la prévient que son entretien est fini, elle entre en scène. Elle pénètre dans le bureau, renouvelle au reporter les excuses de son mari et lui propose de visiter le jardin.

Le Dr Shaw a toute confiance en elle. Sur ce qui s'est passé ici il y a trente-cinq ans, elle ne connaît que ce qu'en disent la rumeur et la presse. Elle vivait au Canada ; le docteur et elle se sont rencontrés dix ans après les événements. Quand elle a posé « la question » – c'était inévitable –, il a éludé.

Il est allé se réfugier dans sa chambre. Depuis sa fenêtre, il voit sa femme, toujours aussi urbaine, emmener le jeune homme dans leur jardin exotique. Il a l'air enchanté, il s'incline à plusieurs reprises devant Mme Shaw ; il se fend même d'un baisemain. Puis il gagne la jetée où le steamer va bientôt accoster. Le Dr Shaw, lui, rejoint son bureau.

Il se produit alors un nouveau « rien ». Un fait anodin qui change le cours des choses.

C'est vraiment un rien : en face de lui, les reliefs de Santa Cruz semblent beaucoup plus nets qu'une heure plus tôt. Et l'île a l'air très proche. Signe qu'un coup de chien se prépare.

D'ordinaire il se dit – pensée mécanique : « Je vais consulter le baromètre. » Cet après-midi-là, il se fait une réflexion d'un tout autre ordre : « C'est sans doute ça, la vieillesse. Le passé, à l'approche de la fin, qui devient de plus en plus net. »

Ça devrait l'accabler. D'autant qu'il n'a toujours pas compris ce qu'il lui a pris après qu'il a découvert l'article du *San Francisco Daily Herald*. Ce passé qui bouscule le présent, l'envahit et, pour finir, le parasite, serait-ce un signe de l'âge ? Trop de souvenirs, depuis trop d'années ?

Sans doute. On a beau donner le change, s'obliger à oublier, se répéter qu'il faut toujours avancer, ne jamais renoncer, le barrage, un jour, finit par céder.

À cette seule idée, la fatigue l'écrase. Dans un angle de son bureau, il avise un sofa d'acajou – un vieux souvenir, lui aussi. Il s'y allonge et, presque aussitôt, s'endort.

*

Il est réveillé par la pluie qui flagelle son jardin. Il ne s'est pas trompé, le temps a changé.

Il a oublié de fermer la porte qui sépare son bureau de la terrasse. Il devrait se lever et la verrouiller. Il n'en fait rien et préfère, comme à l'époque où il sillonnait le monde sur des trois-mâts, se mettre à l'écoute de la respiration du vent – il a dû forcir, on entend le beuglement que pousse toujours le steamer lorsqu'il double la pointe du phare.

Il se décide enfin à se lever et se dirige vers la porte. Avant de la fermer, il jette un dernier regard à l'île. Elle est plus nette que jamais. Il se fait la même réflexion que la fois d'avant : « C'est comme le passé. Tout ce que j'ai voulu oublier qui revient. »

Il y a malgré tout une différence de taille. Cette pensée ne l'accable plus. Il se dit : « Le passé revient et alors ? Même les jeunes sont l'otage de leur mémoire. »

Et c'est prodigieux : comme à l'instant où il avait fini de lire l'article du *San Francisco Daily Herald*, le présent, celui du riche et respecté Dr J. B. Shaw, rejoint l'époque où la femme avait débarqué sur la plage – c'était aussi celle où ses amis l'appelaient James. Mais à l'inverse de ce qui s'est passé lorsqu'il a achevé de lire l'article, ça se fait tranquillement. Il se laisse envahir par ce flux de mémoire vive. Il y consent, s'y abandonne, confiant, telles ces petites barques que l'on voit se livrer, par les jours sans vent, à la marée qui va les ramener au rivage. Le passé est toujours vivant : pourquoi s'en inquiéter ? Tous les acteurs et les témoins de cette vieille histoire ont disparu, l'inconnue aussi ; les sept semaines où elle a vécu ici n'appartiennent qu'à lui et il est libre de les revisiter quand bon lui semble et comme il l'entend, peu importe qu'en les ressuscitant il les recompose, les remanie, les refonde, les enchevêtre au point, parfois, de les réinventer. La mémoire est la jumelle de l'imagination et cela seul compte : que le temps et l'oubli n'aient pas le dernier mot, que le vieillard qu'il sera bientôt puisse retrouver l'homme dans la force de l'âge qu'il était encore l'année où il s'est mis à croire au destin.

– 2 –

La vieille histoire

Il faut l'admettre : ce qu'il a dit au jeune reporter n'était pas seulement de la vérité arrangée. Il lui a menti sur plusieurs points, menti franchement. Pour commencer, cette époque-là, où il n'était encore que James, n'avait rien du bon temps. Et si le départ tardif des baleines alarma à ce point les gens du pays, c'est qu'ils croyaient aux signes, comme les Indiens. Plus l'année s'était avancée, plus ils en avaient découvert. D'abord la sécheresse, qui se faisait sévère. Il n'était pas tombé une goutte d'eau depuis le mois de décembre. Beaucoup de sources et de puits s'étaient taris. Les rancheros perdaient du bétail ; et quinze jours avant l'arrivée de l'inconnue de la plage, les forêts de l'arrière-pays avaient pris feu.

On avait fini par questionner les Indiens. Ils avaient unanimement grommelé : « Jamais vu ça. » Ça avait troublé les Blancs. Puis ils s'étaient rassurés : « Qu'est-ce qu'ils en savent ? Il n'y a plus personne chez eux pour se souvenir. »

Ce n'était pas tout à fait vrai. Les Indiens avaient gardé la mémoire des temps anciens mais elle était maigre. Ils mouraient le plus souvent aux alentours de la quarantaine, épuisés par la tristesse et les travaux des champs. Au début du siècle, lorsque les missionnaires les avaient arrachés à leurs villages, leurs tribus s'étaient disloquées. Les maladies avaient décimé leurs ancêtres. Ou ils avaient été trucidés pour avoir fomenté des révoltes et refusé de se convertir à la Vraie Foi. Les vieux qui avaient survécu n'aimaient pas parler du passé à leurs enfants. Ils avaient peur qu'ils subissent le même sort qu'eux.

On pensa au seuil de l'été que la catastrophe prédite par les signes était arrivée. Les hors-la-loi qui rôdaient depuis deux ans dans les canyons et sur les cols étaient descendus dans la baie. Ils s'en étaient pris à l'embryon de ville qui venait de sortir de terre ainsi qu'au vieux pueblo ; ils avaient tenté de mettre les habitants en coupe réglée puis ils avaient squatté un ranch.

Il y avait eu des fusillades, des lynchages, jusqu'à une bataille rangée. On avait réussi à refouler la bande dans les montagnes mais tout le monde le savait : le répit serait bref. Les gens, depuis, vivaient sur les nerfs. Surtout les déçus de la ruée vers l'or qui avaient transporté ici leurs dernières illusions.

Ceux-là, davantage que les autres, voyaient des signes partout. Ils n'arrivaient pas à les déchiffrer et ça les mettait à cran ; on aurait dit des joueurs qui essuient perte sur perte mais ne se décident pas pour autant à quitter la table de jeu – c'étaient d'ailleurs des clients assidus des tripots qui venaient de s'installer dans les ruelles les plus mal famées du pueblo. Ils n'arrêtaient pas de se demander : « Je pars ? Je reste ? » Ils restaient.

À flanc de montagne, depuis les bâtiments délabrés de leur mission, les trois Padres en charge de toutes ces âmes inquiètes suivaient de près la progression des peurs. Ce n'était pas bien sorcier. Avec la confession, ils disposaient d'un excellent service de renseignement. Ainsi, début août, quand on commença à s'alarmer de l'obstination des baleines à flemmarder dans la baie, le supérieur de la mission, le Padre González, fut informé d'une vérité contrariante : certaines de ses ouailles dissimulaient sous leurs chemises des talismans indiens et leur nombre était sans cesse croissant.

Il choisit d'ignorer. Pour autant, il se devait d'agir. Il alla au plus simple : à la peur, il opposa la peur. Il était coutumier du fait ; du matin au soir et dans le moindre de ses prêches, il parlait d'expiation. Il devint plus précis, évoqua les feux de l'Enfer et proféra à tout propos le mot « punition ».

Punition de quoi ? Il ne le disait pas.

Le Dr Shaw a menti à son visiteur sur un autre point : la sieste. Il l'a en horreur.

Question de nature. Il ne s'est jamais senti plus vif et énergique qu'en milieu de journée. Il dort du reste assez peu – à peine six heures par nuit. À vingt ans, il était déjà ainsi.

Ce point n'est pas aussi secondaire qu'il y paraît car en ce mercredi 31 août 1853 (là encore, il a brouillé les cartes ; il se souvient parfaitement de la date de l'arrivée de la femme), s'il se retrouve à galoper sur la plage à l'instant précis où la goélette à la voile jaune jette l'ancre dans la baie, il le doit à cette incapacité à faire la sieste que les gens d'ici considèrent comme une infirmité.

Cela dit, il serait volontiers resté chez lui si son voisin n'était soudain venu tambouriner à sa porte :

– Docteur Shaw, le coffre qu'on vous a volé hier soir… On a mis la main dessus et celui qui l'a découvert va vous le rapporter. Il est en route !

Il ouvre. Il déteste son voisin, un vieil homme aux yeux écartés et au nez plat à qui il a toujours trouvé une tête de crotale. Mais il tient à cette malle et ce que lui dit ce serpent lui fait l'effet d'un miracle. Selon le voisin, l'homme qui est tombé dessus est un de ces pêcheurs bouffis d'alcool qui finissent leurs jours dans des cahutes qu'ils ont construites à l'extrémité sud de la plage. Il aurait découvert le coffre dans un buisson de roseaux, identifié son propriétaire au vu de la plaque de cuivre vissée sur son couvercle, *Dr J. B. SHAW, Glasgow*, et se serait souvenu que ce Dr Shaw l'avait soigné juste avant qu'il cesse d'exercer la médecine pour aller monter un élevage de moutons dans l'île d'en face. Toujours d'après le crotale, le pêcheur lui en est si reconnaissant qu'il a fait une croix sur sa sieste et emprunté un char à bœufs à un Indien afin de lui restituer la malle au plus vite.

L'idée l'effleure de demander au voisin de qui il tient ça. Il y renonce. Ici, on vit à l'affût du moindre bruit. C'est à qui en aura la primeur ; et comme tout le monde possède un cheval, les nouvelles, vraies ou fausses, galopent. Lui, James, de toute façon, rien ne l'intéresse que le contenu du coffre :

– Ce qu'il y avait dedans… On l'a retrouvé ?

– *Quién sabe.*

« Va savoir » : il aurait dû s'en douter. Dans cette petite baie, tout se sait, mais dès qu'on veut en savoir plus sur ce qui se sait, personne ne sait rien. Hier encore, lorsqu'il a découvert le vol et couru interroger ce même voisin, il lui a opposé la même réponse. Avez-vous entendu du bruit quand on a forcé ma porte ? *Quién sabe*. Qui a pu faire un coup pareil en plein jour ? Les bandits ? *Quién sabe*. Ma malle était lourde. Pour la porter, il fallait être deux. Il y a bien quelqu'un qui a vu les voleurs ? *Quién sabe*. La ruelle donne pile sur la caserne, ils n'ont pas pu passer inaperçus ; qui pourrait me renseigner ? Même à cette question-là, le voisin a répondu : *Quién sabe*. Le comble, c'est que, de son côté, le crotale n'avait pas craint de l'interroger : « Mais vous en faites une tête, docteur Shaw… Qu'est-ce qu'il y avait dans votre malle ? » Il avait dû imaginer, comme les voleurs, qu'elle était bourrée d'or. À bout de nerfs, il lui avait rétorqué : « *Quién sabe*. »

Alors aujourd'hui, fatalement, le voisin se venge. C'est le dernier d'une longue lignée de conquistadors venus chercher fortune sur la côte il y a si longtemps qu'on ne sait plus quand. Il vit seul, parle un espagnol d'un autre temps, affiche des airs d'hidalgo de la Vieille-Castille et passe le plus clair de ses journées à espionner. Il sait parfaitement si le coffre a été retrouvé plein ou vide ; dans la rue, pas mieux renseigné que lui. À tous les coups, il sait aussi ce que contient la malle. Des livres.

Ça se voit parce qu'il sourit. Ce que ça peut l'amuser, cette vermine, de voir un homme sauter sur son cheval en plein cagnard, tout ça pour quoi ? Des bouquins.

James préfère la plage au chemin qui longe le rivage. La marée descendante a découvert une large bande de sable ; elle s'offre librement au galop de son cheval.

L'animal souffre de la chaleur. Il ne regimbe pas pour autant. C'est appréciable. Ici, les seuls chevaux qu'on trouve sont à moitié sauvages.

Assez vite, cependant, il donne des signes de fatigue. Pour le ménager, James rejoint le chemin, ralentit l'allure et mécaniquement, il faut bien dire, jette un œil à la mer, ou plutôt à Santa Cruz ; il a quitté son île il y a deux jours mais elle lui manque déjà.

Il ne prête guère d'attention à la goélette à la voile jaune. Il n'a qu'une idée en tête, retrouver son coffre et, si possible, ses livres. Il ne s'alarme qu'au moment où il entend les marins crier et quitter la cahute. Il comprend alors qu'il se passe quelque chose d'inhabituel. Il scrute à nouveau la mer, s'aperçoit que le canot est déjà à l'eau et se demande s'il n'y a pas un blessé à bord. Il choisit de redescendre sur la plage.

Il reste malgré tout sur ses gardes : « Au cas où je me serais inquiété pour rien, je file. » Il a appris à se méfier des gens qui vivent dans cette baie.

C'est donc aussi simple que ça : s'il a assisté à l'arrivée de l'inconnue sans qu'on remarque sa présence et sans qu'aucun détail de la scène lui échappe, c'est un pur hasard – deux mois plus tard, il pensera : le destin. Ce qui n'empêche pas qu'il ait tout de suite flairé une affaire trouble. Tellement flairé d'ailleurs qu'il a failli faire demi-tour à l'instant où son cheval a enfoncé ses sabots dans le sable. Seulement il n'en a pas eu le temps. La femme l'a vu. Elle a soudain cessé de chanter et couru se prosterner à ses pieds.

*

Au début, elle tremblait de tous ses membres. Puis, même courbée comme elle était et le nez dans le sable, elle a senti qu'elle pouvait lui faire confiance.

Lui, il ne savait pas quoi faire. Elle l'a senti aussi, elle s'est relevée. Puis elle s'est avancée.

Elle lui souriait. Au lieu de détaler, ainsi qu'il se l'était promis, il a accueilli sa confiance.

Pleinement accueillie, comme il l'aurait fait avec quiconque se serait avancé vers lui en souriant. Il a tout de suite vu que le danger ne viendrait pas d'elle et dans la foulée il a saisi ce qui s'était passé : elle l'avait pris pour un homme-cheval. Pour un centaure, en somme. Sauf qu'elle ne pouvait pas savoir ce qu'était un centaure puisque, de toute évidence, elle n'avait jamais vu un cheval de sa vie. Donc si cette femme n'était pas folle, elle arrivait d'un tout autre monde que celui des gens qui peuplaient la côte. Quel monde, il verrait plus tard. L'urgence, c'était d'éviter la collision entre ce monde-ci et le sien. L'aider.

Il a sauté de sa selle, lui a rendu son sourire, lui a tendu la main. Elle l'a prise.

Lorsque leurs paumes se rencontrent (elles sont calleuses, comme les siennes ; il a toujours aimé travailler de ses mains et il ne l'a jamais autant fait que depuis qu'il vit à Santa Cruz), il redevient l'homme qu'il a été jusqu'au jour où il a quitté le continent pour monter dans l'île un élevage de moutons : un médecin. À l'époque où il terminait ses études, son maître l'avait prévenu : « La médecine, c'est plus qu'un savoir. Et même plus qu'un art. C'est une seconde nature. Si tu cesses d'exercer, tu verras : tu ne changeras pas. En tout, tu resteras médecin. »

Rester médecin, à cet instant précis, c'est rester sur la plage. Pas facile. Une voix ordonne : « Va-t'en. » Une autre souffle : « Tu ne peux pas. »

*

Il lâche la main de la femme, fiche ses yeux dans les siens. Elle soutient son regard et éclate de rire.

C'est d'elle-même qu'elle se moque, il faut voir ce qu'elle fait : elle enfourche deux doigts de sa main droite sur l'index de sa main gauche puis les bouge tour à tour d'avant en arrière. Elle mime le pas du cheval.

Donc elle a bel et bien pensé que la bête et le cavalier ne forment qu'une seule créature. Et maintenant qu'elle a compris sa bévue, elle en rit.

La conclusion s'impose : cette inconnue n'est pas folle. Au contraire, elle a de la suite dans les idées. Elle a immédiatement saisi qu'on ne la comprenait pas et spontanément trouvé le moyen de déjouer l'obstacle.

Elle rit de plus belle. Il rit aussi. Pendant quelques instants, leurs joies se confondent.

À présent qu'elle sait que le cheval et l'homme sont deux créatures distinctes, l'animal l'intrigue. Elle s'approche de lui.

Il ne s'effarouche pas. D'instinct, elle a su comment l'aborder. Elle a posé sa main sur sa tête, a caressé son encolure puis l'a effleurée de sa joue.

À ce moment-là, elle n'était plus que douceur. Le cheval s'est laissé faire. On aurait dit qu'ils se connaissaient depuis toujours.

Désormais c'est le maître qui l'intéresse. Elle s'assied aux pieds de James et lui fait signe d'en faire autant.

Il s'exécute. Elle ne détache plus les yeux de ses vêtements, son pantalon, ses bottes de cheval, sa chemise de coton blanc – il était si pressé de retrouver son coffre qu'il n'a pas pensé à enfiler son gilet. Elle reste un long moment à les contempler.

Il est en sueur, le col de sa chemise est largement ouvert, ça l'embarrasse.

Elle pressent sa gêne, se fait délicate. Lorsqu'elle avance la main pour toucher la chemise, elle s'y prend avec lenteur et, comme avec le cheval, douceur ; elle tâte le tissu avec précaution.

Il remarque à cette occasion que ses mains sont fines et ses poignets très frêles. Ça le surprend. Les Indiens du continent ont généralement des attaches plus épaisses.

Puis elle cesse subitement de caresser le tissu et se tourne, comme à son arrivée, du côté des montagnes. Elle soupire d'aise. Elle n'a jamais été aussi radieuse.

Pour être habitée d'une telle joie, serait-ce qu'elle soit déjà venue ici ? Seulement quand ? Et comment ? Et d'où ? Sans doute de très loin.

Cette fois-ci, ce n'est plus le médecin qui observe l'inconnue mais l'homme qui a sillonné les mers pendant quinze ans. À l'époque où il naviguait, il en a tellement vu, de ces rivages où subsistaient des tribus des premiers temps. Et combien d'îles perdues.

Des enfants déboulent. Sûrement ceux du capitaine et de ses serviteurs indiens ; sa maison se trouve à cinq cents mètres de la plage, tout à côté de la lagune salée. Comme tous les gamins du coin quand il fait chaud, ils sont entièrement nus.

Dès qu'elle les voit, la femme se lève, se remet à chanter et danser. Plus de la même façon. Au lieu de fixer les montagnes, elle se dirige vers eux et leur présente ses paumes ouvertes.

Les petits, eux aussi, ça les laisse stupéfaits. Ils ne bougent plus, ne piaillent plus.

C'est de toute évidence l'accoutrement de l'inconnue qui les interloque, son foulard de marin, ce collier en coquillages qui tressaute sur sa veste d'homme. Et surtout cette jupe à carreaux ceinturée d'une ficelle dont on se demande si elle ne va pas lâcher d'un instant à l'autre.

Ils n'osent pas s'approcher. Puis ils saisissent qu'elle les invite à danser et l'encerclent.

Lorsqu'elle se voit prisonnière de cette ronde de joie, la femme devient elle-même enfant. Elle lève les bras, pointe le soleil puis, extatique, se met à tourner, tourner, tourner. Elle est à la fois la merveille et l'émerveillement.

Les gamins l'imitent. Ils lèvent les bras, offrent leurs faces radieuses au soleil. Et tournent, eux aussi tournent, tournent. C'est maintenant du ciel que tombe l'allégresse.

Beaucoup de gens avaient vu la voile jaune, les nouvelles sont allées très vite.

Les premiers à se bousculer sur le chemin qui longeait la plage ont été les Indiens. Ils venaient à pied ou juchés sur des mules. Alors, pressés comme eux de croire à l'incroyable, des cavaliers ont déboulé.

*

Ils étaient une bonne trentaine. À leur vue, la ronde des enfants s'est disloquée et la femme, tout aussi vite, s'est retrouvée au cœur d'un nouveau cercle, celui des chevaux.

Ça aurait pu l'effrayer. Mais l'arrivée de ces cavaliers lui a paru aller de soi. Elle a continué à danser et chanter.

Rien ne semblait plus la surprendre, ni leurs bêtes, ni leurs traits durcis, ni leurs costumes, celui des hommes d'ici, des gilets et des vestes surchargés de ganses et de clous d'argent. Elle ne s'est même pas étonnée du harnachement de leurs montures. Leur cuir, lui aussi, était constellé de clous ; il y en avait jusque sur leurs muselières, leurs rênes, leurs selles.

Puis elle a vacillé. Le soleil ? Elle était couverte de sueur. Elle s'est arrêtée de danser et sa voix s'est éteinte.

Le capitaine et son équipage n'ont pas bronché. Seule une Indienne s'est inquiétée d'elle, une jeune fille qui portait un panier de pommes. Elle lui a tendu un fruit.

La femme l'a pris mais au lieu de le croquer, elle s'est approchée des cavaliers et l'a offert à une de leurs bêtes, qui l'a sur-le-champ englouti.

Le geste de l'Indienne avait dû la rassurer, elle a eu un regain d'énergie. Elle s'est remise à chanter et danser. Cherchait-elle à se donner en spectacle maintenant qu'ils étaient une bonne soixantaine sur la plage, avec les cavaliers, les Indiens, les marins, les enfants et l'équipage du capitaine Nidever ? James aurait bien voulu savoir mais son attention a été distraite par ce qui se disait autour de lui. Les cavaliers parlaient.

Les uns étaient sûrs de leur fait. Les autres, à l'inverse, hésitaient, ponctuaient leurs phrases d'un *Quién sabe*, suspendus entre le doute et l'envie de croire à un miracle.

Miracle est bien le mot. L'inconnue les émerveillait mais pas comme les enfants. Eux, ils savaient qui elle était, ils l'appelaient « la femme perdue », « la femme qu'on avait vue » ou plus étrangement encore « la femme solitaire ». Il s'est même trouvé un cavalier pour proclamer : « C'est la dernière. »

James, sur-le-champ, s'est retourné pour lui lancer : « La dernière de quoi ? »

L'homme n'a pas répondu. Les autres non plus. Une calèche venait de s'arrêter devant la trouée où s'étaient engagés les marins lorsqu'ils avaient voulu gagner la plage ; et quand on l'a reconnue, cette calèche – très facile, il n'y en avait que trois dans la ville ; les autres étaient brinquebalantes et celle-là toute neuve –, tout le monde s'est tu. C'était celle de l'ancien maire de Den. Le Padre González se tenait à ses côtés.

Le maire n'a pas bougé. Le Padre, si. Il écartait les enfants, les bousculait. Il s'est même pris les pieds dans sa soutane, a failli s'étaler sur le sable et, une fois qu'il a retrouvé l'équilibre, s'est perdu en signes de croix.

La femme, à la vue de son crucifix, de sa tonsure et de la flamme qui lui dévorait les yeux, a dû croire, comme avec James et son cheval, à un nouveau prodige : elle s'est avancée vers lui tout sourire et lui a présenté ses paumes ouvertes. Le Padre, saisi de terreur, a fait trois pas en arrière.

Ça ne l'a pas troublée. Elle s'est remise à avancer vers lui en lui présentant ses paumes. Il a alors interpellé Nidever :

– Je ne comprends pas. Pourquoi n'est-elle pas en colère ?

*

James ne s'est souvenu de cette question que bien plus tard. Le Padre n'avait pas fini sa phrase qu'il a vu sur le chemin une carriole tirée par une mule ; l'homme qui chevauchait la bête était le pêcheur dont lui avait parlé son voisin et son coffre était dans la carriole.

Il a immédiatement quitté la plage ; et lorsqu'il a vu que le couvercle de la malle avait été arraché mais que ses livres étaient là, il n'a pas hésité une seconde, il est retourné chez lui pour les mettre sous clé.

Il a mis du temps avant de rentrer. Une foule de gens encombrait le chemin. Tous se dirigeaient vers la plage, les uns à pied, d'autres à cheval ou dans des chars à bœufs, parfois à dos de mule.

Il a demandé au pêcheur d'emprunter un sentier qui contournait le pueblo. À leur arrivée, les rues, comme lors des grands enterrements, étaient quasi désertes.

Le voisin n'a pas pointé le nez. Lui aussi, à l'annonce de la nouvelle et en dépit de son âge, avait sauté sur son cheval et gagné les sables.

Sitôt chez lui, James a voulu s'assurer que ses livres étaient au complet. Le pêcheur lui avait juré qu'il avait entièrement fouillé les buissons où il avait retrouvé le coffre, et que tous ses livres étaient là. C'était sans doute vrai mais il les avait entassés dans la malle à la va-vite. Leurs reliures étaient enchevêtrées, griffées. Des pages s'étaient déchirées ; des cartes et des carnets dont il croyait s'être débarrassé émergeaient de certains volumes. D'autres étaient coincés sous des dictionnaires.

Ça aurait dû le contrarier. Il a été surpris qu'il n'en soit rien. Il se sentait vide.

Il avait l'impression, plus exactement, de ressembler à une voile quand le vent retombe. Elle se dégonfle, faseye pendant quelques instants puis s'effondre et pendouille, inutile.

Il a détourné les yeux de son coffre et laissé errer son regard sur les deux petites pièces prolongées d'un bout de jardin qui lui tenaient lieu de maison depuis qu'il avait accepté de s'occuper de l'île de Santa Cruz. Elles aussi étaient presque vides.

De les voir si nues, si blanches, l'a démoralisé. Il a pensé à chercher une autre maison mais s'est tout de suite ressaisi : pourquoi en changer puisqu'il ne revenait ici que de loin en loin, pour renouveler ses provisions, acheter d'autres bêtes, des outils, du matériel, recruter d'autres ouvriers et visiter les quelques patients qui l'avaient supplié de continuer à les soigner.

Moyennant quoi un lit, une table en séquoia, deux chaises dépareillées, un sofa découvert dans l'échoppe d'un marchand de Cochin, de la porcelaine chinoise bon marché, sa mallette de médecin et trois coffres, dont celui qu'il venait de retrouver, l'inventaire de ce petit pied-à-terre était vite fait. Et sa conclusion, imparable : « Ma vie n'est plus là. »

Il a traversé un autre moment d'abattement. Mais là encore, il a réussi à chasser ses idées noires et cinq minutes après, il galopait à nouveau sur la plage. Quelque chose l'appelait ailleurs et cet ailleurs était la femme.

Lorsqu'il a regagné l'endroit où elle avait débarqué, les sables étaient comme désenchantés. Elle avait disparu.

Plus d'enfants non plus, plus de marins, plus de cavaliers ni de Padre. Seules traces de ce qui s'était passé, le canot quille en l'air et d'innombrables empreintes de sabots et de pieds nus séparées de longues traînes d'algues assaillies par des nuées de moucherons. La mer elle-même s'était enfuie.

Il a rejoint le chemin et c'est là qu'il a compris. À cinq cents mètres, sur la piste qui menait à la lagune salée, s'étirait une file de chevaux, ânes, mules, chars à bœufs.

Comme il n'y avait là-bas qu'une maison, celle de Nidever – on disait qu'il s'y était installé à la seule fin d'abattre tout à loisir les oiseaux migrateurs qui pullulaient dans les roseaux –, il en a conclu que c'était là qu'on avait choisi de loger la femme.

En plus des marins et des cavaliers qu'il avait vus sur la plage, il remarqua des notables dans le cortège. Pour une fois, ils n'avaient pas craint de se mêler aux paysans et aux Indiens. On les reconnaissait à leurs chapeaux hauts de forme. De là où il était, cependant, il ne pouvait les identifier.

Il remarqua aussi que la procession comptait des rancheros et beaucoup de femmes. Elles, c'est à leurs robes et à leurs ombrelles noires qu'il les reconnut. On aurait pu croire, du coup, à un enterrement, d'autant que ce cortège improvisé se déplaçait à la façon des convois funéraires ; de temps à autre, sans raison apparente, il se disloquait et ensuite, tout aussi mystérieusement, se reconstituait.

Puis le vent s'est levé et le sommet d'une montagne s'est embrasé. Ça n'a rien changé, le cortège a poursuivi sa progression aveugle, à croire que toutes les peurs s'étaient dissoutes avec l'arrivée de la femme et n'allaient pas tarder à se perdre dans la mer, comme les cendres que commençait à transporter le vent.

Si la scène avait quelque chose de fantomatique, James l'a jugée conforme à ce qu'il savait des habitants de la baie : des gens rudes, violents, avides, tortueux. Pour autant, riches ou pauvres, ils changeaient du tout au tout dès qu'il se passait un événement qui, de près ou de loin, s'apparentait à une fête. Aujourd'hui c'en était une puisque nombre de leurs semblables, à l'annonce de l'arrivée de l'inconnue, avaient renoncé à leur sieste. Il fallait que tout le monde en soit et par conséquent prévenir ceux qui n'étaient pas encore là. Il n'y avait qu'un moyen pour y parvenir : faire sonner les cloches à toute volée.

James les a entendues juste après qu'il a découvert le cortège et la montagne qui prenait feu. Il s'est demandé qui, par une chaleur pareille, avait eu le courage d'escalader l'escalier du campanile qui couronnait la chapelle alors que l'incendie, à la première saute de vent, risquait de gagner la plaine et toute la baie. Y avait-il vraiment de quoi déclencher un tel concert de joie ? Avec ce carillon, soudain, il y avait du Noël dans l'air, du matin de Pâques.

Puis, cinq minutes après, quelqu'un – peut-être le même – a trouvé malin de tirer un coup de canon. Tout juste, cette fois-là, s'il a sursauté. Il n'était plus qu'à trois cents mètres du cortège et venait de s'apercevoir que la calèche du maire ouvrait la marche. Le Padre, comme tout à l'heure, était à ses côtés.

Il ne s'est pas joint à la procession. Il l'a suivie à distance. Aussi, lorsqu'il est arrivé chez Nidever, il a eu du mal à accéder à la maison ; le chemin était barré par les attelages et des dizaines de chevaux. Il a dû attacher sa bête à un sycomore.

Une fois entré, il n'a pas été au bout de ses peines. C'était la cour, à présent, qui était bondée. Il a pensé qu'il ne pourrait pas revoir la femme.

*

On a dit ensuite que la moitié de la ville, cet après-midi-là, s'était précipitée chez Nidever. James n'y a jamais cru. Autant que le goût de la fête, on avait ici la passion de l'exagération. Selon lui, trois cents personnes, pas davantage, ont couru chez Nidever. C'était déjà beaucoup, d'autant que sa maison n'était pas grande et sa cour non plus.

Il a vraiment peiné pour approcher la femme. Il savait qu'elle était là mais chacun jouait des coudes afin de la voir. On se bousculait, on s'insultait.

Il n'y eut guère que les puissants pour être épargnés de ces façons brutales. Le shérif, bien sûr, le maire, et surtout les vieux dynastes qui avaient tenu le pays pendant tant d'années, tous ces Carillo, Ortega, Noriega, La Guerra qu'on soupçonnait d'avoir partie liée avec les bandits et dont les arbres généalogiques et les haines étaient aussi enchevêtrés que les paquets d'algues sur la plage.

Ils étaient venus en nombre. En plus de leur parentèle, frères, fils, neveux, cousins identiquement raidis dans leurs gilets de velours et pantalons cloutés, ils avaient emmené leurs femmes et leurs filles, elles aussi sur leur trente et un, mantilles, dentelles, chignons cirés d'huiles parfumées et enserrés dans des peignes du même or brut que les croix qu'elles portaient en sautoir ; et comme cette escorte tribale ne semblait pas suffire, les vieux patriarches avaient rameuté leur piétaille, les descendants de soldats espagnols ou de paysans indiens qui avaient trimé pendant des générations sur leurs terres avant de toucher au Graal : se faire nommer régisseurs – en d'autres termes, leurs hommes de l'ombre.

Eux, les durs au mal, les durs à cuire (qui avaient beaucoup d'allure, il faut en convenir, dans leurs costumes en tout point identiques à ceux de leurs maîtres, aussi scintillants, aussi bien coupés), c'étaient les plus acharnés à écraser les pieds des autres. Ils en oubliaient le nom que les dynastes leur avaient donnés pour interdire la confusion avec les Indiens qui les avaient remplacés dans les champs : *gente de razón*, des gens qui ont toute leur tête, des gens bien.

Ce qui a considérablement ralenti la progression de James, c'est qu'il ignorait tout des lieux. Il avait soigné José, le plus jeune des trois fils de Nidever, mais en ce temps-là le capitaine vivait à l'autre bout de la baie, dans une vieille bâtisse de style espagnol édifiée au sommet d'un tertre qui dominait la mer – l'emplacement, disait-on, d'un village indien que les missionnaires avaient rasé quand ils avaient choisi de s'établir ici pour propager la Vraie Foi.

Là-bas, malgré l'affluence, il aurait pu facilement approcher la femme ; il connaissait l'endroit comme sa poche. Pendant la semaine où le petit José avait failli mourir, il s'y était rendu deux fois par jour et c'est ainsi qu'avec l'aide de Sinforosa, sa mère, qui avait respecté ses prescriptions à la lettre, il avait pu le sauver.

*

Paradoxalement, la foule l'a tiré d'affaire. Il a été pris dans une nouvelle bousculade et celle-là, loin de l'étouffer, l'a propulsé à l'extrémité du portique qui courait le long de la maison, à l'endroit précis où se tenait la mère de José. Il s'est retrouvé nez à nez avec elle.

Elle l'a accueilli d'un « Ah ! C'est vous ! » qui l'a réjoui, mais dans son cri, il a senti aussi l'écho d'une inquiétude ; et au coup de menton qui a suivi, il a compris que cette alarme était la même que la sienne : le sort de la femme.

Elle était assise à l'autre bout du portique, encadrée par González et Nidever. Ils attendaient de toute évidence qu'elle reprenne ses chants et ses danses – dans leur esprit, son numéro –, mais tout aussi manifestement, elle n'en avait plus la force ni l'envie : elle avait calé son dos à un mur et fermait les yeux.

Au lieu des frusques qu'elle portait quand elle avait débarqué, elle était maintenant affublée d'une tunique et d'une cape. Elles étaient faites d'un tissu de plumes noires. Sans doute était-ce le vêtement qui s'était échappé du panier à son arrivée ; et comme elle entourait ses genoux d'un de ses bras, on aurait cru un cormoran à tête humaine.

Elle avait d'ailleurs la même immobilité, la même rétraction que les goélands ou les mouettes lorsqu'ils ont été malmenés par le gros temps et viennent s'échouer sur le rivage ; plus la force de voler, rien à faire que de se laisser mourir sur le sable. La différence, c'était que la femme ne semblait pas à l'agonie. Elle n'était pas abattue ; et même ainsi, les paupières closes, elle souriait.

Nidever et le Padre ont fini par s'inquiéter de son immobilité, ils lui ont tapoté l'épaule. Elle a rouvert les yeux, mais pas en dormeuse qu'on réveille en sursaut. Elle n'a pas manifesté la moindre surprise et n'a rien changé à sa posture de femme-oiseau.

Elle souriait toujours. Avait-elle choisi d'ignorer González et Nidever ? Était-ce sa façon de leur signifier qu'elle chanterait et danserait quand elle le déciderait, qu'elle était libre ?

Le Padre a paru de cet avis. Il l'a considérée d'un air perplexe puis il a joint les mains, levé vers le ciel la même face implorante que les saints qui ornaient les murs de sa mission et décrété :

– Prions.

Nidever, lui, s'est raidi dans la pose du chasseur qui vient de rentrer chez lui en arborant une prise d'exception. Avec le regard de foudre qu'il promenait sur l'assistance et sa main refermée sur le canon de son fusil Sharps (un modèle très récent, vraisemblablement un calibre 52, l'un des plus précis), il était légitime de se demander s'il n'allait pas tirer dans le tas.

Le brouhaha a cessé. Mais comme la femme, de son côté, ne se décidait toujours pas à émerger de ses plumes afin d'offrir le même spectacle que sur la plage, le Padre a brandi son chapelet, et cette fois il s'est exclamé :

– Prions ! Pour ses péchés mais aussi les nôtres !

Un quart d'heure à marmonner un rosaire dans une cour bondée et sous un soleil de plomb : l'assistance a fraîchement accueilli son injonction. Au bout de cinq minutes de Pater et d'Ave, on s'est mis, ici et là, à chuchoter.

Sinforosa n'a pas été de reste. Elle a saisi la manche de James :

– La femme, docteur Shaw… Ce n'est pas moi qui lui ai demandé de passer son habit de plumes.

Elle n'avait pas changé, elle pressentait toujours les souffrances des autres ; et comme elle s'en croyait responsable, elle ne poursuivait qu'un seul but : les soulager, les apaiser.

– Elle a voulu s'habiller comme ça, qu'est-ce que je pouvais y faire ? Elle ne supportait plus les vêtements que les matelots lui ont donnés quand ils l'ont trouvée. Dès qu'elle est entrée dans la maison, elle s'est mise à se gratter, se gratter…

Elle mimait le geste. Pour un peu, elle se serait griffé le bras.

– Et elle était morte de soif. Les gens se battaient pour la voir. Ils ont envahi ma cuisine, j'ai dû l'enfermer dans ma chambre. Ils l'auraient étouffée.

– Vous avez bien fait. Vous lui avez donné à boire ?

– Oui. De l'eau. Elle buvait, vous auriez vu ça ! Mais elle n'arrêtait pas de se gratter, alors je suis ressortie demander conseil au Padre et au Capitaine.

Sinforosa disait toujours « le Capitaine » quand elle parlait de son mari, un trait qu'il avait souvent observé chez les femmes, comme elle, simples filles de *gente de razón* qui n'en étaient jamais revenues que des Américains aient pu s'éprendre d'elles au point de changer de religion pour obtenir leur main.

Elle désignait maintenant González, qui continuait d'égrener son chapelet à l'autre bout du portique. Fait inhabituel, elle pestait :

– Quel culot, celui-là ! Quand je lui ai dit : « La femme se gratte, je n'ai pas de quoi la soigner, emmenez-la tout de suite à la mission ! », vous savez ce qu'il m'a répondu ? « C'est ton mari qui l'a trouvée, c'est toi qui la prends, tu n'as qu'à faire avec elle comme avec tes enfants ! » Vous vous rendez compte, docteur Shaw, comme avec mes enfants ! Mais ce n'est pas un enfant, cette femme, elle a bien quarante-cinq ans, dix de plus que moi ! Et je ne comprends pas un mot à ce qu'elle dit ! En plus, c'est lui, le Padre, qui a voulu que le Capitaine aille la chercher là-bas…

James a failli lui demander : « Là-bas, où ? », mais il s'est retenu à temps, elle s'échauffait, on pouvait l'entendre.

Il a tenté de la calmer :

– Pour les démangeaisons, c'est simple. Quand la prière sera finie, vous la ramenez dans votre chambre et vous lui donnez un bain chaud. Ensuite vous prenez de l'huile, vous la massez et vous lui passez une robe en flanelle. Le Padre n'a pas tort, faites comme si c'était votre enfant.

– Ce n'est pas un enfant, c'est une folle !

– Je ne crois pas.

Sa réponse a semblé l'ébranler. Elle ne s'est pas apaisée pour autant :

– En tout cas, ce n'est sûrement pas la femme que le Padre a demandé au Capitaine d'aller chercher. Ça fait bien vingt ans qu'il n'y a plus personne sur l'île de San Nicolas.

Il a jugé prudent d'en rester là :

– Il y a trop de monde. Je passerai demain matin.

– Qu'est-ce que je lui donne à manger en attendant ?

– Ce que vous voulez du moment que c'est cuit. Et surtout pas de fruits.

Elle n'a rien répondu. Elle réfléchissait. Puis elle a soufflé :

– Je vais lui cuisiner un ragoût de mouton.

Elle s'est tue. Il était temps. Les deux autres missionnaires, Jiménez et Sanchez, venaient d'entrer dans la cour et, dès qu'on les a vus, le silence, à nouveau, s'est fait.

Quand ils ont découvert la femme – un choc sûrement plus violent que celui qu'avait subi González à son arrivée sur la plage puisqu'elle n'avait rien changé à sa posture de femme-oiseau –, il y a eu un instant de flottement. Les deux Padres, dans l'attente d'une consigne, ont dévisagé González, qui lui-même ne savait plus quoi décider. Puis ils se sont concertés à voix basse et, lorsqu'ils en ont eu fini de leurs conciliabules, Nidever avait disparu.

Ça n'a pas duré longtemps. Il a réapparu, toujours avec son fusil Sharps. Et ce fut devant lui, James :

– Vous vous donnez bien de la peine pour nous, docteur Shaw.

Il parlait comme à l'époque où James avait sauvé son fils. Mais le ton n'était pas le même et le sens non plus. Nidever lui signifiait qu'il entendait cette fois se passer de ses conseils.

Son anglais rude et d'un autre temps était à lui seul une menace. James a malgré tout trouvé la parade :

– Votre épouse vient de me donner des nouvelles de José. Je suis heureux qu'il aille bien.

Nidever a été pris de court. Mais lui non plus, il n'a pas été long à répondre :

– Vous perdez votre temps, docteur Shaw. D'ici à deux jours, cette sauvage aura trépassé.

Pour lui, les choses allaient de soi. Tellement de soi qu'il en est resté là.

Sinforosa avait-elle compris ce qu'il avait dit ? Elle ne parlait pas un mot d'anglais et il avait toujours entendu Nidever s'adresser à elle en espagnol.

Ça n'empêchait rien. Lorsqu'elle a repris James par la manche, elle était livide.

– Vous allez revenir quand même ?

– Oui.

Là encore, ce fut comme à l'époque de la maladie du petit José ; ce simple « oui » de James a suffi à lui rendre courage. Elle a aussitôt couru à l'autre bout du portique, a pris la femme par la main et l'a fait rentrer dans la maison.

*

Il n'y avait plus rien à voir mais les gens n'étaient pas pressés de partir. Maintenant que la femme avait disparu, ils n'en avaient plus que pour Nidever. Ils l'encerclaient, le bombardaient de questions. Lui si fermé d'habitude, il répondait, plastronnait. Il racontait comment il avait trouvé la femme. Il était aussi fier que s'il avait abattu un grizzli.

James a filé. Il aurait pourtant aimé écouter Nidever. Ça l'intriguait, qu'il se vante à ce point. Et comme les autres, il était mort de curiosité.

Mais à quoi bon rester ? On ne voulait plus de lui comme médecin. Ça le blessait.

Il a choisi de passer outre. Et pour ce qui était de sa curiosité, il s'est dit que le récit de Nidever, au train où allaient les choses, aurait fait le tour du pueblo avant la nuit ; son espion de voisin se ferait une joie de le lui rapporter aux premières heures du matin.

Sa patience a été récompensée plus vite que prévu. Il n'avait pas atteint le sycomore où il avait attaché son cheval qu'il a été rejoint par le juge Fernald, l'un des hommes les mieux informés du pays.

De lui, James aimait tout. Les façons directes, la blondeur, les yeux pâles, la vivacité, la jeunesse, vingt-deux ans.

Il aimait jusqu'à son nom, Fernald, il n'aurait su dire pourquoi.

Il admirait aussi sa mémoire, sa finesse, son sens du mot juste et plus généralement la précision qu'il mettait en tout.

À ce qu'il avait cru comprendre, c'est cette religion de la langue qui l'avait poussé, dès l'âge de quinze ans, à entreprendre des études de droit. Fernald vivait alors dans une petite ville de la côte est. Dès qu'il avait appris qu'on avait trouvé de l'or en Californie, il avait saisi que le pays serait un paradis pour les hommes de loi. Tout le monde revendiquerait la propriété des terres aurifères, on se battrait, on s'entretuerait puis viendrait le temps des procès. Ce filon-là, estima-t-il, ne tarirait jamais. Il décida d'aller poursuivre ses études à San Francisco.

Il avait quitté sa famille d'un jour à l'autre ; son seul bagage était une malle bourrée de manuels de droit et d'une dizaine de romans. Deux ans plus tard, il n'en restait plus rien. L'immeuble où il logeait avait brûlé et ses livres avec. Il avait voulu les sauver. Il était entré dans sa chambre en flammes, d'où la cicatrice qui dévastait la partie gauche de son visage, joue, cou, menton. Il avait terminé ses études mais, sitôt son diplôme en poche, il avait renoncé à devenir avocat et s'était installé ici, loin de tout, où il s'était fait élire juge du comté. Il passait le plus clair de son temps à arbitrer des querelles de voisinage, arpenter des domaines et interroger leurs propriétaires pour savoir quand et comment ils les avaient acquis. Ça le passionnait.

James ne le connaissait que depuis huit mois. Ils s'étaient rencontrés chez le shérif lors d'un de ses retours sur le continent. Fernald venait de s'installer. Davantage encore que le goût des livres, le chagrin les avait rapprochés. Dès leurs premiers échanges, Fernald – sans doute parce qu'il savait que James avait été médecin – lui avait avoué qu'il souffrait d'être défiguré ; James, après l'avoir écouté et sans réfléchir davantage, lui avait alors raconté ce qu'il avait tenu secret jusque-là : la mort de sa femme.

Sur ce point, il fut plus prolixe que Fernald et c'est d'ailleurs à ce flux subit de confidences qu'il comprit que, de ce jeune juge, il avait envie de se faire un ami. Il lui confessa par exemple qu'il aimait passionnément la mer. Sans sa femme, lui avoua-t-il, il n'aurait jamais quitté la marine. Elle était née à Mexico. Elle avait voulu qu'ils s'y installent. Ils n'étaient pas mariés depuis une semaine qu'elle était morte. Un tremblement de terre. Il était dehors, il en avait réchappé. Elle, elle était restée chez eux. Elle dormait, la maison s'était écroulée, on n'avait pas retrouvé son corps.

La dernière fois que Fernald et lui s'étaient vus – ce devait être deux mois plus tôt –, ils étaient convenus d'un troc. Il lui prêterait ses livres, et en échange, le juge lui passerait ses journaux.

C'était pour Fernald que James avait rapporté son coffre de l'île.

Le jeune juge, à son habitude, l'a abordé sans détour :

– Tu ne m'as pas vu ?

Il pointait, à l'autre bout de la piste, la lagune salée et, derrière une haie de figuiers de Barbarie, la maison de Nidever.

– J'étais là. Moi je t'ai vu. Quelle histoire ! On m'a raconté !

– On t'a raconté quoi ? s'est agacé James.

– Toi et la femme, sur la plage… Incroyable !

Fernald, en même temps qu'il s'exclamait « incroyable », enfourchait deux doigts de sa main droite sur son index gauche : le geste que la femme avait eu lorsqu'elle avait voulu évoquer un cavalier juché sur sa monture. Il riait à pleine gorge :

– Elle t'a pris pour un centaure !

– Et alors ?

Il a dû sentir que James était blessé. Il s'est repris. Il n'a fait que s'enferrer :

– Elle s'est prosternée devant toi, c'est quand même incroyable…

– Qu'est-ce qui est incroyable ? Qu'elle m'ait pris pour un centaure ? Ou tous ces gens, chez Nidever, qui l'ont prise, elle, pour une bête de foire ? Si la femme de Nidever n'avait pas été là !

– C'est toi qui as demandé au Capitaine de ramener la femme chez lui ?

– Non. Mais j'y retourne demain matin.

– Il y aura encore plus de gens qu'aujourd'hui.

– Je m'en doute. J'arriverai aux aurores.

*

Ils étaient maintenant en selle. Comme le chemin était toujours désert – les gens du pueblo, décidément, n'étaient pas pressés de quitter la maison de Nidever –, ils chevauchaient côte à côte. Ils fixaient l'un et l'autre le champ de roseaux où les conduisait la piste et se taisaient. Fernald se reprochait d'avoir évoqué l'histoire du centaure ; James, lui, pressentait que le jeune juge connaissait les dessous de l'affaire. Il était furieux que Fernald l'ait chambré, il s'interdisait de lui poser une seule question.

Dans leur fraîche amitié, c'était la première fois qu'il se glissait une ombre. Fernald, peut-être à cause de sa jeunesse, s'en émut plus que lui. Il garda le silence jusqu'au champ de roseaux et, lorsqu'il se décida enfin à prendre la parole, ce fut pour dire à James :

– Quand j'ai parlé d'une histoire incroyable, je ne pensais pas au centaure. Je pensais à ce qui est arrivé avant.

James ne pouvait pas laisser passer l'occasion :

– Qu'est-ce que tu attends pour me le raconter ?

Fernald ne s'est pas fait prier. Et il le lui a avoué d'entrée de jeu : ce n'était pas sa fonction qui l'avait conduit à apprendre ce que lui, James, avait toujours ignoré, alors même qu'il s'était installé dans la baie deux ans avant lui.

– Le hasard, lui dit-il. Cette histoire, les gens ne parlent qu'entre eux. Et encore, à mots couverts.

Fernald, en somme, eut du tact. Mais c'était aussi que le caractère fortuit de sa découverte continuait à le troubler. Il ralentit le pas de son cheval dès le début de son récit. Il craignait que James ne le prenne pour un affabulateur, il répéta :

– Là encore, c'est incroyable. Tu vas penser que j'invente, mais c'est vrai.

Ce qu'il raconta pouvait en effet laisser dubitatif. Quelques mois plus tôt, au moment où il prenait ses fonctions de juge et s'installait comme James dans une petite maison du pueblo, il avait passé une commande de thé au propriétaire du bazar, Lewis Burton, qui importait ici les marchandises les plus diverses, des épices de Sumatra aux salaisons de Boston, jusqu'à des vins de Bordeaux et des colifichets parisiens. Burton lui avait juré qu'il avait les moyens de le fournir en un temps record de cet Orange Pekoe dont il raffolait et de fait, un mois après, un trois-mâts en provenance d'Hawaï faisait escale dans la baie. Burton put lui remettre son paquet.

Le thé était emballé dans un vieux numéro d'une gazette d'Honolulu, le *Polynesian*. Il aurait pu s'en débarrasser mais les journaux, ici, étaient rares. Personne ne s'intéressait aux nouvelles du monde ; si d'aventure on s'en préoccupait, on interrogeait González, qui en recevait de temps à autre via les courriers que lui adressait son évêque. Fernald avait donc précieusement conservé ce numéro du *Polynesian* et l'avait lu de la première à la dernière ligne ; c'est ainsi qu'entre l'annonce de l'ouverture à Honolulu d'une école française et celle d'un arrivage de cordages, rames de satin, porc salé, thé, peignes d'ivoire, laques chinoises, et parfums français (quasiment les mêmes produits, soit dit en passant, qu'importait ici Lewis Burton), il était tombé sur un article intitulé : « Une Robinsonne Crusoé ».

Une femme abandonnée sur une île déserte et qui réussit à survivre toute seule pendant vingt ans : le titre l'a attiré. Il a cru à une version féminine du roman de Defoe et s'est précipité sur l'article. Il a été déçu ; il ne s'agissait pas d'un roman mais d'un récit. Puis il a avancé dans sa lecture et il a été de plus en plus intrigué par le nombre de détails dont son auteur, un rédacteur originaire de Boston, l'avait constellé. Il avait précisé que les événements dont il parlait s'étaient déroulés dans l'île de San Nicolas et, pour qu'on la situe, il avait livré sa latitude et sa longitude : 33. 43 N, 118. 14 W. Il avait également mentionné la distance qui la séparait du port le plus proche, quatre-vingts miles nautiques, et donné le nom de ce port, San Pedro, non loin de Los Angeles. Le théâtre de ce récit n'était donc pas très éloigné.

Fernald possédait une carte de la côte. Il a vérifié. L'île existait bel et bien et les chiffres étaient exacts. Même si l'affaire ne datait pas d'hier – d'après le journal, elle remontait aux années 1830 –, les habitants de la baie la connaissaient forcément. Il a relu l'article.

*

– Je l'ai décortiqué comme si c'était un texte de loi ou un acte de propriété, a poursuivi Fernald. C'est le seul moyen d'arriver à voir clair quand quelque chose te chiffonne. J'ai donc procédé à un relevé méthodique des détails indiqués par le journaliste. Ils étaient tous si précis que, de deux choses l'une : ou l'auteur avait rencontré sa Robinsonne, ou il avait recueilli le récit de quelqu'un qui l'avait rencontrée.

D'après Fernald, l'article s'apparentait aussi à une dénonciation ; il laissait entendre que la Robinsonne, une Indienne, était une victime de l'homme blanc, en l'occurrence le gouverneur qui avait administré la Californie pendant l'ère mexicaine. Selon lui, le jour où il avait appris que l'île abritait les vingt ou trente derniers membres d'une tribu qui remontait à la nuit des temps, il avait décidé de faire place nette – autrement dit, de les déporter sur le continent et de les remettre aux missionnaires. Mais une Indienne d'une vingtaine d'années avait sauté du bateau des ravisseurs juste avant qu'il n'appareille, au grand désespoir de son compagnon qui, une fois à San Pedro, ne s'en était pas remis. Il était tombé d'une falaise quelque temps plus tard.

Accident, suicide, autre chose ? L'auteur de l'article ne tranchait pas mais son récit était assez ambigu pour que le lecteur penche pour l'hypothèse de l'« autre chose ».

Quant à la Robinsonne, elle était, selon lui, d'une trempe hors du commun. À l'amour qu'elle éprouvait pour son compagnon, elle avait préféré sa terre natale. Et elle avait tenu bon. Chaque fois que des marins l'avaient aperçue sur l'île et avaient voulu la secourir, elle avait pris ses jambes à son cou. À plusieurs reprises, cependant, on avait réussi à l'approcher, et ce fut d'assez près pour qu'on remarque qu'elle parlait toute seule. Ce qu'elle disait, malheureusement, était strictement incompréhensible. On avait renoncé à la persuader de partir.

Fernald revenait souvent sur l'ambiguïté de l'article. Son auteur, qui soutenait dur comme fer que la femme était toujours vivante, insinuait qu'il était urgent d'aller la chercher. Était-elle si heureuse, au bout de dix-huit ans de solitude ? Et qui serait à ses côtés quand elle rendrait le dernier soupir ? Qui lui donnerait une sépulture digne de ce nom ?

– J'ai eu l'impression qu'il voulait susciter des remords, a-t-il insisté. Mais chez qui ? Et des remords de quoi puisqu'il affirmait aussi que l'Indienne était restée de son plein gré et qu'elle refusait toute aide ? J'ai encore relu l'article et cette fois-là, j'ai remarqué que le journaliste n'avait pas cessé d'opposer la noblesse et la simplicité de sa Robinsonne – une parfaite représentante de « l'homme rouge », comme il disait – à la vie prétendument civilisée des Blancs. À ces seuls mots, j'ai compris : celui qui avait écrit ce texte était un défenseur des Indiens et son récit, un manifeste, voire un acte d'accusation. Ce qu'il signifiait au lecteur, c'est que même ici, à l'ouest de l'Ouest, dans les îles, ultime horizon de l'Amérique, l'homme blanc avait réussi à semer la désolation et la mort. Il proclamait aussi que tout n'était pas perdu. L'Indienne était toujours vivante, il était encore temps de la sauver et de se faire pardonner.

James est resté pensif, et à nouveau, le silence les a séparés. Puis il s'est récrié :

– Ça ne tient pas debout ! Réparer, comment ? En ramenant une femme dans un pays dont elle ignore tout ? Et pour lui apprendre quoi ? Que son mari est mort ?

Fernald ne s'est pas laissé démonter :

– Je comprends que tu n'y croies pas. Mais j'ai vérifié. L'histoire est vraie.

– Tu m'as dit que les gens d'ici n'en parlent pas, sauf quand ils sont entre eux !

– Je suis allé voir les marins. Ils passent leur temps à bourlinguer, un jour à Hawaï, un autre à Panama, ils connaissent la plupart des histoires qui courent les mers. Figure-toi qu'ils m'ont tous dit la même chose, que le journaliste du *Polynesian* a dit vrai sauf que le gouverneur n'était pour rien dans cette affaire de rapt. D'après eux, ceux qui ont monté le coup étaient les Padres. Ceux d'ici, ceux de la mission San Gabriele, près de Los Angeles, ceux de Santa Inés ou d'ailleurs, ils ne savaient pas mais c'étaient eux les coupables. À cette époque-là, paraît-il, leurs caisses étaient vides ; ils cherchaient de la main-d'œuvre gratuite. Ils ont donc demandé à ce qu'on vide l'île de San Nicolas. Seulement voilà, au dernier moment, une jeune Indienne leur a filé entre les doigts. Mais d'après les marins il y avait peu de chances qu'elle soit encore vivante. L'île, selon eux, était infestée de chiens sauvages. La femme a dû finir par s'épuiser et ils l'ont dévorée.

– Ça ne tient pas debout, a maintenu James. Elle est morte, tout le monde le sait et on va malgré tout la chercher ?

– González était persuadé qu'elle avait survécu.

– C'est lui qui a demandé à Nidever de la ramener ici ?

– Ça en a tout l'air. Il a offert une prime à Nidever. Mais le Capitaine est un filou et, à mon avis, la femme qu'il a ramenée n'est pas la bonne. Celle-ci n'a pas peur des Blancs. Et puis sa joie… Tu l'aurais entendue chanter dans la calèche du maire ! González a dû se faire rouler. Cela dit, il reste un mystère : l'Indienne qu'il a ramenée à la place de l'autre, Nidever l'a trouvée où ?

– Pour savoir, il faudrait passer quelques jours avec elle.

– Mais puisque personne ne comprend ce qu'elle dit !

– On pourrait essayer.

– Tu veux t'en charger ?

James n'a pas répondu.

*

Ils venaient de quitter la piste qui traversait le champ de roseaux. La mer, sur la gauche, était à découvert et la chapelle adossée à la caserne se profilait au bout du chemin. La lumière avait beaucoup baissé ; ses murs chaulés de blanc n'éblouissaient plus l'œil et ses contours se faisaient flous. En haut de son campanile, les cloches qui avaient salué l'arrivée de la femme se laissaient déjà manger par l'ombre. Fernald s'est inquiété du silence de James :

– Elle va tomber malade, tu crois ? Mourir ?

– Comment veux-tu que je sache ! Je l'ai vue quoi, dix minutes !

James, cette fois, s'est aperçu de sa rudesse. Il s'en est voulu, a tourné la tête du côté de la mer. Comme elle avait perdu son bleu d'enluminure et que le vent se faisait lunatique, il en a pris prétexte pour soupirer, en manière d'excuse :

– Le temps va changer.

Cette nuit-là, de fait, il a plu. Les nuages ont envahi la baie avec le soir, au moment où Fernald et lui sortaient de la gargote où, comme chaque fois qu'ils s'étaient revus, ils avaient mangé un morceau et discuté.

Ils avaient parlé de la sécheresse, pas de la femme. Fernald avait lui aussi estimé qu'il y aurait des averses et s'en était réjoui : « Rien que deux jours de pluie, on se sentirait mieux. Et on pourrait en finir avec les incendies. »

James avait renchéri puis changé de sujet. Il avait décrit sa vie à Santa Cruz et était revenu sur la mort de sa femme. Pour la première fois depuis qu'il l'avait perdue, il avait prononcé son nom.

Il avait également dit à Fernald qu'il se félicitait d'avoir renoncé à la médecine pour s'installer dans l'île : « Le propriétaire est mon beau-frère. Il vit à Mexico, il m'a laissé carte blanche. Je peux tout aménager à ma guise, les maisons des ouvriers, les routes, les bergeries, les enclos des moutons. C'est comme si l'île était à moi.

Au début, mes Indiens n'avaient pas le cœur à l'ouvrage mais depuis que je parle leur langue, ils s'y sont mis. »

James était comme tout le monde à l'époque : lorsqu'il évoquait ses ouvriers et ses domestiques, il disait « mes Indiens ». Il se sentait vraiment en confiance avec Fernald, il lui a avoué qu'il les aimait ; il les avait quittés l'avant-veille mais c'était comme pour son île, il les regrettait déjà.

Il aurait aimé lui expliquer pourquoi. Comme souvent, il ne lui est venu qu'une phrase elliptique : « À Santa Cruz, la vie est très rude. Ça nous rapproche. »

Il aurait aussi voulu lui dépeindre la beauté de l'île. Il a essayé. Très vite, cependant, les mots lui ont manqué, il a bégayé ; et par une sorte de timidité, il a fui le regard de Fernald.

C'est alors qu'il a aperçu un homme, au fond de la salle, qui le désignait à ses voisins – de ces *gente de razón* qui s'étaient rendus chez Nidever. Il n'a pas eu le temps de se demander s'il le connaissait ; l'homme s'est levé, a enfourché les deux doigts de sa main droite sur son index gauche exactement comme Fernald l'avait fait quand il était sorti de chez Nidever et l'avait rejoint. Puis il a repoussé des chaises et s'est mis à singer la danse de la femme.

Toute la salle a éclaté de rire. James est sorti. Fernald aussi.

Ils n'ont pas voulu se quitter tout de suite. Ils ont déambulé dans les rues. James ne disait rien et Fernald non plus.

À cet endroit du pueblo, les ruelles étaient si étroites qu'on ne voyait pas la mer ; la plage, cependant, était proche et on entendait le ressac. Il était violent. Le vent avait tourné, les nuages déferlaient, étouffaient le soleil couchant et l'air n'était plus chargé de cendres. Il devait déjà pleuvoir sur les hauteurs.

James aurait pu en tirer prétexte pour reparler de la sécheresse et de la bénédiction que ce serait s'il pleuvait ; il aurait ainsi pu reprendre, de fil en aiguille, la conversation où il l'avait laissée, la beauté de Santa Cruz. Il s'y était refusé.

Fernald, de son côté, aurait pu le relancer. Il s'en est aussi abstenu. Il était comme James ; il savait quand parler et quand se taire.

Et puis le soir tombait, il était déjà tard, chacun devait faire avec sa solitude et sa nuit.

Lorsque les averses se sont abattues sur le pueblo, James était sur le point d'achever le rangement de ses livres. Il a soudain tout laissé en plan.

Rien à voir avec la pluie. Et encore moins avec ce qui s'était passé au début de l'après-midi. Il ne pensait plus à la femme. Il avait décidé de s'en tenir à la promesse qu'il avait faite à Sinforosa ; il se rendrait chez elle le lendemain à l'aube, et d'ici là, inutile de se ronger les sangs.

Ce qui l'a conduit à interrompre son rangement, en réalité, fut son rangement même. Il s'y était pourtant pris très simplement. Une pile pour les romans, une autre pour les traités philosophiques et ainsi de suite, ici les recueils de poésie, là, les manuels de médecine et les dictionnaires, enfin un dernier tas pour le reste, ce fatras de cahiers et calepins dont il avait oublié, non seulement qu'il les avait entreposés dans son coffre, mais qu'il les avait conservés.

C'est précisément ce « reste » qui l'a conduit à suspendre son rangement. Il les a ouverts. Il s'agissait de lexiques. Il les avait rédigés lorsque des avaries, des guerres ou des négociations commerciales difficiles l'avaient bloqué à terre. Chaque fois, pour tromper l'ennui, il avait appris, ou tenté d'apprendre la langue du pays.

Un flux d'émotions l'a submergé. Derrière son écriture menue, précise, il distinguait l'homme qu'il avait été avant sa rencontre avec Elvira. Du même coup, retrouver ces carnets les lui rendait soudain aussi précieux que ses livres. Tout en les feuilletant, il se demandait : « Comment ai-je pu les oublier ? Et comment ai-je pu penser que je les avais détruits ? »

*

Le premier carnet qu'il ouvrit fut celui qu'il avait rédigé à Bombay : un glossaire de mindostanese, un mélange de perse, arabe et hindi seulement en usage chez les marchands de la côte ouest de l'Inde. En trois mois, comme le chumash de ses Indiens, il l'avait assez bien parlé.

Il a feuilleté ensuite quatre cahiers où il avait calligraphié des listes d'idéogrammes, assortis de leur transcription phonétique. De ce cahier, il se souvenait aussi parfaitement : il l'avait rempli juste avant la guerre de l'opium, pendant les deux années où il avait été retenu en Chine. Le mandarin lui avait donné du fil à retordre, mais comme avec le chumash et le mindostanese, il avait fini par le parler couramment.

Il découvrit également un glossaire de javanais – celui-là, il ne se rappelait pas où il l'avait rédigé, ni quand, peut-être au début de ses navigations – ainsi que d'innombrables calepins qui remontaient, eux, à une époque plus ancienne, ses séjours à Paris, Rome, Vienne, Bilbao, Porto ; avant de s'engager dans l'East India Company, il avait voyagé en Europe et, chaque fois, appris la langue du pays.

Les formats de ces cahiers et carnets étaient très divers. Il a jugé que la meilleure solution était de les classer par ordre chronologique. Mais comment faire s'il n'avait pas préalablement retrouvé l'itinéraire de ses navigations ?

La journée l'avait épuisé. Il a calé.

Puis ça lui est revenu : avant de quitter la marine, ne les avait-il pas déjà reconstitués, ces périples, sur l'un de ces registres noirs que sa compagnie lui donnait afin qu'il y consigne ses notes sur ses malades ? S'il était là ?

Il a fouillé dans son fatras de carnets. Il l'a vite trouvé. C'est au crayonnage

qu'il avait collé sur sa couverture qu'il l'a reconnu. Un croquis de sa main. Il représentait le trois-mâts *Caledonia*, son dernier embarquement.

Ça s'est alors passé comme avec les lexiques qu'il avait rédigés en Chine et en Inde : tout lui est revenu, des circonstances qui l'avaient conduit à réaliser ce dessin. C'était six mois après sa rencontre avec Elvira. Il savait qu'il allait quitter la marine ; il le lui avait juré au matin de leur première nuit. Il n'attendait plus, pour la rejoindre et l'épouser, que l'ultime escale du navire, Panama. Un soir, dans sa cabine, peu avant de toucher au port et en forme d'adieu à la mer, il avait dressé la liste de tous les ports où il avait fait escale – elle était d'ailleurs là, cette liste, collée à la toute fin du registre.

Il s'en souvenait aussi : peu après cet inventaire, il avait pensé rédiger un récit de ses navigations. « Pour Elvira », avait-il imaginé, « pour les enfants que nous aurons ».

Il n'était pas allé plus loin. Il savait qu'il s'arrêterait au bout d'une page. Alors il avait dessiné. Il aimait ça. Surtout s'il s'agissait de bateaux.

*

Il avait dû faire ce croquis de mémoire. Ses traits étaient nerveux, hâtifs, et certains d'entre eux, déjà, s'effaçaient.

Malgré tout, il y retrouvait bien son *Caledonia*. « Son », parce qu'il l'avait aimé. Mais Elvira avait été la plus forte.

Il a feuilleté le registre. À l'exception des deux premières pages – des noms de marins qui ne lui disaient rien, leur état de santé au moment de son examen, son diagnostic –, il était vierge.

Sur la page de garde, juste au-dessus de son nom, il a aussi remarqué une date, 18 novembre 1850. Il n'a pas été long à faire le calcul : quatre mois plus tard il épousait Elvira.

Ou la perdait. Il ne savait plus, tout se confondait, la passion, le bonheur, la douleur, le chagrin.

*

La logique, à cet instant-là, c'était que, fort de cette reconstitution, il procède sans attendre au classement de ses carnets. Ensuite, il aurait rangé ses livres et, en moins d'une demi-heure, aurait fait place nette. Au lieu de quoi, il a écrit une petite dizaine de lignes sous la dernière note qu'il avait consignée avant de quitter le *Caledonia* – un certain Harry May qui s'était fracturé le bassin en tombant du mât d'artimon.

Même style clinique, à croire qu'il était resté à bord du trois-mâts et que l'inconnue de la plage faisait partie de l'équipage : « Femme, 45 ans environ, Indienne, origine incertaine, complexion pâle, constitution solide, corpulence moyenne, tonus, très souple, légère claudication (accident ?), prurit. Communique par gestes, parle parfois toute seule – inaudible ou incompréhensible.

Prescription : ni fruits ni légumes crus. Contre le prurit : bain chaud, massage à l'huile, vêtements de flanelle. »

Rien d'autre. James aimait lire mais il avait peur d'écrire.

Accordéons, violons, chansons, vociférations avinées, le vacarme des deux bastringues installés dans la ruelle voisine avait cessé. La pluie aussi.

Pas le vent. Avec le fracas des vagues, il restait seul à tourmenter la nuit.

Par réflexe, James a jeté un œil dehors. Le temps de surprendre une lune chétive à la merci des nuages, l'averse a repris.

Il s'est assis sous le portique de sa maison. Il pensait à Santa Cruz ; il se rappelait ce qu'un de ses Indiens lui avait glissé avant le départ de son bateau : « Même à terre, guette le vent, il te donnera de nos nouvelles. Le vent parle, la mer recueille ses mots, les vagues les transportent jusqu'au rivage. Tends l'oreille, tu comprendras ce qu'il te dit. »

Il a tendu l'oreille et mesuré sa faiblesse d'homme blanc : il ne comprenait pas ce que lui disait le vent. Tout ce qu'il arrivait à saisir, c'était que les pluies allaient durer.

Il se passait néanmoins quelque chose. Pour la première fois depuis la mort d'Elvira (et comme d'autres ici pouvaient se sentir riches parce qu'ils venaient d'extraire d'un torrent une pincée de poudre d'or), il avait l'impression qu'en rouvrant ce registre, il venait d'arracher à la vie un minuscule fragment de joie.

De ce miracle, il a voulu garder une trace. Il est rentré et s'est rassis devant le registre.

Ce fut comme d'habitude, il avait les idées mais pas les mots. Il laissa alors courir son crayon et ce qui surgit sur la page, à la place de ces phrases qui, dès qu'elles se formaient en lui, s'en allaient en fumée, ce furent deux des objets qu'il avait aperçus dans le panier de la femme de la plage, la pointe en os

puis ce qui ressemblait à un vase

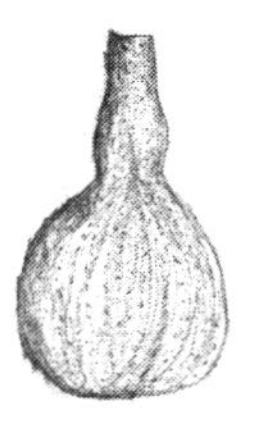

et, pour finir, un croquis qui représentait un fragment de son collier.

À l'encre, ce dessin-là, et à traits plus épais – il tenait à souligner la singularité des pièces dont il était fait, des sortes de pétales de nacre polie.

Pas de légendes, pas de commentaires. Une fois encore, il en est resté là. Il s'est levé, a fermé ses volets et est allé se coucher.

Il ne s'est pas endormi tout de suite. Il repensait à la femme. Il s'est demandé de quoi était faite sa première nuit sur une terre dont elle ignorait tout et dans une maison où elle ne connaissait personne – savait-elle seulement ce qu'était une maison ?

Et sa joie, où était passée sa joie ? Si demain il n'en restait plus rien ?

Il n'a pas cherché longtemps, la frappe du sommeil a été la plus forte. Peut-être a-t-il rêvé d'elle. Et elle, là-bas, près de la lagune salée, peut-être a-t-elle rêvé de lui.

– 3 –

Le registre

James a conservé le registre. Il lui est arrivé de le relire. Quand ça l'a pris, ce fut toujours un 31 août, la date anniversaire de sa rencontre avec la femme. Ce jour-là, le barrage qu'il opposait à ses souvenirs donnait des signes de faiblesse.

Son écriture n'avait pas changé. Il se demanda pourtant chaque fois si c'était bien lui qui avait noirci ces pages.

Une année, il a fait état de ses doutes dans une marge : « Qui ai-je été que je ne suis plus ? » Il ne niait pas la réalité des événements et des tourments qu'il redécouvrait. Était-ce seulement possible ? Une phrase, un mot, il les retrouvait en leur entier.

*

Lors de ces 31 août où il succombait à la tentation de revenir sur le passé, un autre point le frappait : aux notations cliniques et aux croquis des premiers jours, il avait assez vite ajouté des commentaires subjectifs, des questions, des hypothèses, des interprétations, des relations de microévénements et, pour finir, des récits en bonne et due forme, certains très circonstanciés. Peu à peu, il avait pris conscience qu'il vivait des heures exceptionnelles ; à quelques-uns de ces récits, il consacra parfois dix pages, une prouesse pour un homme qui, jusque-là, avait détesté écrire. Les lettres d'amour qu'il avait adressées à Elvira n'avaient jamais excédé vingt-cinq lignes et celles qu'il envoya par la suite à sa seconde femme furent encore plus brèves.

Le plus déroutant fut de se retrouver confronté à des passages où il s'était confié. Là encore, il ne se souvenait pas d'avoir jamais livré ses émotions à l'encre et au papier, sauf dans ses lettres à Elvira.

Les premiers jours, il est très retenu. Le soir du jeudi 1er septembre, par exemple, c'est sous la forme d'une phrase laconique, « À mon réveil, visite du Padre Jiménez », qu'il mentionne une péripétie survenue au petit matin, juste avant qu'il ne retourne chez Nidever.

Rien qu'un bout de phrase. Mais chaque fois qu'il a rouvert le registre, tout lui est revenu, dans l'instant, de ce début de journée, le lieu, l'heure, ce qui s'était dit, ce qui se passa ensuite. Ainsi « À mon réveil » : c'est l'aube, le vent est tombé, il fait toujours très chaud, il pleut des cordes. Les événements de la veille l'ont épuisé, il ouvre l'œil plus tard que d'habitude et ne s'en inquiète pas ; la nuit lui a été bénéfique, il se sent en parfaite possession de ses moyens. Hors le crépitement têtu de l'averse, pas un bruit. Il fait sa toilette, se prépare un thé, mange un morceau, s'apprête à partir chez Nidever quand on tambourine à sa porte.

Il pense à un accident. Quelqu'un, peut-être, qui s'est fait une entorse en glissant dans un de ces trous qui se forment dans les ruelles pendant les orages.

Il est pressé de revoir la femme, il ne bouge pas. Les coups redoublent. Il soupire, se résigne à ouvrir, tombe sur le plus jeune des trois Padres, le sévère Jiménez ; sa soutane est trempée et son regard d'une exceptionnelle gravité.

Il se dit : « La femme est morte. »

Jiménez est pressé. Il engouffre son corps interminable dans la porte puis, sans un mot pour expliquer ce qui l'amène, ni même un salut, il pointe son index osseux sur les piles de livres en souffrance devant le coffre – « Docteur Shaw, vous qui nourrissez une passion pour les langues… » – et comme si tout allait de soi, son arrivée au point du jour, sa soutane trempée, la flaque qui commence à se former à ses pieds, il enchaîne :

– Les Indiens du capitaine Nidever assurent que la sauvage ne parle ni chumash ni aucune autre langue indigène. Et hier, puisque vous avez si bien su l'apprivoiser…

Sur le mot « apprivoiser », le jeune Padre ne manque pas de reproduire le geste qu'avait eu la femme lorsqu'elle avait pris James pour un homme-cheval.

Mais James a bien dormi, il ne prend pas la mouche comme la veille et, plutôt que de demander à Jiménez comment il sait qu'il est polyglotte, il pare au plus pressé, le sort de la femme.

Jiménez, cependant, continue à s'ébrouer et ces aspersions anarchiques menacent les reliures des livres. James, du coup, lorsqu'il lui demande si la femme va bien, ne se prive pas de lui décocher une petite flèche :

– Pour que vous vous présentiez chez moi à cette heure et dans l'état où vous êtes, serait-ce que cette malheureuse soit à l'article de la mort ? Si tel est le cas, je doute qu'elle puisse parler.

Si Jiménez est piqué, il n'en laisse rien paraître. Il réclame un mouchoir – « Le mien est mouillé » –, s'éponge le visage et les mains, déploie sa longue échine, arrête sur James le même œil fiévreux que Noé découvrant l'arche qui va le délivrer du Déluge – impressionnante, décidément, la propension des Padres à contrefaire leurs images saintes. Et pour finir, il étire un sourire satisfait :

– La sauvage va bien.

Puis il se compose une face lugubre :

– Cependant, ne nous berçons pas d'illusions. Vous connaissez le sort des Indiens qui rencontrent le monde civilisé. Ça va généralement très vite.

Jiménez y met les formes mais son pronostic est aussi pessimiste que celui de Nidever. James se raidit :

– La femme que j'ai vue hier était en parfaite santé.

– Vous savez bien que ces Indiens, d'un jour à l'autre...

– Alors il fallait la laisser dans son île.

– Elle voulait partir. Elle était à bout.

Que répondre à Jiménez ? Il soutient la même thèse que le journaliste du *Polynesian* – du moins si le récit de Fernald est exact. Mais pourquoi González, quand il a découvert la femme, s'attendait-il à essuyer sa colère ?

James est à deux doigts de lui poser la question. Le jeune Padre ne le lui en laisse pas le temps :

– Pour en revenir à ce qui m'amène ici, la charité que nous devons pratiquer en toutes circonstances envers notre prochain, ce message de l'Évangile qui nous commande, nous catholiques romains, de nous montrer bienveillants à l'égard de ceux qui comme vous, adeptes de la Réforme…

– Que savez-vous de ma foi ?

À l'idée d'affronter un athée, Jiménez en reste sans voix. Il est d'autant plus pétrifié que James ne le lâche pas :

– Pourquoi faire parler cette femme ? De quoi cherchez-vous à vous assurer ? Qu'elle ne va pas se venger ? Mais de quoi se vengerait-elle ?

– Dieu…

– Je ne parle pas de Dieu. Je vous parle d'elle. Elle a des raisons de vous en vouloir ?

– Docteur Shaw, en tant que fidèle de l'Église réformée d'Écosse, je comprends que vous n'ayez pas connaissance de nos usages, donc…

Jiménez, à mesure qu'il parle, ploie tout ce qu'il a de nuque et de vertèbres – pas un mince exploit, vu sa taille ; et quand il n'est plus que voussure et effacement, il dodeline gentiment de la tête :

– Je vais vous éclairer. Avant de procéder au baptême, encore faudrait-il que nous soyons certains que ce sacrement n'a pas déjà été administré à cette malheureuse. Nous devons donc l'interroger. Parce que tout ce qui s'est passé dans cette île…

Il laisse sa phrase en suspens, renifle à plusieurs reprises.

S'il attend une question, il en est pour ses frais, James ne bronche plus. Il préfère observer Jiménez. Vingt-cinq, vingt-sept ans, ambitieux, il doit rêver de devenir évêque. Ou il défroquera, fera de la politique, il est très doué pour la rhétorique ; il faut voir comment il s'y prend pour tenter de retourner la situation :

– Ce qui nous importe, à nous les Padres, comme à tous les habitants de ce comté – et à vous-même, je présume, puisque vous avez traité cette sauvage avec une charité admirable –, c'est de savoir qui elle est au juste et par quel funeste enchaînement de malheurs elle s'est retrouvée à vivre à San Nicolas dans la plus parfaite solitude et durant dix-huit ans. Vous avez remarqué qu'elle parle toute seule. Que ses jours soient ou non comptés, nous lui devons assistance et, à cet effet, comprendre ce qu'elle dit. Et comme l'Esprit saint, docteur Shaw, vous a doté du don des langues et que vous êtes le seul homme ici qui…

Le ton de Jiménez, désormais, est égal. Et son raisonnement, imparable. James le laisse aller jusqu'au bout de sa péroraison et, quand il en a fini, se borne à soupirer :

– Je vais faire de mon mieux mais je ne vous promets rien.

Il ne parle pas autrement à un malade qu'il sait perdu et qui lui réclame un traitement miracle. Sauf que, pour la femme, il n'est pas certain qu'elle soit perdue.

À cause de sa joie. Il l'a vue faire des miracles, comme la foi.

*

Jiménez prend vite congé. Cette fois, il y met les formes. Avant de sauter sur son cheval, qu'il a laissé devant la maison, il se perd en remerciements.

Est-il sincère ou joue-t-il ? James hésite. Pour tenter de dissiper ses doutes, il le regarde partir. La pluie a cessé mais la ruelle est toujours encombrée de caillasses et gorgée de boue. Le cheval de Jiménez glisse, se rattrape, glisse encore et, comme la fois d'avant, parvient à se redresser.

Est-ce la bête qui sait y faire ou son maître ? Il ne saurait dire.

Fernald, quelques jours plus tard, s'étonnera que James ait accepté la requête de Jiménez. Élevé comme lui dans une vieille famille épiscopalienne, il se méfiait des Padres.

« Parce que je suis médecin et que je me dois de secourir cette femme », s'est justifié James. « Si je parviens à comprendre ce qu'elle dit, je lui donne une chance de survivre. Le but que poursuivent les Padres n'est pas si éloigné du mien. »

Fernald semblait en douter. James a repris : « Les Padres n'ont pas tort, le temps presse. Elle peut mourir d'un jour à l'autre. »

Leur échange s'est arrêté là. Comme souvent, James s'est fermé. Il ne se voyait pas confier à Fernald ce qui l'avait conduit à souscrire à la demande de Jiménez – en réalité celle de González, il n'était pas dupe.

Il aurait pu dire à Fernald qu'il avait vu la joie faire des miracles, Fernald l'aurait sans doute écouté. Seulement il aurait fallu lui avouer ensuite qu'il voulait éclaircir l'énigme de cette joie. Et que la femme le rendait fou de curiosité, à l'image des badauds qui s'étaient précipités la veille chez Nidever.

Enfin il en avait eu la respiration coupée lorsqu'il avait cru, à la vue de Jiménez, que la femme était morte. Et ça n'avait pas changé depuis. Il sentait toujours son cœur s'arrêter à l'idée que son allégresse puisse se dissoudre dans l'air sans laisser de trace, pas même celle d'une brume de chaleur.

Il a malgré tout raconté à Fernald ce qui s'était passé après la visite de Jiménez. Sitôt le missionnaire parti, il était allé prendre des nouvelles de la femme. Il l'avait trouvée installée sous le portique arrière de la maison. De là, on apercevait la plage, qui n'était distante que d'une centaine de mètres. Elle était assise sur une chaise ; les coudes appuyés au parapet qui séparait le portique du jardin, elle fixait la mer.

Une petite fille était postée à sa droite. Elle devait avoir dix-douze ans. La femme la tenait par la main.

Il l'a tout de suite reconnue. C'était María, l'aînée des filles de Nidever et Sinforosa. Comme leurs autres enfants, il l'avait croisée pendant la maladie du petit José. Elle avait beaucoup grandi.

Il a aussi remarqué qu'elle avait enfilé le collier que la femme portait lors de son arrivée sur la plage. Elle en paraissait très fière et abandonnait sa main à celle de l'inconnue comme si c'était sa propre mère, avec une confiance absolue.

Tout ce qu'il avait noté la veille lui avait laissé une telle impression d'irréalité qu'il s'est arrêté au bout du portique pour les observer. Il voulait s'assurer qu'il n'avait pas commis d'erreur dans ses notes et ses croquis.

Sinforosa l'a rejoint et s'est postée à côté de lui. Ni la femme ni la petite fille ne se sont aperçues qu'elles étaient épiées.

L'œil de James s'est tout de suite posé sur le collier. Sa mémoire avait été fidèle, ça l'a soulagé.

Le bijou était fait de coquilles d'ormeaux. On les avait patiemment ciselées et leur taille était modeste, celle d'une pièce d'un demi-dollar, deux centimètres à peine. On les avait ensuite perforées puis enfilées sur un cordon noir.

Cette attache paraissait à la fois très solide et très souple. Sa matière, autant que son épaisseur et sa couleur, suggérait qu'il ne s'agissait pas de cuir mais plutôt d'un tendon d'animal.

La femme, ce matin-là, ne portait pas sa cape, seulement sa robe de plumes. C'en était une nouvelle, qui s'apparentait à une tunique ; elle ne couvrait pas ses genoux. Comme la précédente, elle était sanglée d'une fine ceinture de fibres végétales dont la teinte vert-jaune tranchait sur le noir luisant des plumes. Le nœud qui la maintenait en place était très étroit.

La tunique n'avait pas de manches, ce qui a permis à James de relever un détail qui lui avait échappé jusque-là :

les bras de la femme étaient fripés, contrairement à son visage, lisse, lui, et bien plus pâle, ce qui indiquait qu'elle avait pris soin de le préserver du vent et du soleil.

Elle avait dû aussi protéger ses pieds. Joliment cambrés et assez petits, ils étaient moins abîmés que ceux des Indiens de la côte. Sans doute, pour se déplacer, portait-elle les sandales qu'elle avait déposées au pied de sa chaise, une sorte d'espadrilles à semelle épaisse. À l'image de sa ceinture, elles étaient faites de fibres végétales tressées.

La pluie avait cessé. La pointe sud de Santa Cruz a émergé des nuages. Quelques instants après, les rudes falaises d'Anacapa, « l'île-mirage », selon le nom que lui donnaient les Indiens, ont surgi au-dessus de la ligne d'horizon.

La femme continuait à sonder l'océan. Elle avait l'air préoccupé, comme en quête d'un signe. Elle ne devait pas le trouver, à moins que sa vue n'ait été mauvaise car elle plissait les yeux.

Elle a soudain tressailli. Elle avait enfin senti qu'on l'observait. Elle s'est retournée, l'a dévisagé. James fut lui-même parcouru d'un frisson.

C'était la honte de l'avoir observée à son insu, la peur d'avoir rompu un charme. Il pensa qu'il avait tout gâché, qu'il n'arriverait à rien, ni à la comprendre, ni à l'aider.

*

Il l'avait déjà noté à son arrivée sur la plage : la femme était douée d'un rare talent de prescience. À des signes dont il n'a jamais pu déterminer la nature (et ce n'est pas faute de s'être interrogé ensuite), elle a senti sa confusion et, tout de suite, tenté de le rassurer.

Le moyen qu'elle a trouvé fut le même que la veille : elle lui a souri. Largement, franchement ; il a eu l'impression qu'aucun humain ne lui avait souri ainsi. Puis elle a abandonné sa chaise, s'est dirigée vers lui et, une fois qu'ils ont été face à face, elle a enfourché les deux doigts de sa main droite sur son index gauche et a mimé l'homme-cheval.

Elle ne riait pas de la même façon que la veille. Et elle se moquait encore moins. Il a tout de suite compris : avec ce geste, elle lui avait adressé un signe de reconnaissance et de complicité. En somme un geste d'accueil.

Le mime suivant, en revanche, qu'elle a immédiatement enchaîné au premier, l'a déconcerté. Elle a levé les bras vers le ciel et commencé à décrire de grands cercles.

Elle ne le quittait pas des yeux ; elle voulait s'assurer qu'il saisissait le sens de son mime, et comme il ne comprenait pas et que ça se voyait, elle s'est soudain mise à quatre pattes, a imité la lente et pesante progression d'un bestiau et cette fois-ci ce fut clair : elle lui parlait de la carriole qui lui avait rapporté ses livres. Avec ses bras, elle avait voulu évoquer le mouvement des roues. Il n'avait pas saisi ; elle imitait, du coup, celui de l'animal.

Il a éclaté de rire. Sinforosa et la petite María aussi. Plus ils riaient, meilleur était son mime. De la tête aux pieds, elle se faisait bœuf.

Lorsqu'ils se sont enfin calmés, la femme est allée se rasseoir et, à nouveau énigmatique, elle a recommencé à fixer la mer. Il s'est alors demandé si ce n'était pas cela, la joie : le recueillement après l'épreuve. S'abandonner à la grâce de l'instant et à l'embellie qu'on n'attendait plus.

Mais une autre idée, aussitôt, l'a traversé. Elle a surgi si vite et fut si irrésistible qu'elle lui a évoqué, après coup, le phénomène électromagnétique qui régit l'aiguille des boussoles. En un rien de temps, il fut convaincu : le festival de mimes que la femme venait de lui offrir n'était ni un jeu ni une démonstration de ses talents d'imitation. Il s'agissait d'une chaîne de signes. Le premier des mimes, le centaure, avait figuré l'instant où ils s'étaient retrouvés face à face sur la plage ; les deux suivants, les roues de la carriole de livres et le bœuf, représentaient celui de leur séparation. La femme, de la sorte, lui avait fait savoir qu'elle tenait au lien qu'ils avaient noué la veille. Ces signes, simultanément, étaient des repères chronologiques ; ce qu'elle venait de lui dire était sans doute quelque chose comme : « Je t'ai vu hier, j'ai commencé par te prendre pour un homme-cheval, on a passé un petit moment ensemble puis tu as disparu ; maintenant tu reviens et ça me fait plaisir. »

Ça n'avait l'air de rien mais c'était capital. La femme, en dépit de ses dix-huit ans de solitude, avait gardé la notion du temps et sa mémoire n'était pas altérée – il se pouvait même que l'épreuve de la survie l'ait aiguisée. Elle avait en tout cas quelque chose à dire, à lui dire. Donc il fallait s'appuyer sur ces mimes pour lui arracher des mots et, ensuite, les traduire.

« Pour y arriver, il faudra du temps », s'est alors affolé James. « Et ce temps, l'aurai-je seulement ? »

Il aurait pu faire le décompte des jours qu'il devait passer dans la baie avant de retourner à Santa Cruz : quinze, pas davantage. Il s'y est refusé. Il a préféré se promettre qu'il noterait le soir même sur le registre tout ce qu'il avait vu et observé ; et comme Sinforosa avait gagné le jardin pour récolter des légumes avec ses Indiens, il a paré comme toujours au plus pressé : il est allé lui demander comment la femme avait passé la nuit.

Sinforosa avait fidèlement respecté ses prescriptions. Mieux, elle avait passé la nuit dans la chambre où elle avait installé la femme. Elle s'était ainsi aperçue que l'inconnue avait abandonné son lit après quelques minutes de somnolence pour se coucher à même le sol. Elle lui avait alors offert une natte, sans succès. Elle avait essuyé le même refus lorsqu'elle avait voulu la protéger d'une couverture.

Sa présence, cependant, n'avait pas été vaine. La femme, sans doute rassurée de la savoir à ses côtés, avait dormi très profondément. Quant au bain et à la friction d'huile, ils avaient eu l'effet escompté. À son réveil, une heure avant l'aube, elle ne se grattait plus.

Sinforosa, cependant, avait craint qu'elle ne vomisse son ragoût de mouton. « Mais il est passé comme une fleur », triompha-t-elle, « et l'appétit qu'elle a ! Dès qu'elle s'est levée, elle m'a fait signe qu'elle voulait manger. Mes Indiens lui ont cuisiné un plat d'ormeaux et de haricots rouges. Elle s'est jetée dessus et n'a rien laissé. Je lui ai donné du thé pour aider la digestion, seulement la grimace ! Elle ne l'a pas recraché, tout de même. Elle est aussi bien élevée qu'une princesse. »

La joie qui habitait l'inconnue avait gagné Sinforosa. Malgré la nuit qu'elle avait passée à la veiller, elle débordait d'enthousiasme.

James, du coup, au lieu de la questionner, l'a laissée poursuivre : « Je lui ai donné une grande robe de flanelle comme vous m'avez dit. Seulement quand elle s'est réveillée, rien à faire, elle a voulu remettre sa robe de plumes. Pas celle d'hier, l'autre, la courte. Elle en a deux, de ces robes. J'ai vu leur doublure, quel travail ! »

Ils n'étaient qu'à quelques mètres de la chaise où s'était réinstallée la femme. Ils la croyaient abîmée dans sa contemplation de la mer mais ils se trompaient. Comme avertie une seconde fois par des signaux qui leur échappaient – les intonations de Sinforosa ? des mots, dans ce qu'elle disait, qu'elle avait repérés ? –, elle s'est levée, a soulevé le bas de sa tunique et découvert l'envers de sa robe, un patchwork de peaux d'oiseaux, canards ou mouettes, suturées les unes aux autres par des points d'une régularité inouïe. Le fil utilisé pour ces coutures semblait très solide ; il était d'une teinte brun pâle, comme les peaux.

Où avait-elle pu trouver ce fil ? James a cherché à examiner la doublure de près.

La femme, cette fois, ne l'a pas laissé approcher ; elle a sèchement rabattu le pan de sa tunique. C'était un geste de pudeur et non d'hostilité : aussitôt, elle a désigné l'endroit de la robe. Il a compris, à son sourire, que c'était de ce travail-là qu'elle était le plus fière.

Il y avait de quoi. Les plumes, de dimensions diverses mais toutes dirigées vers le bas, avaient été fixées de façon à former de grands festons et ces festons eux-mêmes étaient superposés de telle sorte qu'il était impossible de distinguer comment ils étaient fixés à la doublure. On aurait dit qu'ils tenaient tout seuls ou que c'était la nature qui avait fabriqué ce tissu.

*

La femme, soudain, a eu comme une absence. Elle recommençait à sonder l'horizon des îles, qui avaient perdu leur manteau de brume.

Le ciel était de plus en plus clair. La lumière, en montant, devait la blesser ; elle n'arrêtait pas de cligner des yeux. Mais c'était plus fort qu'elle, elle ne pouvait pas les détacher de la mer.

James a pensé qu'elle allait chanter. Il n'en a rien été. Au bout de quelques instants, le front encore plus soucieux qu'au moment où il l'avait épiée, la femme s'est mise à monologuer. Comme la veille, il ne comprenait pas un traître mot à ce qu'elle disait.

Sinforosa était déjà au fait de la requête des Padres :

– Ça vous dit quelque chose, ce qu'elle raconte ?

– Non.

– Elle ne parle pas chumash.

– Je sais.

– Je vous l'ai dit hier, elle est dérangée. Parce que parler toute seule…

– Quand on parle tout seul, on parle souvent à quelqu'un d'autre. Un invisible.

– Vous croyez qu'elle parle à un mort ?

– En tout cas à quelqu'un qui compte et qui n'est pas là.

– Alors c'est à son enfant qu'elle parle.

James a sursauté :

– Son enfant ? Quel enfant ?

– Ce matin, quand son assiette a été vide, elle a découvert un de ses seins et elle l'a secoué comme on fait quand on veut nourrir le bébé. Elle a recommencé trois fois. Je lui ai fait signe que j'avais compris et elle s'est arrêtée.

Dans la maison résonnaient des voix d'hommes. Sinforosa, cependant, tenait à son histoire ; elle n'a pas bougé du portique avant de l'avoir terminée :

– Ensuite, elle a sucé un de ses doigts et elle a imité un enfant qui tète. Donc j'en mets ma tête à couper, cette femme a eu un enfant.

On l'appelait. C'était Nidever. Elle ne l'a pas rejoint tout de suite. Elle entendait juger de l'effet sur James de ce qu'elle venait de lui dire.

Il est resté de marbre. Déconcertée, elle a gagné la maison pour voir ce que son mari lui voulait. Elle est revenue quelques minutes plus tard, flanquée de Nidever et du nouveau maire de la ville.

Il s'appelait Sparks et son œil droit était mort. Il l'avait perdu lors d'une chasse au grizzli. La bête l'avait attaqué.

Un miracle qu'il s'en soit sorti. La seule trace qu'il gardait de l'assaut était cet œil fixe. Il s'était toujours refusé à le dissimuler. Lorsqu'on le croisait, on avait l'impression que c'était cet œil-là qui vous regardait. Sparks le savait, il en jouait.

Il avait été le premier patient de James. Il l'avait appelé pour une fièvre. Il l'avait contractée lors d'un séjour dans le Nord. Il allait très mal.

C'était à la fin de la ruée vers l'or. Un capitaine, à l'occasion d'une escale dans la baie, lui avait dit monts et merveilles d'une concession aurifère encore inexploitée ; elle était située à quatre cents miles de là, sur les rives du fleuve Sacramento, bien au-delà de San Francisco.

Sparks, d'ordinaire méfiant, l'avait aussitôt achetée. Non seulement il n'avait pas trouvé la moindre pépite mais tous les hommes qu'il avait emmenés là-bas, à commencer par ses Indiens, étaient tombés malades. Certains étaient morts. Seul Nidever, qui était aussi de l'aventure, n'avait pas été touché par la fièvre.

Quand les survivants étaient revenus, tout le monde s'était demandé pourquoi Sparks, à bientôt cinquante ans, s'était lancé dans une équipée si hasardeuse. Avec son monopole sur le commerce de bois et des matériaux de construction, il avait déjà fait fortune ; et comme la ruée vers l'or avait multiplié par dix le prix du bétail, les milliers de têtes qu'il élevait dans ses deux ranches lui rapportaient un pactole.

Mais Sparks avait compris que le pouvoir et l'argent, pour ne pas attirer le soupçon, devaient être auréolés de légende. Il avait saisi le parti qu'il pouvait tirer de son passé de pionnier. Il était roué ; il s'était arrangé pour que ce soient les autres qui relatent sa « victoire sur l'Ouest sauvage », comme il disait, son passé de trappeur, ses débuts misérables, ses combats contre les Indiens, ses chasses – toutes sortes de chasses, au cerf, à l'ours, à la loutre de mer. C'étaient aussi ses amis – ou ses affidés, il ne faisait pas la différence – qui se chargeaient de relater le plus éblouissant de ses exploits, son mariage avec une métisse de toute beauté qui descendait d'un chef tahitien et d'un des révoltés du *Bounty*.

Il n'y manquait que l'aventure de l'or. Et voilà que l'or l'avait trahi. Il s'était fait avoir comme un bleu.

Une nuit, pendant sa maladie, il se crut perdu. Il aurait dû faire venir González et se confesser à lui – il n'avait pas pu épouser sa Tahitienne sans se faire catholique. Mais bizarrement, il appela James et c'est à lui qu'il se confia.

James saisit tout de suite pourquoi. Sparks, d'entrée de jeu, lui apprit qu'il était bigame. Lorsqu'il avait pris la route de l'Ouest, lui avoua-t-il, il était déjà marié. Il avait laissé sa femme derrière lui et ne lui avait plus donné de nouvelles.

Puis il lui raconta sa traversée de l'Amérique. Avant de rencontrer Nidever dans les Rocheuses, lui et ses hommes avaient été harcelés par les Pawnis. Un des compagnons de Sparks venait de mourir de la variole ; il avait recueilli ses vêtements et les avait abandonnés sur la berge de la rivière où les Indiens abreuvaient leurs chevaux. Le résultat ne s'était pas fait attendre, la maladie avait décimé les Pawnis.

Il lui confessa aussi qu'il avait gagné l'Ouest au prix d'une bonne quinzaine de scalps. « Mais je n'ai pas été de ces trappeurs qui en font des couvertures ou les cousent au dos de leur veste », se défendit-il. « C'était le prix à payer pour vaincre la frontière et donner des terres vierges à l'Amérique. Voilà pourquoi je n'ai jamais caché mon œil. C'est ma médaille de pionnier. J'ai voulu que les gens se souviennent de ce qu'ils nous doivent, à nous qui avons ouvert la route de l'Ouest. Ma vie durant, je suis resté pionnier. »

« Pionnier » : que voulait-il dire au juste ? Qu'il avait continué à tuer ?

Trois semaines plus tard, contre toute attente, Sparks était sorti d'affaire. On recommençait à le croiser dans son entrepôt et les ruelles du pueblo. Sa barbe était désormais réduite à une petite touffe au bas de son menton et ses cheveux s'étaient clairsemés ; il s'en arrangeait en les faisant friser au fer – il avait l'air d'un juge emperruqué. À cheval, cependant, il continuait à porter beau ; et il en imposait toujours avec son mètre quatre-vingt-dix.

Comme tous les puissants du pays, il exigeait qu'on s'adresse à lui à l'espagnole, en lui donnant du « don Isaac ». Il savait que c'était un peu ridicule ; on lui avait suggéré de préférer « don Jaime », ou « don Diego ». « Jamais de la vie ! » s'était-il récrié. « J'ai été baptisé Isaac, je mourrai Isaac. » Tout juste s'il n'avait pas ajouté, comme pour son œil : « C'est mon diplôme de pionnier. »

Ni sa maladie ni l'échec ne l'avaient entamé. Souriant, affable, élégant, attentif à chacun, lâchant depuis sa selle des piécettes à tous les mendiants, il avait réussi à se faire élire maire. Il n'avait pas non plus renoncé à traquer les bêtes sauvages dans les forêts alentour. Sauf le grizzli. Et toujours avec Nidever.

James, quand il rencontrait Sparks, généralement dans l'entrepôt où il se fournissait en outils et matériaux, se gardait bien de prendre des nouvelles de sa santé. Il savait que Sparks voulait oublier la nuit où il lui avait parlé de sa bigamie, de sa collection de scalps et de la tunique empoisonnée qui lui avait servi à piéger les Pawnis.

Lui aussi, James, il préférait l'oublier.

Quand la femme a vu Sparks s'approcher, elle n'a pas pris peur. Il la fixait, elle l'a fixé. Il lui souriait, elle lui a souri. Rien en lui ne l'a impressionnée, ni sa taille, ni ses frisottis, ni son œil.

Désarçonné, il s'est tourné vers James :

– Sa santé est-elle bonne, docteur Shaw ?

– Je crois.

Il était bien sûr au fait de la requête de Jiménez :

– Personne ne comprend un mot à ce qu'elle dit, vous avez du pain sur la planche. En plus, elle parle entre ses dents. Et quelles dents ! Elles sont toutes usées. Pauvre femme, qu'est-ce qu'elle va devenir ? Pour l'instant, c'est l'attraction. Regardez donc.

Il pointait une grappe de badauds qui s'engageait sous le portique. Ils étaient une bonne dizaine.

– Et il n'est pas huit heures ! a repris Sparks.

Il allait poursuivre quand la femme s'est lancée dans un mime. Il s'est aussitôt figé et James aussi. Elle imitait cette fois une mère qui berce son bébé. Comme pour le bœuf, tout y était : le doux mouvement de balance, les bras qui enlaçaient l'enfant imaginaire et la nuque inclinée vers lui.

Ce mime, cependant, n'était pas destiné aux badauds. Lorsqu'elle s'est enfin lassée de bercer son bébé-fantôme, elle n'a pas recherché leurs yeux mais son regard à lui, James ; et après quelques secondes d'hésitation, elle a proféré quatre syllabes : « *Pikanini.* »

Sous le portique, le silence s'est fait. Chacun, Nidever, les badauds, Sinforosa, Sparks, attendait la suite.

Il n'y a pas eu de suite. Ou plus exactement, la suite a déçu. La femme a continué à fixer James et, façon de prendre congé de lui, a mimé l'homme-cheval puis a rejoint sa chaise.

Elle avait repris la posture qu'elle avait quand il était arrivé ; les coudes appuyés au parapet qui courait le long du portique, elle sondait l'océan. Rien d'autre ne comptait pour elle que ces îles qui émergeaient une à une du brouillard.

Dans l'espoir d'un nouveau miracle – un autre mot, un mime de plus –, James a patienté. Elle n'a pas bougé. Il est parti.

Nidever et Sparks restaient muets et, comme la femme, perdus dans leurs pensées. Sinforosa aussi. Quand James l'a saluée, elle n'a pas paru l'entendre.

Avant de quitter le portique, il s'est retourné une dernière fois. Pas pour elle, pour la femme : si jamais elle l'avait suivi ? Il savait que c'était un espoir fou mais il n'y pouvait rien, il fallait qu'il se retourne.

Elle n'avait pas bougé. Toujours accoudée au parapet, elle continuait à fixer les hauteurs des îles, qui venaient de se débarrasser de leur traîne de nuages et narguaient désormais l'océan de tout leur aplomb.

Il n'a pas regretté son geste. Ça lui plaisait, finalement, de quitter la femme sur cette image.

Pour rentrer au pueblo, il a repris le sentier qui traversait le champ de roseaux. Il avait beaucoup à faire et c'était loin d'être le plus court chemin. Mais il avait besoin de répit ; il avait eu le plus grand mal à garder son sang-froid lorsque la femme avait dit *pikanini*, « mioche » en créole portugais. Un mot qu'il avait souvent entendu, d'abord dans les ports des Caraïbes puis lors de ses traversées du Pacifique sud, du côté du Suriname et des îles Salomon. Le mime du bébé au sein, celui du bercement et maintenant ce mot-là : il n'y avait plus de doute, la femme avait eu un enfant.

Elle et son bébé avaient-ils réchappé d'un naufrage ? Ou, comme l'avait soutenu Fernald lorsqu'ils avaient traversé ce même champ de roseaux, était-elle l'ultime survivante d'une tribu qui s'était installée sur l'île à l'aube des temps ?

Il a encore ralenti le pas de son cheval. Il repensait aux romans qu'il avait sortis de son coffre ; il réalisait enfin pourquoi il y était si attaché. Pendant ses études et ses navigations, ils lui avaient fait cadeau d'une sensation unique, celle d'un rêve éveillé ; et il y avait pris d'autant plus de plaisir que cette vie parallèle, il avait pu la choisir, en sortir à volonté et la retrouver quand ça lui chantait. Maintenant, pas d'issue. Il était enfermé dans un livre dont il n'avait pas choisi le sujet. Pour autant, il ne pouvait pas davantage le lâcher.

Et qui l'écrivait ? Des gens comme Sparks, González, Jiménez, Nidever ? Ce Dieu dont il ne voulait plus entendre parler depuis la mort d'Elvira ?

Ou le destin ? Il avait toujours préféré voir dans la vie – et sa vie – l'œuvre aveugle du hasard.

Il n'était pas surpris, en revanche, que la réalité soit plus inventive que ses romans. En mer, il avait tout vu. Mais ce qu'elle avait imaginé était arrivé aux autres. C'était maintenant à son tour d'être piégé.

*

Il en était toujours là, à se demander ce que la vie lui voulait, quand les roseaux se sont éclaircis. Son regard s'est porté du côté de la mer. Il y cherchait, comme la femme, une réponse. Il ne l'a pas trouvée.

Dès dix heures du matin, tout le monde savait que les Padres lui avaient demandé de déchiffrer la langue de l'inconnue de la plage. Partout où il est allé, on l'a abordé. L'entrée en matière fut toujours la même : deux doigts de la main droite enfourchés sur l'index gauche.

Il ne s'en formalisait plus. Il tenait à savoir ce qu'on avait à lui dire car on lui parlait désormais de la femme ainsi qu'on l'aurait fait d'une vieille connaissance. Les noms qu'il avait entendus la veille dans la bouche des cavaliers : « la femme qu'on avait perdue », « la femme qu'on avait laissée », « la dernière » n'avaient plus cours. Désormais, comme d'un accord tacite, on l'appelait « la femme solitaire ». Puis un récit émergeait, souvent précédé du même préambule : « Vous n'êtes pas d'ici, vous ne connaissez pas son histoire mais moi, je vais vous la raconter… »

Elle n'avait pas l'air de dater d'hier, cette histoire ; et dans la façon dont elle surgissait dans les conversations sans s'annoncer, elle lui rappelait les énormes rochers polis, vestiges de lointaines ères géologiques, que les vagues dégageaient des falaises du nord de la baie pendant les grosses tempêtes. Tout un bloc de mémoire, non pas inconnu mais étouffé, venait d'apparaître à l'air libre. Comme avec les ouragans, ça n'avait pas pris une demi-journée.

On voulait l'aider : « Vous n'y arriverez jamais si on ne vous dit pas ce qui s'est passé. »

Et tout de suite on lui débobinait un récit. Il était identique à celui que lui avait fait Fernald, sauf sur un point : l'enfant.

La première fois qu'il a entendu parler de ce bébé, il fut presque aussi stupéfait qu'au moment où la femme avait proféré le mot *pikanini*. Comment Sinforosa, jusqu'à ce matin, avait-elle pu en ignorer l'existence ? Et Nidever, et Sparks ? Le pays était-il divisé en deux, ceux qui savaient et ceux qui ne savaient pas ? Et ceux qui savaient, avant l'arrivée de la femme, s'étaient-ils contentés de murmurer ? Dorénavant, on ne pouvait plus prétendre que ceux qui l'avaient vue sur l'île avaient eu la berlue ou s'étaient fait abuser par un fantôme ; était-ce la raison qui les autorisait à parler de l'enfant ? Car la femme en avait bel et bien eu un, lui disait-on. Il avait environ dix-huit mois lorsqu'on avait vidé l'île de ses habitants ; elle l'allaitait toujours mais il marchait déjà, il s'était sauvé lors de l'embarquement. Les marins levaient l'ancre quand elle s'en était aperçue. Elle n'avait fait ni une ni deux : au risque de se noyer, elle avait plongé dans les déferlantes pour aller le chercher. Le capitaine, quand il vit qu'elle avait rejoint le rivage, décida de les attendre, elle et son fils ; et il l'aurait certainement fait si un vent effroyable, comme c'est souvent le cas là-bas, n'avait soudain balayé l'île. Le bateau était en danger ; il mit les voiles.

La femme, depuis le rivage, le supplia de revenir. Le capitaine, pour toute réponse, lui hurla en espagnol qu'il reviendrait le lendemain. Il n'avait pas tenu parole. Elle n'avait jamais revu le navire qui emportait les siens. Elle était restée sur l'île avec son fils.

James, à chacun, a demandé de qui il tenait ce récit. Personne ne s'en est souvenu sauf un homme qui possédait une petite taverne derrière la chapelle. Il en avait eu connaissance par des contrebandiers ; jusqu'à la chute du gouvernement mexicain, ils abritaient à San Nicolas leurs marchandises et leurs trafics. L'île comptait plusieurs grottes qui pouvaient faire office d'entrepôts et au besoin, de refuges.

L'explication de l'abandon définitif de la femme était presque toujours la même : « La tempête. » Elle avait été exceptionnellement longue et violente ; lorsque c'en fut fini, le capitaine estima que la femme et l'enfant n'avaient pu survivre à un tel cataclysme.

Quelques-uns, cependant, livrèrent à James une autre version. Peu après que le capitaine eut remis les habitants de l'île aux missionnaires, son navire fit naufrage. Une malédiction de la femme, insinua-t-on. Le bateau avait très peu navigué et sombra par un jour sans vent.

La question de l'enfant, en revanche, fit l'unanimité : il était déjà mort quand sa mère avait sauté du bateau. Dévoré par les chiens sauvages qui infestaient l'île, ou noyé. Sa mère s'était sacrifiée pour rien.

À la fin de leur récit, certains pleuraient. Ils se lamentaient : « Survivre à un malheur pareil, comment elle a fait, cette pauvre femme ? C'est incompréhensible. Les Padres ont raison, il faut savoir. » Ils l'encourageaient.

James, qu'on compte sur lui, ça l'exaltait. Ça l'écrasait aussi car un point les intriguait tout particulièrement : la joie de la femme. Ils le formulaient à leur façon : « Elle a l'air tellement contente. Qu'est-ce qu'elle peut trouver à notre pays ? » Il faillit leur répondre : « Déjà que je ne le sais pas moi-même… »

À force de les écouter, il a pris du retard ; il a eu beaucoup de mal à régler ses tâches les plus urgentes. Tout juste s'il a réussi à se rendre dans l'entrepôt de Sparks afin de réserver les lots de tuiles, chaux, planches, poutres, grumes et pierres de taille dont il avait besoin pour construire ses nouvelles bergeries.

Il a dû remettre au lendemain ses achats d'outils. John Maguire, le plus riche ranchero du pays avec Sparks, lui avait promis de lui rapporter de San Francisco cinquante têtes de moutons mérinos d'une lignée exceptionnelle et il était sur le départ. Il fallait le voir au plus vite.

*

Maguire était de ces roux qui détestent être roux. Quelques années auparavant, il s'était teint. Un ratage ; ses cheveux avaient viré à l'ocre pâle. Il s'était obstiné. Ils étaient maintenant jaune filasse, d'où le surnom qu'on lui avait trouvé : « le Ranchero Blond ». Il n'en avait pas perçu l'ironie, il était aussi aveugle que grossier dans ses manières de signifier son pouvoir. James ne fut pas surpris qu'il le fasse attendre deux heures avant de consentir à le recevoir. Quand il l'a enfin introduit dans la petite maison de pisé qui lui tenait lieu de bureau, il n'a cessé d'ergoter et pinailler.

Il exigeait une commission exorbitante pour l'achat des moutons. James s'est battu pied à pied, mais lorsqu'ils étaient près de conclure, le Ranchero Blond s'est remis à ratiociner. Il exigeait cette fois que James soigne sa femme qui souffrait, selon lui, de crises nerveuses. Son ranch était à deux heures de cheval et la route n'était pas sûre – les bandits.

– J'irai la voir dans la semaine, promit James, et le marché, enfin, fut conclu.

Le Ranchero Blond, quand il parvenait à ses fins, expédiait toujours ses visiteurs. Une poignée de main et on en restait là. Pour une fois, il s'est montré plus courtois ; il a déverrouillé une armoire d'acajou, en a sorti deux verres et une bouteille de liqueur.

Il voulait trinquer. Ou plutôt lui parler de la femme. Il n'avait pas englouti son verre qu'il a plastronné :

– J'en sais long.

Il l'appelait lui aussi « la femme solitaire ». Et il racontait la même histoire. Mais il s'est vite découvert :

– Il vous paie combien, González, pour traduire le charabia de cette sauvage ? La même chose que Nidever pour la ramener de son île ? Deux cents dollars ? Plus ?

C'est au silence de James qu'il a compris qu'il faisait fausse route. Ça ne l'a pas troublé, bien au contraire :

– Alors si ça n'est pas pour l'argent que vous faites ça, c'est pour quoi ?

James, pour éviter de répondre, a fini son verre. Ça n'a pas découragé Maguire :

– C'est une sauvage, vous n'arriverez à rien. Vous perdez votre temps. D'ailleurs le temps, vous ne l'aurez pas. Et ces Indiens-là portent malheur. Pendant des années, il n'y a eu que les Russes pour mettre les pieds dans leur île.

La curiosité de James a été piquée :

– Les Russes ? Mais ils venaient d'où ?

– D'Alaska. Ils chassaient la loutre de mer. Il n'y en avait plus beaucoup par là-bas, ils venaient ici, dans le Sud. Ce n'étaient pas eux qui chassaient mais des Indiens à eux, des sauvages du Nord. Ils avaient fait comme les Padres, ils les avaient convertis. À une époque, ça s'est mal passé entre les Indiens de l'île et les leurs. Ils se sont entretués. Les marins russes les avaient laissés seuls. Quand ils sont revenus pour les chercher et qu'ils ont découvert le carnage, ils ont eu une telle frousse qu'ils ont détalé. Ils ne sont jamais revenus.

– Ça s'est passé quand ?

– Alors ça ! Il y a des années, j'imagine. Mais ce n'était pas seulement le massacre qui a forcé les Russes à décaniller. Cette île, il faut voir ce que c'est.

– Vous êtes allé là-bas ?

Le Ranchero Blond a répondu que oui. À la façon dont il s'est rengorgé, James a su qu'il mentait.

– On l'appelle l'île des Crânes et c'est mérité, pas moyen de faire un pas sans tomber sur une tête de mort. Et des ossements, des quantités d'ossements. On en trouve partout, dans les grottes, entre les rochers, sous les broussailles. Même sur les plages, mélangés aux squelettes de baleines, aux cadavres de phoques, de renards, de chiens. Eux aussi, les chiens, ils s'entretuent tellement ils sont voraces.

Puis il est revenu à la femme :

– Quels imbéciles, les sauvages. Celle-là, quand elle a sauté du bateau pour aller chercher son mioche, elle aurait tout de même pu penser que les chiens l'avaient déjà bouffé. Il faut les voir, ces chiens, ils sont pires que les coyotes. Ils ont de ces mâchoires, de ces crocs. Et leurs yeux, rouges, qui brillent…

Que le Ranchero Blond invente, passe encore, mais c'était avec une joie mauvaise. Et il n'en finissait plus. Lorsque James est sorti de son bureau, il avait la migraine et la nuit tombait.

De cette rencontre, il ne fait pas état sur le registre. Il n'évoque pas davantage les récits des passants qui l'ont abordé. Il préfère, comme la veille, consigner de brèves observations sur la santé de la femme : « Prescription respectée, le prurit a disparu. Excellent appétit, digestion satisfaisante. Dents usées, vue basse. A enfanté, a allaité (mimes & *pikanini*). »

Puis, toujours sous forme de notules, il décrit la tunique de plumes et quelques-uns des objets qu'il a remarqués dans les paniers de l'inconnue. Il ne se montre plus prolixe qu'au moment où il évoque ses mimes et l'interprétation qu'il en donne.

À la relecture, cette quinzaine de lignes a dû lui paraître trop sèche ; et comme la nuit précédente, il a certainement ruminé quelques phrases sans parvenir à les coucher sur le papier car une fois encore, au lieu d'écrire, il a crayonné. Pour commencer, il a dessiné la tunique. Ça lui a fait du bien, sa migraine s'est envolée.

Quelques minutes plus tard, cependant, alors qu'il reconsidérait ce croquis, la frustration qu'il avait éprouvée à la lecture de ses notes a ressurgi. Ce dessin,

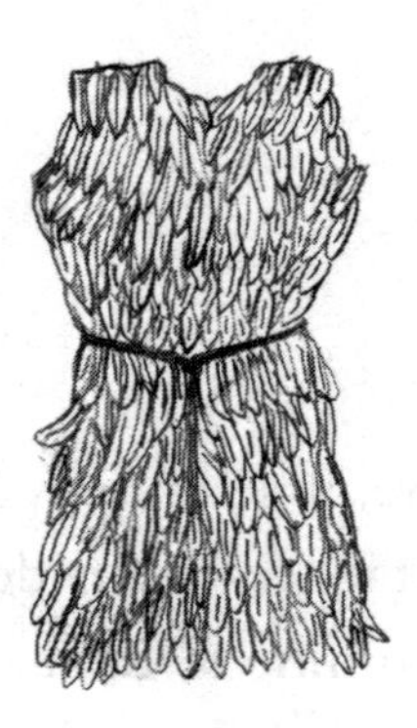

qu'il avait jugé sur le coup d'une fidélité exemplaire, l'a soudain rebuté. Il a trouvé qu'il y manquait l'essentiel ; et cet essentiel, qui tenait à un rien – un instant fragile, mouvant, fuyant –, il a enragé de n'avoir pas pu le fixer sur le papier.

Ça l'a d'autant plus exaspéré que cet impalpable était encore incrusté sur sa rétine. Ce matin-là, lorsqu'il avait quitté le portique et s'était retourné vers la femme pour s'assurer qu'elle ne l'avait pas suivi, il s'était aperçu que, de loin, on ne pouvait pas soupçonner que sa tunique était faite de plumes. Elle semblait aussi lisse, elle avait le même lustre que le tissu d'un chapeau claque ou le satin d'une robe de bal.

Il a voulu déchirer la page. Il s'en est empêché. À l'époque, on manquait tant de papier dans le pays.

Le feuillet suivant, pourtant, a été arraché. Il n'en est resté que des rognures.

James, chaque fois qu'il a rouvert le registre à cet endroit, a serré les dents. La seconde série de croquis était perdue à jamais et il ne pouvait s'en prendre qu'à lui.

*

Tout était parti d'une idée qui l'avait traversé une heure après qu'il avait dessiné la tunique. Une fois couché, il n'avait pas pu s'endormir ; il se disait que le Ranchero Blond avait raison, qu'il n'aurait pas le temps de remplir sa mission, d'autant que, le jour de son départ de Santa Cruz, il avait promis à ses Indiens et à son contremaître de ne pas rester sur le continent plus de trois semaines. Il se maudissait : « Comment ai-je pu céder à Jiménez ? » Pour autant, il ne se voyait pas renoncer. Dès qu'il pensait à la femme, il était certain d'avoir l'éternité devant lui.

Il crut soudain tenir la solution : « Si la femme voit que je m'intéresse aux objets qu'elle a rapportés de l'île, peut-être va-t-elle faire de nouveaux mimes et, comme pour l'enfant, lâcher un mot ? Ensuite, de fil en aiguille… » À Santa Cruz, il avait mesuré le prix que les Indiens, hommes et femmes, accordaient à leurs paniers. S'il dessinait ceux de la femme ?

Le lendemain matin, lorsqu'il est retourné chez Nidever, il a emporté son registre avec lui. La femme, comme la veille, a paru très heureuse de le revoir. Elle était à nouveau présente. Et absolument radieuse.

C'était peut-être le temps. Il avait beaucoup plu pendant la nuit mais le ciel, à l'aube, était d'une pureté inouïe. Dès que la femme a aperçu James, elle a levé les bras puis les a courbés de sorte qu'ils forment une coupe au-dessus de sa tête. On aurait dit qu'elle voulait y recueillir la lumière du matin et le vent même, qui soufflait maintenant de l'est, à petites rafales capricieuses comme toujours lorsqu'il venait des montagnes.

Il avait fait le compte la veille au soir : la femme possédait sept paniers. Au lieu de les éparpiller autour d'elle, elle les avait cette fois suspendus à la branche d'un sycomore qui poussait près du portique. C'était aussi sous cet arbre qu'elle s'était installée, à même le sol, et revêtue, comme le matin d'avant, de sa tunique de plumes.

Il a joué franc-jeu, il a ouvert le registre à la page où il avait dessiné la robe ; il l'a laissée regarder son croquis puis lui a successivement désigné ses paniers et ses crayons. Elle s'est aussitôt levée, a décroché ses paniers de l'arbre et les a déposés à ses pieds.

L'un de ces paniers était rempli d'objets qu'il n'avait pas remarqués jusque-là, mais elle les a tout de suite soustraits à sa vue. Il a quand même eu le temps d'y distinguer un fragment de filet de pêche, un couteau d'acier de facture européenne et quantité d'hameçons grossièrement taillés dans des coquillages ; ou à l'inverse, comme son collier, très finement ciselés dans de la nacre d'ormeau.

Pour la mettre en confiance, il l'a imitée, il s'est assis à même le sol. Ça l'a surprise, et aussi ravie, elle a lâché un petit rire. Il s'est mis sans attendre à ses croquis. Il se concentrait ; il tenait à reproduire avec exactitude les motifs qui décoraient les paniers.

C'étaient pour la plupart des formes géométriques. Hors leur couleur – bistre, ou d'un brun qui tirait sur le rouge –, ces motifs étaient très différents de ceux qu'affectionnaient ses ouvriers indiens, et surtout beaucoup plus complexes. Il se demandait pourquoi.

Elle, de son côté, l'observait en silence. Elle ne ressemblait plus à la femme qui avait tendu ses paumes vers le ciel pour recueillir la lumière du matin. Elle était grave ; il y avait de la religion dans cette façon de le regarder faire.

À la vérité, il ne lui a prêté qu'une attention intermittente. Il était trop absorbé par son travail et, il faut bien l'avouer, par le plaisir qu'il y prenait. Quand il eut terminé (une heure après son arrivée, lui a-t-il semblé, la lumière, entre les feuilles du sycomore, était passée du rose au jaune franc et des curieux, déjà, se glissaient dans le jardin de Nidever), il lui a présenté ses dessins. À leur vue, elle a eu un mouvement de recul et s'est littéralement abîmée dans leur contemplation : on aurait dit qu'elle sondait un gouffre.

Puis elle a relevé la tête et, cette fois, c'est son regard à lui qu'elle a sondé. Elle souriait mais ça ne lui a pas échappé : dans ce sourire il y avait quelque chose qui pleurait et il le connaissait bien, ce quelque chose ; il ne l'avait vu qu'à des gens qui avaient frôlé la mort. Il a alors déchiré la page où il avait dessiné ses paniers et la lui a donnée.

Qu'en a-t-elle fait ? Il n'a jamais su. Ce matin-là, les curieux s'étaient encore enhardis. Ils avaient envahi le portique ; ils se bousculaient déjà pour toucher sa robe de plumes.

James et la femme se sont quittés très vite. Tout juste si ses visiteurs l'ont laissée le saluer – elle a bien sûr mimé l'homme-cheval.

*

Sur le registre, le soir venu, pas mention des paniers. Pas de croquis non plus. Il pourrait les reproduire de mémoire, il s'en abstient. Ce qu'il a lu dans le regard de la femme le lui a interdit.

Il dresse malgré tout l'inventaire des objets qu'elle y avait entassés : le filet de pêche, les hameçons, le couteau de métal. Mais il ne dessine que le couteau

et, ensuite, il laisse passer deux jours avant de rouvrir le registre, pour avouer que ses rencontres avec la femme le déçoivent.

C'est compréhensible. Les deux fois qu'il était allé chez Nidever, la femme sortait tout juste de son lit. Bien qu'ensommeillée, elle lui avait réservé le même accueil qu'avant, mais elle n'avait pas fait de mime et encore moins parlé.

Sinforosa elle-même était déçue. Elle incriminait les badauds. Ils arrivaient de plus en plus tôt et toujours plus nombreux, lui expliqua-t-elle. La maison et le jardin étaient bondés en permanence, sauf à l'heure de la sieste et encore. Ils voulaient tous la voir chanter et danser.

« Comment faire ? » s'est-elle lamentée. « La femme, ça lui plaît tellement qu'elle fait tout ce qu'ils veulent et le soir, du coup, elle tombe comme une masse. Si elle n'avait pas faim, elle dormirait jusqu'à midi. Mais dès qu'elle a mangé, elle repart dormir et j'ai un mal de chien à la tirer du lit. Il n'y a qu'une façon : lui dire qu'on lui a cuisiné quelque chose. Donc elle mange tout le temps. Heureusement qu'elle se dépense avec ses danses. »

Sinforosa lui confia aussi qu'elle l'avait vue tresser deux nouveaux paniers. La femme avait absolument tenu à emporter un gros ballot de fibres végétales avant son départ de l'île. Selon Nidever, elle avait commencé ces paniers à bord de sa goélette. Elle ne parvenait pas à les finir ; elle les reprenait chaque après-midi mais les abandonnait au bout de quelques minutes.

James, inquiet, a voulu tirer l'affaire au clair. Le lendemain, quand il l'a découverte sous le portique, la femme était toujours aussi hagarde ; elle venait à peine de terminer son repas.

Elle a quand même mis un point d'honneur à bien l'accueillir. Elle l'a emmené sous le sycomore où elle avait suspendu ses paniers. Peut-être souhaitait-elle qu'il recommence ses croquis car elle est retournée dans sa chambre et en a ramené un autre panier, précisément un de ceux, inachevés, dont Sinforosa lui avait parlé ; et elle a repris son tressage là où elle l'avait laissé. Mais comme Sinforosa le lui avait dit, elle l'a lâché au bout de quelques minutes. Ses mains, soudain, se firent molles, à croire qu'une force invisible lui interdisait de continuer.

Le panier a roulé sur le sol. Elle ne l'a pas ramassé. Elle a préféré courir à sa chambre et en rapporter le second panier qu'elle avait commencé mais elle l'a lâché encore plus vite et c'est cette fois en somnambule qu'elle a regagné son lit.

Elle n'en est plus sortie. Sinforosa est allée la voir. « Elle dort », a-t-elle annoncé à James quand elle est revenue. « C'est tous les jours comme ça. »

L'inquiétude de James a redoublé ; il est repassé dans l'après-midi. L'affluence était telle qu'il n'a pas pu s'approcher mais il l'a entendue chanter. Un peu plus tard, Sinforosa l'a aperçu et elle l'a aidé à fendre la foule.

La femme dansait. Elle montrait de temps à autre des signes de fatigue, mais il n'y avait pas de quoi s'alarmer. Il est reparti rassuré.

Le lendemain matin, il a choisi de venir plus tard. La femme dormait encore. Rien n'avait changé depuis la veille, lui annonça Sinforosa, elle continuait de se réveiller avant l'aube, réclamait à manger et retournait se coucher.

Puis Sinforosa revint sur ce qu'elle venait de dire. La veille au soir, lui avoua-t-elle, il s'était passé quelque chose d'étrange. Juste après qu'elle lui avait donné son bain, la femme s'était lancée dans un nouveau mime, le premier depuis celui du bercement. Elle s'était prostrée sur le sol de sa chambre et avait imité le souffle d'un agonisant.

Selon Sinforosa, le mime, comme pour le bœuf, fut criant de vérité : « J'ai failli demander à un de mes Indiens d'aller vous chercher ! Mais elle a toute sa tête, mine de rien, quand elle fait ses imitations : elle a saisi ce que j'allais faire et elle a sauté sur ses pieds, gentille, joyeuse, la même, quoi, et elle a demandé à voir mes filles. Ensuite, elle leur a caressé les cheveux et s'est couchée. Elle s'est endormie tout de suite. »

Après un petit temps de réflexion, Sinforosa lui a livré le fond de sa pensée : « Pour moi, quand la femme était dans l'île, elle a été très malade. »

*

James, sur le registre, relate la scène. Pas de ratures. Une écriture fluide et un luxe de détails. Pour une fois, il prend plaisir à écrire. Il va jusqu'à reproduire la déclaration de Sinforosa – il semble s'en souvenir au mot près – et fait état de son interprétation du mime. Il la cite entre guillemets puis s'autorise un commentaire personnel : « C'est mon avis. »

Sans plus d'explications, il passe à la conclusion. Elle est abrupte : « Demander à Fernald son numéro du *Polynesian*. »

Il a quelque chose en tête : il souligne la phrase.

Il sait en effet où il va. Dès le lendemain matin, il se rend chez Fernald.

Personne ne répond. Il court jusqu'à la vieille bâtisse qui fait à la fois office de tribunal, prison et bureau de police. Le shérif lui apprend que Fernald est parti régler un conflit de bornage à trois heures de cheval du pueblo. L'affaire est épineuse, il ne sera pas là avant deux jours.

James se résout à déposer chez Fernald un billet où il lui demande s'il a gardé l'article du *Polynesian* ; et dans l'affirmative, de le lui porter de toute urgence. Une fois rentré chez lui, il continue à bouillir sur place. Pour tenter de se calmer, il rouvre le registre et y griffonne quelques croquis.

Il est vraiment à bout. Plus tard, quand il relira cette page du registre, il sera incapable d'identifier les objets qu'il a dessinés. Nouvelles traces perdues à jamais.

Il s'est énervé pour rien. Le shérif s'est trompé, Fernald rentre le soir même. Dès qu'il découvre le billet de

James, il fonce chez lui. Il a gardé l'article. Il a également conservé le journal.

Fernald, quand il a vu avec quelle hâte James s'en est emparé – ses mains tremblaient, il a manqué de déchirer une page –, s'est inquiété ; c'est ce jour-là qu'il lui a demandé pourquoi il avait accepté la requête de Jiménez, mais comme James, très vite, s'est fermé, il a jugé qu'il ferait mieux de le laisser seul et n'a plus rien dit.

Une fois dans la rue, cependant, juste avant d'aller détacher son cheval, il a été pris d'un remords. Il est retourné frapper à la porte de James et lui a annoncé : « Je ne bougerai pas de la semaine. »

Trouver les mots pour signifier à James qu'il respectait son silence et lui laisser aussi entendre qu'il pouvait compter sur lui, c'était bien de Fernald. À part Elvira, James n'avait jamais rencontré quelqu'un qui sût le faire.

*

Sa fièvre, lorsqu'il se retrouve seul, ne retombe pas. Il veut savoir au plus vite ce que le journaliste a dit de l'enfant. Il croit se souvenir que Fernald, quand il a évoqué l'article, a passé ce point sous silence.

C'est exact et il comprend pourquoi : l'auteur du papier n'en souffle mot. D'après lui, l'unique lien que la femme a sacrifié en restant sur l'île est celui qui l'attachait à son mari. Mais comme le Ranchero Blond, le journaliste évoque l'occupation de l'île par les Russes et les massacres. Il les situe aux années 1820-1830.

James relit l'article plusieurs fois. Il a beau faire, il a l'impression de lire une tout autre histoire que celle racontée par Fernald. Il cherche pourquoi, en vain.

Un acteur pour le moins inattendu vient alors parasiter ses réflexions : une de ces venimeuses *Lactrodectus mactans*, alias « veuves noires », qui proliféraient dans les jardins du pueblo à la fin de l'été. Il a oublié de refermer une de ses fenêtres ; quand, à l'issue de sa troisième ou quatrième relecture, il se met à fixer le mur blanc qui fait face à sa table, il découvre une de ces splendides araignées.

Son abdomen rebondi et noir est frappé d'une tache écarlate en forme de sablier ; il s'agit indiscutablement d'une femelle et son venin n'est pas moins dangereux que celui de ses congénères mâles. Le temps de piéger, de tuer la bestiole, d'inspecter les moindres recoins de la maison pour s'assurer qu'elle n'a pas été colonisée par d'autres membres de la tribu *Lactrodectus mactans*, le temps aussi d'enflammer ici et là des bâtons de citronnelle (en plus de la sinistre veuve noire, une nuée de moustiques a envahi sa chambre), James a oublié où il en était de ses pensées lorsque l'araignée était apparue sur le mur ; et comme il se rassied devant le journal pour tenter d'en retrouver le fil, une phrase de l'article l'arrête, dont il se demande comment elle a bien pu lui échapper. Il s'entend dire à haute voix : « Mais je l'ai vu, de mes yeux vu… »

Ce dont il parle – image presque aussi nette que la veuve noire sur le mur blanc cinq minutes avant –, c'est la doublure de la tunique de plumes. L'auteur de l'article l'a décrite : « Elle est composée de peaux de petits oiseaux que la femme tue à coups de pierres. Elle les coud à l'aide d'une aiguille en os et d'un fil pâle, des moustaches de phoque ; les cadavres de ces bêtes, parfois, viennent s'échouer entre les rochers. »

James revoit aussi les aiguilles en os. Le jour où la femme est arrivée sur la plage, un de ses paniers en était plein.

Qu'il voie la tunique, les aiguilles, le fil, ça n'a l'air de rien mais ça change tout. Pour commencer, ça le rend jaloux. Le journaliste du *Polynesian* – ou son informateur – a approché la femme d'aussi près que lui.

Il se lève, passe ses nerfs sur quelques moustiques, se demande encore : « Comment ça a pu m'échapper ? Et comment ça a pu échapper à Fernald ? » Puis il se rassied et reprend le journal.

La réponse lui saute alors aux yeux. Le titre, « Une Robinsonne », a abusé Fernald. À cause de lui, il a lu l'article comme le pendant féminin des aventures de Crusoé. Or le journaliste relate tout autre chose : l'histoire d'une âme blessée, d'un corps souffrant, le passé de la femme.

Celui-là même qu'avec ses mimes depuis quelques jours, elle cherche à raconter.

Il trouve des excuses à Fernald : il est tombé sur le récit du *Polynesian* bien avant d'avoir découvert la femme. Et il ne l'a rencontrée qu'une fois, le soir de son arrivée. Il n'a pas noué de lien avec elle.

Il y a enfin le récit du journaliste. Les détails qu'il donne sur la femme et sa vie dans l'île – très réalistes, très précis – sont disséminés un peu partout puis noyés sous la glaise d'une prose alourdie d'effets empruntés aux romans d'aventures. Ils ressemblent, pour tout dire, aux fragments épars d'une antique mosaïque. Avant de pouvoir saisir ce qu'elle représente, il faut les dégager du sédiment où ils se sont perdus.

Il décide de s'y atteler. Il récolte, fait avec ce qu'il trouve, les brisures, les éclats, ce qui est disjoint, ce qui ne l'est pas, les blocs, les miettes, deux mots, trois phrases, le détour d'un paragraphe, les pièces et les morceaux. Puis il rassemble, recolle, raboute.

Pour le reste, il tâche de lire entre les lignes, dans le blanc du texte, là où se dit ce qui n'est pas écrit. Il y faut de la patience et un brin d'imagination. Mais ça le passionne. Il ne sent pas la fatigue.

La femme n'était pas si solitaire. Les Blancs, après avoir vidé l'île de ses habitants, l'ont approchée dix fois, douze peut-être. Ces « visiteurs » ne furent jamais les mêmes.

Il y eut plusieurs périodes. Pendant la toute première – l'année qui suivit le départ de ses compagnons, vraisemblablement –, ils se bornent à l'observer. À cette époque-là, elle ne pêche pas. Elle se nourrit d'ormeaux et, quand elle le peut, des petits poissons que le ressac ramène sur les plages.

Un de ces curieux, ou guetteurs, la voit un jour chasser des oiseaux de mer et noue avec elle un lien assez fort pour qu'elle consente à lui montrer la doublure de sa tunique. À cet inconnu, la femme explique également comment elle s'y prend pour coudre les peaux d'oiseaux.

Lui propose-t-il de l'emmener sur le continent ? L'a-t-on payé, comme Nidever ? Ou l'a-t-il découverte au hasard d'une escale et approchée par simple humanité ? Dans l'article, rien qui permette de trancher. Ce qui est sûr, c'est qu'à cette période que l'on pourrait qualifier de pacifique s'enchaîne très vite une autre, où l'on se rend sur l'île pour la capturer.

On y parvient semble-t-il sans difficultés mais la femme, une fois prise, est saisie d'une telle agitation – c'est le terme employé par l'auteur de l'article – qu'on se résout à la libérer.

Pas un mot sur la nature de cette « agitation ». L'homme qui la capture, en tout cas, est si épouvanté par sa proie qu'il la relâche. Il ne paraît pas s'attarder dans l'île.

Une fois sur le continent, a-t-il raconté sa mésaventure ? Ensuite, c'est à qui la ramènera le premier. Un, ou plusieurs autres « visiteurs » se portent candidats et le manège recommence : on l'observe puis on la traque. Mais comme elle prend désormais ses jambes à son cou à la seule vue de l'homme blanc, la méthode change : on adopte la tactique des chasseurs de faons ou de chèvres des montagnes. On l'attire dans un terrain en pente qui donne sur un à-pic. L'île regorge de falaises en surplomb de la mer ; la piéger est un jeu d'enfant.

La prend-on au lasso, comme le gibier ? Ou doit-on, avant de la ligoter, se battre avec elle ? Quoi qu'il en soit, on la capture. La femme, cependant, est plus enragée que jamais. Le triomphe de son chasseur est éphémère, il doit à son tour la libérer et décamper. Mais il faut toujours que quelqu'un revienne, la guette, la traque, tente de la capturer.

C'est la troisième période. La femme vit en errante. Le jour, elle se cache au fond des broussailles, les champs d'herbes hautes ou des failles qu'elle a repérées dans les falaises. Elle a le pied plus sûr que l'homme blanc, elle sait qu'il ne s'y risquera pas. La nuit, elle se recroqueville au creux des crevasses. Ou cherche l'abri des grottes. Elle est prudente ; elle change très souvent de cache et dort peu.

L'homme blanc, toujours aux aguets, est prompt à s'en apercevoir et, c'est inévitable, il la reprend. Mais maintenant, quand on met la main sur elle, elle pousse un cri si affreux – « inhumain », dit l'article – qu'on n'a qu'une envie : qu'elle se taise.

Elle ne se tait pas. De guerre lasse, on doit la libérer.

S'ouvre alors la dernière époque. On en revient à des façons moins rudes et quelqu'un réussit à l'approcher. On s'aperçoit qu'elle a perdu l'usage de la parole.

L'homme blanc, pour autant, garde son cap : l'emmener sur le continent. Les candidats, une fois encore, ne doivent pas manquer. On cherche à la persuader de quitter l'île « par toutes sortes d'efforts et d'incitations », écrit le *Polynesian*. Quelles « incitations » ? Qui veut la convaincre, comment communique-t-on avec elle puisqu'elle n'émet plus que des grognements, est-ce à cette période qu'elle commence à s'exprimer par mimes, et pourquoi s'obstine-t-on à l'arracher à son île ? L'auteur de l'article n'en dit rien. Il lâche seulement qu'on s'est démené en pure perte.

D'ultimes « visiteurs » malgré tout, dans les années 1845-1846, soit dix ans après le rapt, viennent jeter l'ancre à San Nicolas. Des hommes sans autre ambition que d'aller aux nouvelles. Ils s'acquittent de leur tâche avec scrupule, ils rapportent que la femme est solide et en bonne santé, à ceci près qu'elle est devenue muette.

James, une fois sa reconstitution achevée – deux pages et demie du registre –, conclut : « Il n'y a aucun doute. La femme décrite dans le *Polynesian* et celle que j'ai examinée ne font qu'une. Elle a cependant changé : elle a plus ou moins recouvré l'usage de la parole puisqu'elle se parle à elle-même ; et loin de fuir la compagnie des Blancs, elle la recherche et s'en trouve très heureuse, à preuve ses chants, ses danses. Ce dernier point est inexplicable. »

Il a beau dire, il ne s'y résout pas : il reprend la plume.

Avec une facilité inouïe, cette fois : graphie souple, fluide, rapide, il se laisse aller, pas d'effet, pas d'apprêt ; il accueille les hypothèses et les idées comme elles se présentent ; pour les séparer de simples virgules : « Qu'est-ce qui a bien pu pousser la femme à suivre Nidever, qu'est-ce qu'il lui a fait miroiter, pourquoi a-t-elle mimé ses périodes de prostration mais pas sa capture, et cet acharnement à l'emmener sur le continent, était-ce afin de la faire parler, seulement pourquoi la faire parler, et de quoi, à moins que »

Sur les mots « à moins que », la phrase reste en suspens. Il a sans doute affronté une nouvelle marée de questions, et peut-être levé le nez pour interroger encore le mur blanc.

Si c'est le cas, il ne s'est plus laissé submerger par les questions. Lorsqu'il se remet à écrire, sa pensée, comme son écriture, est d'une fermeté surprenante : « Cette femme, ce n'est pas sa langue qu'il faut comprendre, mais ce qu'elle a à dire. »

Il souligne « ce qu'elle a à dire ». Il a trouvé son cap. Il sait aussi qu'il n'en changera pas ; par en dessous, sur toute la largeur de la page, il tire deux traits.

Bien droits, ces traits, bien épais, comme ceux qu'il traçait naguère sur ses registres chaque fois qu'il quittait un port pour en gagner un autre – un rituel. L'illusion était la même : la vie serait à l'image de l'océan, sans fin.

– 4 –

Ce que disait la mer

Dans le registre, il n'y a pas que les mots qui comptent, les blancs aussi. Comme les cinq lignes laissées vierges sous le double trait. Chaque 31 août, quand le Dr Shaw en arrive à cette page, il reste toujours perplexe et il se retrouve à dévider le même chapelet de questions. Les notes suivantes sont datées du 16 septembre, il n'a donc pas écrit pendant dix jours. A-t-il été débordé ? Cet espace était-il destiné à recevoir des observations qui lui seraient revenues après coup mais lesquelles ? Et pourquoi cinq lignes seulement ?

Il ne voit pas. Le passé, pour une fois, résiste.

Il reprend à son début la chaîne de ses réminiscences, la sécheresse, les incendies, les bandits, son coffre volé, les gens qui voyaient des signes partout, González tonnant chaque dimanche du haut de sa chaire et promettant les feux de l'Enfer. Il repense aussi à l'homme qu'il était à l'époque, quelqu'un qui ne croyait ni en Dieu ni au Diable ni au destin. Rien à faire, il ne trouve pas.

Puis il s'aperçoit qu'il a oublié l'épisode des baleines qui avaient tardé à quitter la baie et, par association d'idées, il revoit la côte telle qu'elle était en ce temps-là : nue, solitaire, majestueuse, houleuse, à la merci des vagues, des vents. Et toujours par association d'idées – encore les baleines ; avec la construction du brise-lames, les courants ont changé, elles ont fui et ça l'attriste presque autant que ce passé perdu –, il se rappelle enfin ce que racontent ces lignes laissées en blanc. L'accès de ferveur qui l'avait saisi après sa lecture du *Polynesian* avait été éphémère. Il s'était cru, tel un adolescent, maître de sa vie et du Temps mais la réalité, dès le lendemain, lui avait opposé son implacable falaise. Il en avait cessé d'écrire. Dix jours plus tard, cependant, il rouvrit le registre pour laisser une trace de cette épreuve ; et comme il avait appris avec Fernald qu'il était des silences parlants, ce fut cette petite tranchée blanche, l'équivalent d'un soupir dans une partition.

*

Il ne s'était pas produit d'événement particulier. Ça ressembla à un changement de saison. Un matin, dans les rues du pueblo – il n'a pas gardé souvenir de la date mais ça se passa sans doute dès le lendemain de sa découverte de l'article du *Polynesian* –, il eut l'impression que l'air n'était pas le même. Un je ne sais quoi s'était enfui, qui ne reviendrait pas. Et quelque chose d'autre, déjà, le remplaçait. La ville n'avait pas changé, c'étaient les gens qui n'étaient plus pareils.

Ça le troubla assez pour qu'il s'attarde là où il avait à faire, l'entrepôt de Sparks, le bazar de Lewis Burton et diverses échoppes où il lui restait des bricoles à acheter, celle de Benigno, par exemple, un jeune apothicaire chilien venu tenter sa chance dans la baie. Il traîna aussi du côté de la cahute des marins ; c'était là qu'il recrutait les hommes dont il avait besoin à Santa Cruz. Il offrit des tournées, partagea des tortillas, des verres d'eau-de-vie. Et comme il fallait s'y attendre, il finit par confier à Fernald ce qu'il avait vu et entendu.

– Tu ne rêves pas, a confirmé Fernald. Quelque chose a changé depuis que la femme est là. Combien de temps déjà ?

– Aucune idée.

James était sincère, il avait oublié. Il n'était pas tout à fait sorti de ses deux semaines de rêve éveillé.

Fernald, lui, n'a pas été long à calculer :

– Seize jours. C'est curieux, moi non plus, je n'ai pas vu les jours passer. Et les gens ont changé. Pas seulement dans le pueblo, dans tout le pays.

Fernald avait l'œil. Il était si souvent sur les chemins.

Ses mots ont rassuré James. Il ne s'est pas remis à écrire pour autant. Il a seulement été plus attentif à ce qui se disait autour de lui ; et comme il se mêlait aux gens, il s'est aperçu que les angoisses qui les assiégeaient depuis le début de l'année s'étaient évaporées. Le départ tardif des baleines, par exemple, leur était sorti de l'esprit.

Ils n'attendaient plus rien de la mer, de toute façon, sauf le brick qui livrait tous les deux mois les commandes de marchandises. Il n'arrivait pas.

Bien sûr, ils pensaient à l'île. À l'île imaginaire, celle des récits, l'île que presque personne n'avait vue.

Et encore. L'île se confondait maintenant avec la femme et la femme était là, à deux pas de la lagune salée. C'était elle, l'île.

Les gens, finalement, étaient légers. Les pluies n'avaient duré que trois jours mais ils ne s'inquiétaient plus de la sécheresse. S'ils portaient encore des amulettes sous les chemises, c'était pure habitude.

Ils avaient aussi oublié les feux de forêt. Les rancheros et les vaqueros installés derrière la ligne des montagnes disaient pourtant qu'ils recommençaient à dévaster l'arrière-pays.

Ceux-là, les éleveurs de bestiaux, qui vivaient à une journée de cheval, parfois deux, ne descendaient généralement au pueblo que pour les fêtes. Là-haut, dans leurs domaines dont on ne voyait pas la fin, ils n'avaient jamais entendu parler ni de l'île ni de la femme. Mais son histoire, il faut croire, voyageait comme le feu, avec le vent ; elle a vite gagné les montagnes.

Il y eut aussi la solitude et l'ennui. Les fermiers, dès que l'arrivée de l'inconnue leur est revenue aux oreilles, n'ont plus tenu en place et tous, à un moment ou à un autre, il a fallu qu'ils sautent sur leur cheval, abandonnent leurs troupeaux à leurs Indiens, franchissent les cols et s'engagent sur les sentes caillouteuses taillées par les vieilles tribus chumash. Insoucieux des ours et des pumas, ils fendaient les broussailles, dévalaient à bride abattue les canyons qui menaient à la baie. Ils allaient jusqu'à braver la menace des bandits.

Mais les bandits, les ours, les pumas, c'était comme le reste : maintenant, tout le monde s'en fichait. La femme était venue, quelque chose était advenu et tout avait changé.

Qu'est-ce qui avait changé ? Comment ça s'était fait ? Et pourquoi si vite ? Ça aussi, on s'en fichait. C'était arrivé, voilà. Et si ça vous turlupinait, vous pouviez toujours aller voir la femme, l'approcher, toucher sa robe de plumes, l'écouter chanter, la regarder danser et repartir en vous disant que ceux qui vous avaient parlé d'elle n'avaient pas affabulé : en sortant de chez Nidever, on n'était plus tout à fait le même. Seulement à quoi ça vous avançait de savoir à quoi ça tenait ? Déjà qu'elle était bizarre, cette sauvage ; déjà qu'on ne connaissait pas son nom, son vrai nom. Elle était là, elle n'était pas méchante, ça suffisait amplement.

Alors oui, on aurait bien aimé savoir ce qu'elle racontait. Mais ça n'allait pas tarder ; il y avait des gens qui s'occupaient de déchiffrer son galimatias, les Padres et le brave gars, là, qui venait la voir tous les jours, le médecin chargé de l'empêcher de crever, celui qui connaissait des palanquées de charabias tellement il avait bourlingué.

Il croyait l'entendre, James, ce qui se disait dans son dos. Il y avait même des jours où, rien qu'à la face de ceux qu'il croisait, il devinait ce qu'ils taisaient, des choses si moches qu'ils les gardaient dans un coin de leur tête où, sans doute, il n'était pas indiqué d'aller se balader.

Il recommençait à se méfier des gens de la baie. C'est aussi ce qui l'empêchait de rouvrir le registre. Il remettait au lendemain. Puis au surlendemain, et ainsi de suite.

En attendant, il observait, emmagasinait. Ce qui est déjà écrire.

Il s'en allait maintenant chez Nidever quand il savait que les visiteurs seraient rares, pendant la sieste ou, pour être précis, à l'heure la plus chaude de la journée, celle-là même où la femme avait débarqué.

Il avait changé lui aussi, il venait par la plage. Lorsqu'il atteignait l'endroit où il avait vu la femme la première fois, qu'il repérait au canot de Nidever – il était toujours là, renversé sur le sable, il n'avait pas dû prendre la mer depuis –, il retenait son cheval, le forçait à se retourner, l'arrêtait et contemplait la baie.

C'était juste histoire de se mettre dans le regard de la femme à l'instant où elle avait découvert la côte : les rochers, tout au nord, les falaises, la vieille forteresse espagnole, le petit tertre couronné par l'ancienne maison de Nidever. Puis la plaine en attente de la pluie, le campanile de l'église, la toute nouvelle State Street, seule à fendre l'agglomérat confus du pueblo, cahutes, jardinets, masures de pisé, façades de briques crues. Enfin là-haut, roidement arrimé à la racine des montagnes, le fronton impérieux de la mission, dernière balise avant l'âpreté des canyons.

Il avait beau faire, il n'arrivait pas à se représenter ce que la femme avait pu voir dans ces formes, couleurs, reliefs. « C'est le soleil, se disait-il, octobre qui approche. La lumière, comme le reste, n'est plus la même. »

Puis il renonçait : « Je suis idiot, on ne peut pas se mettre dans le regard des autres. »

Le lendemain il recommençait.

La femme, lorsqu'il arrivait, était souvent entourée de bols et d'assiettes. Son appétit était de plus en plus féroce. Elle réclamait à manger à tout bout de champ.

Ses goûts, cependant, s'étaient affirmés. Quelqu'un lui avait offert de la liqueur, depuis, elle en raffolait. L'arôme, anis, orange, menthe, lui était indifférent du moment que la boisson était sucrée.

Elle refusait aussi certains plats. Elle continuait d'apprécier les fricassées de mouton, palourdes, ormeaux, langoustes que lui préparait Sinforosa mais il ne fallait pas lui présenter du bœuf. Elle en reniflait l'odeur de très loin ; elle grimaçait.

Elle avait également horreur du thé. Sinforosa ne s'y résignait pas. Un jour, avant de lui en servir, elle l'adoucit de lait et de miel. La femme le repoussa tout de suite.

Le café, au contraire, lui plaisait, même quand il n'était pas sucré. James a fini par se demander si elle n'associait pas le thé, comme le bœuf, à de mauvais souvenirs. On lui en avait peut-être offert pour la piéger.

*

Avant de quitter San Nicolas, elle avait pris soin d'emporter un grand pot de graisse de phoque. Les premiers jours de son séjour, elle n'y avait pas touché, puis un matin, elle l'avait entamé et n'avait plus cessé de se gaver de graisse.

Elle transportait le pot partout. James a voulu l'examiner. Elle a accepté. Comme le vase qu'il avait dessiné quelques heures après son arrivée, il était fait de fibres végétales étroitement tressées.

Il était également tapissé, sur sa face intérieure, d'un enduit noirâtre. « De l'asphalte », a assuré un marin qui se trouvait là.

James a demandé à voir le pot. Le marin, un Irlandais si rougeaud qu'on l'avait surnommé « Colorado », disait avoir fait partie de l'expédition qui avait ramené la femme ; il prétendait l'avoir vue fabriquer cet enduit avant leur départ de l'île.

Il ne fabulait pas, il a décrit l'opération avec force détails. Elle avait commencé par récolter un plein panier de ces boulettes noires qu'on trouvait là-bas sur toutes les plages. Selon Colorado, au fond des abîmes qui entouraient l'île, il y avait des sources de goudron. L'océan, pendant les tempêtes, les refroidissait puis les recrachait sous la forme de ces petites billes poisseuses et noires. La femme, après sa récolte, les avait déposées sur un tapis de galets qu'elle avait préalablement trempés dans de l'eau bouillante ; les boulettes avaient fondu. Elle avait alors recueilli le liquide et ensuite, en faisant tourner le pot à toute vitesse, elle avait réussi à en chemiser l'intérieur. L'asphalte avait formé une couche très fine puis avait refroidi. Dix minutes plus tard, le pot était étanche. La femme y avait ensuite enfoui sa réserve de graisse de phoque, qu'elle gardait jusque-là dans des réceptacles plus petits.

Sinforosa, lorsqu'elle la voyait se gaver de cette graisse, était prise de haut-le-cœur mais elle la laissait faire. « Sur l'île elle mangeait comme ça, maugréait-elle. Et puis qu'est-ce que j'y peux ? On verra bien quand le pot sera fini. »

Pour les fruits, en revanche, elle s'insurgeait ; et puisque James, dès qu'il entrait chez Nidever, s'assurait que la femme n'y avait pas touché, elle avait exigé de ses enfants de ne jamais en manger devant elle et demandé à ses Indiens de ramasser avant son réveil tous les melons, pêches, pommes et figues de son verger.

Des visiteurs, malheureusement, lui en avaient donné. Elle y avait goûté, en avait réclamé d'autres. Ça avait dû se savoir, ils étaient de plus en plus nombreux à lui en apporter.

« Je leur fais la guerre », vitupérait Sinforosa. « J'ai dressé mes enfants et mes Indiens à cacher leurs fruits dans ma cuisine avant d'entrer dans le jardin. Seulement la femme, elle est maligne, elle a compris le manège. Et l'odeur des fruits, c'est comme le reste, elle la renifle de loin. Quand les gens sont partis, elle me réclame ce qu'ils ont apporté et, comme je ne veux rien lui donner, elle me fait la vie. » Lui faire la vie, c'était copier Isabel, sa petite dernière : lorsqu'on lui refusait quelque chose, elle trépignait, pleurnichait.

Sinforosa pestait : « J'en ai assez de ces badauds ! La femme, ils m'en font une enfant gâtée ! »

Un jour aussi, elle a bougonné : « Heureusement que je ne comprends rien à ses grincheries parce que la pauvre, avec tout ce qu'elle a vécu, je serais fichue de céder. »

« Elle pense donc à céder ? » s'est inquiété James. Son alarme était vaine. Sinforosa ne cédait pas.

Ce fut vraiment une période difficile, un entre-deux où il perdit pied. Un soir il tranchait : « Je vais aller voir González et lui dire que je jette l'éponge. » Le lendemain il avait changé d'avis et le carillon de l'église n'avait pas sonné la demie de midi qu'il était déjà à galoper sur la plage, l'œil rivé sur la lagune salée.

Il trouvait constamment des prétextes pour continuer : « Ce serait prématuré. Il faut que je veille sur sa santé. Et j'ai tout mon temps. »

Il se mentait à lui-même et il le savait. Lorsqu'il avait croisé Jiménez dans les rues du pueblo, il l'avait senti impatient. Le jeune Padre ne piaffait pas ; il s'était contenté de lui grincer un « Alors, ça avance ? » qui n'était pas de bon augure. Il passait tous les jours chez Nidever, il était parfaitement averti que ça n'avançait pas.

Ou c'était le gros Sanchez qui le renseignait. Comme Jiménez, il venait chaque matin voir la femme. Et c'était le confesseur de Sinforosa.

Seul González n'était pas revenu. Il n'avait pas besoin de s'en donner la peine. Il confessait quotidiennement les deux autres Padres.

*

Avant de partir chez Nidever, James partageait souvent une tortilla ou du poisson grillé chez Benigno, le jeune apothicaire ; c'est tout naturellement qu'un jour ils ont abordé la question de la santé de la femme. Benigno lui a confirmé que la plupart des Indiens arrachés à leur milieu d'origine ne survivaient pas longtemps. Deux ou trois mois, d'après lui, pas plus.

Il parlait d'expérience. Il avait passé deux ans au Suriname, dans le port de Paramaribo, où il avait croisé quelques-uns de ces hommes, femmes ou enfants que les Hollandais extrayaient de leur jungle afin d'en faire leurs esclaves.

– Il y a bien sûr des exceptions, a-t-il admis. On verra bien, c'est le temps qui décide.

Pour James, laisser le dernier mot au temps, c'était insupportable. Il a pourtant approuvé :

– Évidemment !

Il n'en pensait pas un mot. Il essayait malgré tout. Il y arrivait ou il n'y arrivait pas. Ça dépendait des jours.

Ça a fini par l'épuiser. Un soir, comme il venait de s'asseoir devant le registre et qu'une fois de plus, il ne parvenait pas à écrire une seule ligne, il s'est pris la tête entre les mains : « J'ai été fou de vouloir sauver cette femme. Le pire, c'est que je crois toujours en être capable. Mais est-ce vraiment mon devoir ? »

Son sommeil, ensuite, fut exécrable. Il se réveillait chaque nuit en sursaut puis ruminait pendant des heures. Il pensait à tous ceux, Indiens ou *gente de razón*, qu'il avait laissés à Santa Cruz.

Il s'inquiétait particulièrement pour Juan Hernández, son contremaître, dont le frère avait été emporté par une lame de fond trois semaines avant son départ. Il avait quitté un homme effondré et il craignait que Juan n'ait pas la force de diriger le ranch à sa place. La plus jeune de ses Indiennes, María Francisca, le tourmentait aussi. Elle était enceinte de huit mois et c'était son premier enfant. Elle avait failli le perdre ; il s'était promis d'être là quand elle accoucherait.

Pendant ces nuits sans fin, il a souvent cherché d'autres prétextes pour rester. Comme les achats qu'il avait faits chez Sparks et Lewis Burton étaient désormais empaquetés et stockés dans l'appentis qui jouxtait sa maison, il n'a pu en invoquer qu'un seul : sur les quinze hommes dont il avait besoin pour construire ses nouvelles bergeries, il n'en avait recruté que dix. Il lui en restait cinq à embaucher.

Seulement les autres, maintenant qu'il leur avait offert un horizon, étaient pressés de partir. Ils grillaient de toucher un salaire, ils ne pouvaient pas attendre indéfiniment. La conclusion s'imposait : « Si je suis encore là, c'est parce que le brick n'est pas arrivé. Seulement quand il arrivera… »

« Quand il arrivera » : il savait que le navire pouvait entrer dans la baie le lendemain, voire dans quelques heures. Et malgré tout, il repoussait l'événement dans les limbes d'un futur brumeux. Il y a même eu des nuits où il s'est dit : « Si le brick arrive… », comme s'il était possible qu'il n'arrive jamais.

Il voyait pourtant l'*Eldorado* débarquer sur la plage les caisses bourrées des marchandises qu'il avait commandées lors de son précédent passage. Mais lui, il ne se voyait pas partir.

Il trouvait toujours la femme dans le jardin de Nidever, installée sous le sycomore. Elle aimait son ombre. Elle aimait aussi, les après-midi de vent, voir s'y balancer ses paniers.

Elle était assise sur une chaise ou accroupie à même le sol. On ne pouvait pas prévoir. C'était comme pour ses vêtements ; elle enfilait généralement sa tunique de plumes mais, maintenant qu'elle ne se grattait plus, elle lui préférait parfois l'accoutrement qu'elle portait à son arrivée, la jupe à carreaux, la veste d'homme et le foulard de marin. Il l'a même vue vêtue, comme les Indiennes de la maison, d'une simple tunique de coton. « C'est elle qui décide ! » souriait Sinforosa.

La femme n'était jamais seule, loin de là. Autour d'elle, il y avait toujours une vingtaine de personnes en comptant les Indiens de la maison, leurs enfants, ceux de Sinforosa et les gens qui venaient des montagnes.

Ceux-là étaient épuisés. Ils auraient pu s'arrêter en chemin pour faire un somme mais ils étaient si pressés d'être ici qu'ils avaient poursuivi leur route. Ils arrivaient hébétés ; ils attendaient d'avoir vu la femme pour s'écrouler. Ils avisaient un arbre, se laissaient tomber. Ils pouvaient dormir pendant des heures. Ils ronflaient.

Parmi ceux qu'on voyait souvent dans le jardin, on comptait des hommes qui, comme Colorado, avaient été de l'expédition qui l'avait ramenée. Eux, ils s'installaient au plus près de la femme, assis à l'ombre d'autres arbres et le dos calé à leur tronc. Ils feignaient de somnoler ; ils étaient à l'affût du moindre bruit. Au premier pas dans la cour ou sous le portique, ils rouvraient l'œil. Rien ne leur échappait.

Ils revenaient presque tous les jours. Ils avaient mesuré qu'ils avaient vécu une aventure exceptionnelle, ils veillaient sur l'inconnue avec l'attention d'un frère ou d'un fils. C'était aussi de son histoire qu'ils se sentaient les gardiens.

La femme n'était pas encombrée de cette petite suite qui s'agglutinait autour d'elle. Ces retrouvailles régulières avec des visages familiers la rassuraient ; elle n'était plus traversée d'absences ni d'accès de mélancolie. Comme à son arrivée, elle éblouissait et tout l'éblouissait.

C'était très sensible quand la chaleur baissait et que les visiteurs recommençaient à envahir le jardin. On la voyait courir au-devant d'eux.

Elle continuait à s'enthousiasmer de tout. Même de ce qui aurait pu finir par la lasser, les chevaux qui caracolaient sur le chemin, les attelages de bœufs massés à l'entrée de la cour, les vêtements de fête que les *gente de razón* se faisaient un devoir d'enfiler avant de venir la voir ; et comme les vaqueros et les rancheros qui arrivaient des montagnes étaient accoutrés, à l'ancienne, de façon encore plus voyante – gilets de damas bleu, vestes vert pomme, caleçons de velours cramoisi, bottes en peau de cerf brodées des mêmes motifs floraux que leurs chemises de gaze –, son allégresse redoublait. Elle sautait, dansait, chantait.

Sinforosa en a oublié ses peurs. À la fin de la semaine, elle a cessé de récriminer : « C'est sûr, docteur Shaw, elle s'empiffre. Mais ce qu'elle se dépense ! Et après ça, elle dort. Toujours par terre, sur sa natte, sans couverture, ça n'empêche pas qu'elle ronfle ! Alors moi, la nuit, c'est fini, je la laisse toute seule. Ça a l'air de lui réussir. Elle dort moins tard. Elle se réveille maintenant vers neuf-dix heures. »

Ce qui l'enchantait, c'est que le matin précédent, juste avant l'arrivée des badauds, la femme avait entrepris d'explorer la maison : « Elle a ouvert les armoires, les placards, les tiroirs, une vraie fouine ! »

« Et elle ne s'est pas arrêtée là », poursuivit-elle, « elle a recommencé ce matin, et pourtant le monde qu'il y avait dans le jardin ! Ils juraient tout ce qu'ils savaient tellement ils étaient furieux de l'attendre ! »

James a quand même remarqué qu'un petit quelque chose l'inquiétait et, de question en question, il lui a fait cracher le morceau. La femme, depuis trois ou quatre jours, en plus de ses placards et de ses armoires, se montrait curieuse de tout de ce qu'elle faisait, la manière dont elle se lavait, s'habillait, se coiffait, cousait, tournait les sauces, dirigeait les lessives.

Ce n'était pas sa curiosité qui troublait Sinforosa mais la forme qu'elle prenait : « Elle me mange des yeux. Elle me regarde, elle ne bouge plus. »

Cette fascination muette, d'après elle, avait atteint son comble le dimanche matin, au moment où elle amidonnait des robes de dentelle que ses filles se devaient d'enfiler avant de se rendre à l'église. Ça s'était passé dans sa chambre ; la femme avait découvert, en face du lit de Sinforosa, un portrait d'une Vierge à l'Enfant dans le goût mexicain, couronnée d'une tiare et revêtue d'une cape d'où s'échappaient des dizaines de flammèches : « Quand elle l'a vue, elle s'est transformée en statue. Ses yeux étaient grands, fixes, elle ne respirait plus. Elle m'a fait peur. »

Mais comme toujours, Sinforosa s'est rassurée : « Quand même, elle va mieux. Elle parle moins souvent toute seule. Il y a des jours où ça n'arrive pas. »

Elle était presque aussi fière des progrès de la femme que de la façon dont l'aînée de ses filles, María, se tenait sur le jeune mustang que Nidever venait de lui offrir pour aller à la messe.

James, quant à lui, avait fait une tout autre observation. Il avait l'impression que la femme, depuis quelques jours, ne communiquait plus par mimes.

Lorsqu'il s'en est ouvert à Sinforosa, elle le lui a confirmé : « Le dernier, c'était dimanche soir. Elle a pris son couteau et nous a montré comment elle se débarrassait des coyotes qui l'attaquaient – c'est en tout cas ce qu'a dit le Capitaine ; il l'a vue faire quand ils étaient dans l'île. Mais depuis, rien. J'ai l'impression que ça commence à la fatiguer, de gesticuler quand elle a envie de nous raconter quelque chose. »

James n'a pas voulu la contredire. Pour lui, la femme s'était lancé un défi, celui de se faire comprendre, non plus par signes, mais par la parole. Il l'avait remarqué ces derniers jours : de temps à autre, elle demandait à quelqu'un de s'approcher ; elle le tirait par la manche puis lui débitait une longue chaîne de mots. Au *no comprendo* qu'on lui opposait, elle voyait bien qu'elle avait parlé dans le vide. Ça lui était égal, elle éclatait de rire et s'adressait aussitôt à un autre. Toujours le premier venu, un Indien de la maison, Sinforosa, un de ses fils, un ranchero encore ébahi de l'avoir vue pour de vrai, n'importe qui du moment qu'elle pouvait lui dévider un nouveau collier de syllabes. Elle n'était jamais découragée.

James, quand venait son tour de se faire tirer par la manche, était au désespoir. Il avait beau tendre l'oreille, il était comme tout le monde : ce qu'il entendait lui faisait l'effet d'une formule cabalistique. Il n'aurait même pas su dire si ce qu'elle lui lâchait était une affirmation ou une question.

Il n'a pas voulu admettre qu'il courait à l'échec. Il a recommencé à s'intéresser à ses objets – un grand poinçon en os, notamment, une sorte d'alêne qu'elle lui avait brandi à l'improviste ; il ne l'avait jamais vu et il ignorait d'où elle avait pu le sortir, peut-être de dessous sa robe.

Il a cru à ce moment-là qu'il pourrait réveiller son goût du mime. Il a mesuré le poinçon, a saisi sa main et l'a repliée sur l'outil. Elle l'a tout de suite lâché et s'est fermée.

Il a compris. Elle ne voulait plus se souvenir de l'île. Elle avait tiré un trait, elle aussi.

Le plus pénible, pour lui, fut de dissimuler son abattement à Sinforosa. Une nuit, il envisagea fugacement de ne plus retourner chez Nidever. Il revint pourtant. En pure perte.

Le brick n'arrivait toujours pas. Et depuis une semaine, il ne notait rien sur le registre. Ça l'inquiétait.

À la façon dont il évitait son regard, Benigno a deviné ce qui le tourmentait et il a eu une idée. Lors d'une de ces haltes que James s'accordait presque tous les jours dans son extravagante officine, ils se sont mis à parler de la femme.

Il faisait bon et Benigno, comme souvent, lui avait offert de déjeuner sous les arbres qui ombrageaient la vieille cabine de bateau où il entreposait ses remèdes. Il adorait la pêche ; il lui avait servi des petits poissons qu'on trouvait en abondance près du rivage et qu'il appelait *sarda*. James, qui n'avait toujours que la femme en tête, lui a lâché :

– Elle aime beaucoup ça, m'a dit Sinforosa. Il paraît qu'elle en pêchait quand elle était dans l'île. Elle a d'ailleurs rapporté des hameçons et du fil de pêche.

Benigno fut tout de suite en alerte :

– Elle s'en sert ? Elle va pêcher ?

– Pourquoi le ferait-elle ? Elle est maintenant servie comme une princesse.

– La pêche, c'est une passion. Au début, tu pêches pour ne pas crever de faim. Ensuite tu y prends goût et tu ne peux plus t'en passer.

Et soudain il a lâché :

– Si je l'emmenais ?

James, sur le moment, a cru à une plaisanterie. Mais il s'est souvenu des débuts de Benigno ici. Le jour de son arrivée, il avait été détroussé par les bandits, qui ne lui avaient laissé que son stock de sirops et d'onguents. Il ne s'était pas estimé vaincu ; il avait rejoint les vagabonds du bout de la plage et, comme eux, s'était mis à pêcher. C'est là qu'il avait découvert, au pied d'une falaise, une épave qui résistait à l'assaut des vagues. Celle d'un bateau de pêche, justement, dont la cabine de pont était encore intacte. Il l'avait aussitôt démontée, chargée sur un char à bœufs puis transportée ici, au débouché de State Street, où abordaient les chaloupes des steamers et des bricks. C'était maintenant son officine et sa maison. Il y dormait. Il commençait à gagner de l'argent mais continuait à pêcher. James ne fut donc pas surpris qu'il insiste :

– On l'emmène à la pêche ? Je ne serais pas étonné qu'elle nous sorte deux ou trois mots.

Le vent, cet après-midi-là, est comme mort. Le ciel s'est couvert, la mer a pris la couleur du plomb.

Au moment où Benigno et James arrivent chez Nidever les contours du portique sont flous, les ombres molles. Pourtant il ne semble pas qu'un orage se prépare. Il fait bon, juste un peu frais. Il ne va pas pleuvoir non plus, la nappe de nuages est uniforme et d'un gris léger.

Ici, quand les repères se brouillent, tout est possible et les gens, parfois, se conduisent de façon déconcertante. Ils sortent à l'heure de la sieste, par exemple, houspillent leurs Indiens, leurs régisseurs, leurs commis. Dans leurs intrigues et leurs affaires, ils démontrent alors une détermination singulière, tandis que les buts qu'ils poursuivent sont à l'image du temps qu'il fait, nébuleux.

Pourquoi ces jours-là et pas les autres ? James n'a jamais compris. Il a constaté, c'est tout.

*

Le jeudi où Benigno et lui tentent d'emmener la femme à la pêche, James, à la simple couleur du ciel, sent que tout va lui échapper. De fait, dès qu'il arrive chez Nidever, il tombe sur les dernières personnes qu'il s'attend à y trouver. Est-ce le temps, là encore ? La lumière grise, le ciel cotonneux ? Leurs silhouettes, dès qu'il les aperçoit, lui paraissent incertaines, quasi fantomatiques. L'impression est d'autant plus déroutante que les voix des uns et des autres sont parfaitement audibles.

Au premier abord, rien n'a changé. La femme est dans le jardin, adossée au tronc du sycomore. Autour d'elle, sa petite suite, comme d'habitude, les enfants, les marins, les Indiens. Sur les branches de l'arbre, ses paniers sont accrochés à la même place. Seule différence, elle dort. Son sommeil est très profond. James, dès qu'il la voit, suspend son pas.

– Elle a mal dormi cette nuit ! lui crie Sinforosa depuis le portique.

La femme ne se réveille pas.

Sinforosa elle-même est étrange. Au lieu de venir à sa rencontre, elle reste où elle est, assise sous le portique devant une table en bois de santal. Première fois que James voit cette table. Une Indienne y dépose un plateau.

De l'autre côté de la table, assise elle aussi, se tient une visiteuse, grande, lourde, droite, froide, identifiable entre mille avec son profil de médaille et son chignon de nattes aussi luisantes et enchevêtrées qu'un nœud de vipères : doña Antonia, la plus belle femme du comté avec doña Carmela. C'est du moins ce qui se dit et, si on n'est pas de cet avis, mieux vaut se taire. Ceux qui s'y sont risqués l'an passé, des nouveaux venus, des gens de Philadelphie, en ont été pour leurs frais. Ils se fichaient pas mal que doña Antonia soit une de ces La Guerra qui ont fait pendant cent ans la loi dans le pays ; ils s'étaient moqués d'elle, l'avaient surnommée, par dérision, « Sa Beauté ». Ils l'ont payé cher. Ils ont dû quitter la baie et doña Antonia entend bien qu'on n'oublie pas la leçon. Même en semaine, comme aujourd'hui, elle se pare quand elle sort, satin et dentelles, peignes d'or, perles énormes enchâssées dans sa croix. Et le plus beau, son châle en soie ; dès qu'elle bouge, on voit surgir en filigrane du tissu des phénix, des pluies de lotus.

Sinforosa est à ses petits soins. Pour ce noir monument d'apprêt, elle a sorti sa théière d'argent, des serviettes brodées, sa porcelaine de Canton. Au lieu de son Indienne, c'est elle qui sert doña Antonia, elle encore qui lui tend les cuillers, le sucrier, le pudding à la fleur d'oranger.

Rien qu'à ses façons soumises, James devine qu'elle n'abandonnera pas la table pour l'accueillir. Sa visiteuse est une La Guerra. Elle a vu la femme dès le premier soir ; si elle revient aujourd'hui, c'est qu'elle a quelque chose en tête, une affaire si importante qu'elle a renoncé à sa sieste.

Aux yeux inquiets de Sinforosa, il est clair qu'elle ignore encore ce qui lui vaut cette visite. Mais tant que Sa Beauté n'aura pas consenti à soulever de sa chaise sa majestueuse personne, elle ne bougera pas et lui, James, continuera à se demander pourquoi la femme a mal dormi.

Alors il imite doña Antonia, se compose une face indifférente. Il la salue dans les règles, avec déférence mais de loin. Il adresse le même signe de tête à Sinforosa.

Benigno, lui, se montre plus désinvolte. Depuis qu'il a passé deux ans à la lisière des jungles de Paramaribo, il a les salamalecs en horreur.

Mais voici que se profilent, dans la partie du jardin qui jouxte la lagune salée, les deux hautes silhouettes de Nidever et de Sparks. Ils ont sorti leurs fusils.

Des canards et des cailles viennent de jaillir des roseaux. Les coups partent. Les deux hommes se précipitent.

Ce n'est pas un bon jour pour Sparks. Il a abattu une caille, et Nidever, un canard.

Nidever, d'avoir fait mieux que Sparks, ça le met en joie. Il court ramasser son gibier, revient vers la maison, s'engage sous le portique, va se planter devant la table où doña Antonia, toujours aussi bien installée dans sa noire majesté, commence à siroter son thé. Puis, plus raide qu'elle si c'est possible, il brandit le canard :

– Mon dîner !

Sparks ne va pas chercher la caille qu'il a abattue. Après quelques instants où il a fixé la haie de figuiers de Barbarie qui clôture cette partie du jardin, il choisit de revenir vers la maison les mains vides ; et lorsque Nidever saisit son canard par le cou et le balance, encore chaud, devant le nez de Sa Beauté, il la voit.

Il l'entend aussi. La scène semble l'embarrasser, il s'arrête. Mais très vite, son parti est pris et, comme James et Benigno l'ont fait, il salue les deux femmes de loin. Sa courtoisie est millimétrée ; il soulève son chapeau exactement ce qu'il faut. Puis il oblique vers le jardin et rejoint le sycomore d'un pas nonchalant.

Les détonations ont réveillé la femme en sursaut, ses yeux sont béants. La première image qu'ils rencontrent est celle de Sparks.

Il se penche sur elle, lui sourit. Elle est comme paralysée. On pourrait la croire morte si elle ne se mettait à hurler :

– *Mah-nyh-ah-nah !*

Ce n'est pas un cri, mais un crachat. L'effet du « h » aspiré qui termine chaque syllabe, estime James.

Il préfère ignorer la violence que la femme y a mise. Ce qui compte, c'est que ce cri soit un mot. Un mot espagnol. *Mañana*, demain.

Dans le jardin et sous le portique, tout le monde a compris, les enfants, les marins, les Indiens, Benigno, Sinforosa, Nidever, doña Antonia, Sparks. Et tout le monde est saisi.

Mais pas de la même façon. Si Benigno et les marins se raidissent, c'est qu'ils sont perplexes. Ils se disent : « Tiens, voilà que la femme a crié *mañana*, qu'est-ce que Sparks a bien pu lui raconter pour qu'elle lui réponde ça et sur ce ton-là ? », tandis que Nidever, Sinforosa, doña Antonia et Sparks, eux, sont interloqués, et même sur le qui-vive. Ils n'ont plus du tout l'air flambant. Nidever, qui n'est pas le moins du monde enrhumé, n'arrête plus de renifler. Doña Antonia rajuste ses peignes dans sa pelote de nattes. Sinforosa a le poignet qui tremblote quand elle soulève sa tasse de thé. Sparks, lui, feint de s'intéresser aux paniers de la femme. Lorsqu'il comprend enfin que ça ne trompe personne, il se tourne vers lui, James, et lui lance :

– Maintenant qu'on sait que votre protégée parle espagnol, docteur Shaw, vous allez pouvoir rentrer dans votre île.

Il n'a pas le temps de finir, Sinforosa lui coupe la parole :

– Mais non, tout ça, c'est mes filles ! Elles se sont mises en tête de lui apprendre des mots, des tout petits mots, *mañana*, *vamos*, des choses comme ça. Elles veulent même qu'elle appelle le Capitaine *tata*[1], et moi *nana*[2]. Alors la femme elle répète. Mal, d'ailleurs, elle ne dit pas *vamos*, elle dit *vamoose*. Mais elle ne parle pas espagnol, c'est juste qu'elle a été réveillée par les coups de fusil. Elle rêvait, alors voilà, elle a dit la première chose qui lui est passée par la tête, et comme mes filles sont toujours fourrées avec elle et mes garçons aussi, la femme…

On ne peut plus l'arrêter. C'est à lui, James, qu'elle s'adresse. Et elle y met tout son cœur, dans sa tirade. Mais plus elle se démène, plus Sparks étire son sourire qui n'en est pas un ; et quand elle se trouve à bout de mots, il prend la suite. Égal à lui-même, bonasse, pas un mot plus haut que l'autre.

1. Papa.
2. Grande sœur, nounou.

– Allons, laissez-la en paix, notre petite sauvage. Elle n'est pas méchante, c'est une bonne fille.

À nouveau adossée au tronc, la femme a fermé les yeux. Elle l'ignore ou se rendort.

Il en profite pour répéter :

– C'est une bonne fille.

Ses mots tombent encore dans le vide. Veut-il se convaincre de ce qu'il dit ? Il insiste. Cette fois en anglais :

– *Good girl, good girl…*

La femme reste comme elle est, adossée à l'arbre, somnolente ou feignant de l'être.

Ça ne le trouble pas. Il fouille sa poche et fait pleuvoir sur elle une pluie de piécettes – le geste qu'il a dans le pueblo quand son cheval croise un mendiant.

Doña Antonia a tout vu. Elle abandonne sa chaise, rejoint l'arbre de la femme et déverse sur elle l'entier contenu de son aumônière.

La femme, enfin, rouvre les yeux. Elle se redresse, découvre les ruisseaux de pièces. Elle paraît perplexe.

Puis elle tend les mains vers les enfants, paumes grandes ouvertes – c'est toujours ainsi qu'elle les appelle.

Ils accourent. La femme leur jette les pièces. Ils piaillent, se bousculent, se disputent. Ça l'amuse beaucoup, elle éclate de rire.

Benigno se tourne vers James :

– L'argent... Sait-elle seulement ce que c'est ?

Sparks a l'ouïe fine, c'est lui qui lui répond :

– Quoi qu'il en soit, c'est une fille généreuse.

Doña Antonia n'a pas pu l'entendre. Elle s'est rassise sous le portique et, d'une cuiller tranquille, attaque son pudding. Entre chaque bouchée, elle se penche vers Sinforosa et lui glisse quelques mots.

Elle lui explique sans doute ce qui l'a amenée chez elle, Sinforosa l'écoute avec une attention religieuse. De sa sortie sur le *mah-nyh-ah-nah*, il ne lui reste, sur les joues, qu'un léger échauffement.

Sparks, lui, après un nouveau salut poli aux deux femmes, s'éclipse. On entend déjà dans la cour le pas de son cheval. Quant à Nidever, il est retourné se poster devant les figuiers de Barbarie. Il vient de repointer son fusil sur les roseaux qui ceinturent la lagune salée.

Le jardin est vite abruti d'une grêle de détonations. Occasion rêvée, estime James, pour demander à Sinforosa s'il peut emmener la femme à la plage. Il pousse le coude de Benigno.

Benigno n'attendait que ça. Pareil à Sa Beauté, il n'a pas perdu de vue son objectif, une partie de pêche avec la femme et, si possible, la pêche aux mots.

Il n'a pas changé depuis le jour où il a décidé de hisser sur un char à bœufs la cabine de bateau pour en faire son officine : il a tous les culots. Il rejoint le portique, va droit à Sinforosa, lui montre son matériel de pêche, canne, panier, hameçons, et désigne la femme d'un coup de menton :

– Vu que la plage est tout près et qu'il n'y a pas de vent, on pourrait peut-être, puisque vous êtes occupée…

Il est futé, le petit apothicaire. Il a le ton qu'il faut. Il joue aussi de ses yeux ; on croirait qu'il est dans sa boutique à tenter de refiler à Sinforosa un remède miracle.

Elle est si pressée de reprendre ses messes basses avec doña Antonia qu'elle se laisse faire. Et c'est juste pour la forme qu'elle lui sert une petite mine agacée :

– Oui, mais alors pas longtemps parce que les gens, maintenant, ils ne vont pas tarder.

Pourquoi s'inquiéterait-elle ? Dès que la femme prendra le chemin de la plage, toute sa suite, enfants, marins, Indiens, lui emboîtera le pas. Et elle sera sous bonne garde puisque le vigilant, l'infatigable Dr Shaw en fera autant. Enfin Sparks a disparu, Nidever ne tire plus, Sa Beauté a son content de pudding, la paix est revenue.

La femme n'a pas voulu pêcher. La mer montait, le vent s'était levé, les déferlantes avaient grossi – elles étaient aussi plus violentes.

– Qu'est-ce que ça peut faire ? a hurlé Benigno.

Elle n'a pas bougé de l'endroit où elle s'était arrêtée, la frange extrême des vagues.

Il a encore crié :

– Qu'est-ce qui lui prend ?

Elle ne bougeait toujours pas. Elle n'avait pas un regard pour la ligne, les appâts, les hameçons. Les pieds dans l'écume, elle sondait la mer. Ce jour-là, elle cherchait le sud. Le sud lointain, l'île.

Elle n'avait aucune chance de la voir. Même par grand beau temps et depuis les montagnes, elle ne l'aurait pas trouvée. Qu'est-ce qu'elle pouvait espérer ?

Ça n'empêchait rien, elle espérait. Elle parlait toute seule. Ou alors à quelqu'un qui n'était pas là, à quelqu'un qu'on ne voyait pas.

Ce qu'elle disait restait incompréhensible, mais à la façon dont elle tendait les bras vers les vagues, les mains grandes ouvertes, comme avec les enfants lorsqu'elle voulait qu'ils s'approchent, c'était évident : elle parlait à la mer. Elle l'appelait. Et la mer a dû finir par lui répondre car ses yeux, soudain, ont semblé gorgés d'images. Ils étaient très mobiles, pareils à l'océan, qui allait, venait, reflétait tout, emportait tout.

« Elle voit l'île », a murmuré James et à son tour, il a imaginé l'île, solitaire et nue depuis que la femme l'avait quittée. Un tombeau en pleine mer, celui des siens et de ses aïeux. Celui de son enfant, peut-être.

Entre ses phrases ou ce qui semblait des phrases, elle marquait désormais de longs silences et, chaque fois, pivotait légèrement sur elle-même pour se mettre à l'écoute des vagues, de leur frappe, du siphon du ressac. Puis elle recommençait à prononcer de longues chaînes de mots indéchiffrables.

Elles parlaient de quoi, elle et la mer ? De tout ce qui avait fait sa vie depuis qu'elle était née, sans doute, les marées, les courants, les falaises, les vents, les brumes, l'écume, les grands champs onduleux des algues dans les replis des criques, les herbes qu'elle avait récoltées pour ses paniers, la grotte où elle s'était réfugiée lorsqu'on l'avait pourchassée, les ormeaux dont elle s'était nourrie, les phoques qu'elle avait tués pour leur graisse, les oiseaux qu'elle avait caillassés avant de les plumer.

Peut-être aussi parlait-elle avec eux, les animaux, les plantes, les falaises, les marées et les vents, ce monde qui n'existait désormais qu'à travers les mots qu'elle proférait et sa voix. Car elle parlait à la mer, c'était sûr, et la mer, depuis la crête des vagues, lui répondait, la mer des souvenirs et tout son peuple derrière elle, en chœur, les espadons et les dauphins, les vives, les langoustes, les phoques, les loutres, les baleines qui allaient, venaient, arrivaient, repartaient, comme le ressac.

Si ça se trouve, elle parlait aussi aux bateaux qui s'étaient risqués là-bas, les goélettes des Blancs, les canoës des Indiens du Nord, les bricks et les frégates qui avaient réchappé des tempêtes et les autres, aspirés sans pitié par les courants, disloqués, recrachés sur les récifs et les plages. L'île avait rejoint la terre ferme, elle était ici et la femme s'y croyait.

*

À un moment, une vague fut plus forte. Elle l'a giflée et avec elle ceux qui l'avaient suivie.

Elle l'avait vue venir, elle avait été la première à courir en haut des sables. Elle était maintenant trempée. Elle riait.

Derrière elle, du coup, tout le monde a ri. Les enfants, les marins, les Indiens, même Benigno, pourtant si furieux de l'échec de sa partie de pêche, et jusqu'à lui, James, qui venait de glisser sur un paquet d'algues et avait manqué de se tordre la cheville.

Là-haut, près du chemin qui longeait la maison de Nidever, quelqu'un, sans doute un Indien, avait renversé un vieux canoë en bois de pin. Dès que la femme l'a vu, elle a couru s'y asseoir puis a levé les bras vers le ciel.

Qu'est-ce qu'elle voulait ? Fendre la chape des nuages, libérer le soleil ? Elle y mettait encore plus d'énergie qu'au moment où elle avait appelé la mer. La mer, d'ailleurs, comme le jour de son arrivée, elle lui tournait le dos. Ce n'était pas l'océan qu'elle invoquait mais les montagnes. Elle s'y prenait autrement, elle chantait.

James, dès les premières mesures de sa chanson, fut certain de ne l'avoir jamais entendue. Une psalmodie, une sorte de récitatif entrecoupé de mots qui semblaient former un refrain ; il était très entraînant. On avait envie de le chanter à l'unisson.

« La femme improvise-t-elle ? » se demandait James. « Et de quoi parle la chanson ? Du bonheur de vivre ici ? Mais le sens exact ? Les mots ? »

Depuis quelques jours, il commençait à pressentir ce que la femme pouvait éprouver dans telle ou telle situation et l'intention qu'elle mettait dans tel ou tel geste, mais ça s'arrêtait là. *Pikanini*, *mañana* : deux mots en tout et pour tout, le bilan était désastreux. Et maintenant cette chanson. Il n'arrivait même pas à distinguer les sons les uns des autres, sauf les quatre syllabes, *tokitoki*, qui revenaient dans le refrain.

Quand la femme a cessé de chanter, il n'a retenu que celles-là. Les autres s'étaient déjà effacées.

*

C'est elle qui a voulu rentrer. Dès qu'elle s'est tue, elle a pris la direction de la maison. Une petite foule l'attendait. Elle l'a ignorée. Au lieu de s'asseoir au pied du sycomore, elle a gagné sa chambre.

Quand elle en est ressortie, à la place de sa jupe à carreaux et de sa veste de marin, elle portait sa robe de plumes. Les badauds se sont tout de suite précipités sur elle. Ils avaient dû apprendre que doña Antonia et Sparks lui avaient fait l'aumône ; ils lui jetaient des piécettes. Elle les ramassait, les entassait.

Une Indienne qui n'était pas venue sur la plage s'était installée à côté d'elle. Elle donnait à manger à son bébé. Il devait avoir entre huit et dix mois ; elle mâchonnait des grains de maïs et, lorsqu'elle les avait bien imprégnés de salive et réduits en purée, elle les dégurgitait et en faisait une boulette qu'elle fourrait dans la bouche de l'enfant. Benigno la connaissait ; elle lui vendait des plantes médicinales.

Il ne comprenait toujours pas pourquoi la femme avait refusé de pêcher. Il a pris l'Indienne à part :

– Qu'est-ce qu'elle cherche, la femme, tu peux me dire ? Elle est arrivée de son île avec des hameçons, des lignes, et maintenant que je l'emmène à la pêche…

Il écumait. Il en fallait plus pour ébranler l'Indienne :

– Elle n'est pas comme nous.

– Qu'est-ce qu'elle a de « pas comme nous » ? Sa robe de plumes ?

– Elle attend.

– Quoi ? La mort, pour aller à la pêche ?

– Elle attend des choses qu'on ne voit pas. Elles nous entourent. Mais on ne les voit pas. Seulement il y a des gens qui les voient.

C'est le ton qu'elle a eu qui a calmé Benigno. Elle avait l'air d'y croire, à ses histoires d'invisibles.

Il n'a plus desserré les dents. Sauf, au moment de partir, lorsqu'il s'est aperçu que Sinforosa et doña Antonia n'avaient pas quitté le portique et qu'elles continuaient à conspirer au-dessus de leurs assiettes vides :

– Maintenant, Nidever, sa maison, il n'a qu'à en faire un cirque !

– Rentrons, a soufflé James, et ils sont allés les saluer.

Les deux femmes ont paru surprises quand elles les ont vus s'approcher de leur table, ôter leurs chapeaux et s'incliner. Elle les avait déjà oubliés.

Ils sont rentrés par la plage. À la hauteur de la cahute des marins, James, au lieu de retenir son cheval et de contempler la ville pour tenter, comme toujours, de se mettre dans le regard de la femme, a tourné la tête du côté de la mer.

Il aurait aimé qu'elle lui parle. Mais la mer n'avait rien à lui dire. Ou alors c'était ce qu'il ne voulait pas entendre : « On t'attend à Santa Cruz. »

Le soir venu, il rouvre le registre et, juste en dessous des deux traits par lesquels il a signalé qu'il est en quelque sorte entré dans une nouvelle vie, il consigne des mesures : une estimation approximative de la taille de la femme, 1,60 mètre, et celle du poinçon en os qu'il a découvert deux jours plus tôt dans un de ses paniers : 14,6 centimètres.

Puis il va à la ligne et, de la même plume factuelle, il note : « Deux mots. 1°) *mah-nyh-ah-nah* (= *mañana*). Tonalité hostile. 2°) *tokitoki* (?). Dans une chanson. Tonalité joyeuse. »

Au paragraphe suivant le ton change : « À mon arrivée, la femme dormait. Doña Antonia était là. Je ne sais pas ce qu'elle mijote. Le "*mah-nyh-ah-nah*" était adressé à Isaac Sparks. Doña Antonia et Sparks ont cru bon de faire l'aumône à la femme. Elle a distribué l'argent aux enfants. »

C'est l'écho de sa perplexité. Et de son inquiétude. Écrire, ne serait-ce que quelques lignes, l'apaise. Pas longtemps mais assez pour qu'il ait envie d'aller se coucher.

*

Il s'est réveillé au bout de trois ou quatre heures. La nuit était déjà bien avancée. Derrière la rumeur fatiguée des bastringues, il parvenait à entendre le concert des grenouilles dans le marécage qui s'était formé le long de la rivière après les dernières pluies. Des coyotes y allaient aussi de leurs aboiements.

Il a été tenté d'aller rouvrir le registre. Il n'en a pas eu la force ; il s'est abandonné cette fois à une sorte de torpeur entrecoupée de visions dont il sentait bien qu'il s'agissait de souvenirs, et non de rêves. C'était sa mémoire de la mer ; il revoyait, pêle-mêle, le ciel de la rade où il était né, les phares qui jalonnaient l'estuaire de la Clyde, ses mouettes, ses marées fuyardes ; il se rappelait aussi les tempêtes qui transportaient partout l'écorchure du sel et, sans les situer davantage, il ressuscitait des images de ses navigations dont la beauté l'avait à jamais saisi. Les délires imaginatifs de l'écume, par exemple, quand le vent et le soleil formaient entre les déferlantes de gigantesques plaques opalescentes et mousseuses qui ne cessaient de s'agglutiner, se quitter, se retrouver, tournoyer sur elles-mêmes, toujours plus vif-argent, mouvantes, glissantes. Ou il revivait au contraire des matins gris, si plats qu'ils en venaient à se confondre avec le frisson des vagues.

Ce fut vraiment un sommeil étrange. À un moment, il a rouvert l'œil et, sur le mur qui faisait face à son lit, il a cru voir se dessiner, comme la femme, peut-être, sur la plage, une île qu'il avait aimée, toute cerclée de sables vierges. Puis il s'est souvenu que cette extase, peu après, avait été suivie d'un ouragan effroyable. Des hommes avaient été massacrés par une bôme et la chute d'un mât ; il avait lesté leurs cadavres et les avait jetés par-dessus bord.

Alors il a vu clair : il n'avait pas toujours aimé la mer, loin de là. Mais elle lui était tombée dessus avec le monde et il l'avait prise comme elle était, sans pitié, libre, définitive. Il lui était arrivé la même chose lorsqu'il avait rencontré la femme et c'était pourquoi la mer, cette nuit, lui parlait.

Dès qu'il s'en est aperçu, il s'est laissé aller. Il a sombré. Pour une fois, sombrer, c'était bien.

Dans le pays, la vie commençait tard. On avait l'impression que le matin il ne se passait jamais rien.

Ce ne fut pas le cas ce jour-là. Le soleil n'était pas levé qu'un pêcheur vit surgir un bateau dans le chenal qui séparait Santa Cruz de l'île d'Anacapa. Un quart d'heure après, la moitié du pueblo était sur la plage.

L'ennui, c'était que le navire qui avait coupé la ligne d'horizon n'avait pas de mâts. Pas de voiles non plus. Il crachait de la fumée. C'était un steamer, pas un brick.

Quand il a jeté l'ancre derrière la ligne des brisants, on l'a reconnu : c'était le *Goliath*. Il assurait la liaison Panama-San Diego-Los Angeles-San Francisco ; il restait généralement au large mais, de temps à autre, il faisait un détour par la baie. Il transportait du fret et une vingtaine de passagers qui débarquaient rarement.

Ce matin-là, ils l'ont tous fait. À l'escale de Los Angeles, par un marin d'ici, ils avaient appris l'histoire de la femme. Ils voulaient la voir.

Au nombre de ces curieux, on comptait deux journalistes. On ne savait pas s'il fallait s'en réjouir ou le regretter. Faute de pouvoir trancher, on s'est dit que, de toute façon, ils n'allaient pas rester : il était prévu que le steamer appareille à la fin de l'après-midi.

Lorsqu'il vit le *Goliath* entrer dans la baie, James crut à la rémanence d'un des rêves qui avaient peuplé sa nuit. Il ressemblait pour une fois aux habitants du pueblo, il était mal réveillé. Et tout aussi stupéfait de découvrir un steamer au lieu du brick.

Ensuite, quand les chaloupes ont accosté et que tout le monde s'est rué sur les matelots pour savoir ce qu'il en était du brick, il était lui-même très énervé. Il a interpellé les hommes du steamer : « Qu'est-ce qu'il fout, l'*Eldorado* ? »

Leur réponse l'a pétrifié. L'*Eldorado* était en retard parce qu'il avait essuyé une énorme tempête et qu'il avait subi une avarie.

Où ? Aucune idée. Toujours est-il qu'il avait fait escale dans un port pour réparer. Quel port ? Ils ne savaient pas davantage. Peut-être Valparaíso, peut-être Mazatlán, au Mexique. Ou Honolulu. En tout cas il n'avait pas sombré, ça se serait su. Et depuis le temps qu'il avait été pris dans l'ouragan, il n'allait pas tarder.

James a tout de suite tranché : il allait l'attendre, rester. Il embarquerait les ouvriers qu'il avait recrutés et ce qu'il avait réuni de marchandises dans sa goélette – elle était toujours aussi solidement ancrée derrière les brisants, quasiment bord à bord avec le *Cora* de Nidever. Il embaucherait deux ou trois marins assez sûrs pour la conduire sans encombre à Santa Cruz, qui reviendraient une semaine après. Alors seulement il partirait, que l'*Eldorado* soit venu ou pas.

Il s'est vite ravisé : « Je resterai quand même un peu plus. Disons dix jours. »

Il disait dix jours parce qu'il avait calculé : c'est à ce moment-là que le Ranchero Blond avait prévu de lui livrer ses moutons à Santa Cruz. Il devait être là pour l'accueillir.

Puis il a réfléchi : « Dix jours, c'est court. Je n'y arriverai jamais, avec la femme. »

*

S'il n'a pas dormi la nuit d'après, c'est qu'il s'est senti l'otage du Temps. Il était aussi l'otage du pays, mais il l'avait oublié depuis que la femme était là.

– 5 –

Bruits, murmures, tintamarre

La lignée de doña Antonia n'a jamais compté de marins, seulement des rancheros et des soldats, mais c'est tout comme. On n'y entreprend rien sans s'être fixé un cap.

On y cultive aussi le goût du secret. Il faut donc attendre le surlendemain pour saisir ce qui a conduit doña Antonia à se rendre chez Nidever. À la tombée de la nuit, une vingtaine de cavaliers rejoint l'imposante demeure du clan La Guerra. Un char à bœufs s'arrête devant son porche et la femme en descend. Elle porte la plus longue de ses deux tuniques et par-dessus, pour une fois, sa cape de plumes. Sinforosa la suit. Elle la couve d'un œil inquiet.

L'ombre a déjà gagné la rue mais l'événement n'échappe à personne. Les voisins se mettent aux aguets.

Leur perplexité dure une petite heure, le temps que la femme, après une dégustation de liqueur de mandarine et de biscuits à la cannelle, offre une démonstration de danse et de chant à l'assistance choisie que Sa Beauté a réunie dans le salon de sa vieille et auguste demeure. Une vingtaine de personnes : le chef du clan, José, ses membres éminents, ses fidèles alliés et quelques-uns de ces *gente de razón* réputés pour leur dévouement, leur gâchette sans pitié et leurs oreilles rompues à recueillir tous les bruits. Ils savent aussi les faire courir, vrais ou faux.

De toute évidence, c'est ce qui leur a valu d'être conviés à cette petite fête privée. Sinforosa et la femme n'ont pas repris le chemin de la lagune salée que le récit de la soirée a gagné la rue d'à côté, celle où vit la seconde beauté du pays, doña Carmela. Elle n'a pas le sang-froid de sa rivale, elle s'enflamme vite. Dans l'heure qui suit, tout le pueblo est au courant : Carmela, à son tour, va donner une fête où se produira la femme et on verra ce qu'on verra.

Les voisins de James sont comme tout le monde, ils sortent dans la rue et commentent l'affaire. Ils prennent parti pour l'une ou l'autre des deux beautés, s'échauffent, déballent des ragots, s'affrontent, s'égosillent, argumentent.

Qu'ils braillent ou qu'ils raisonnent, James ne les entend pas. Ce soir, il est sourd à tout, il écrit.

Il n'arrête pas. Nul obstacle devant sa plume sauf l'exaspérante obligation de la tremper dans l'encrier. Aucune rature, aucun blanc, il s'abandonne à ce flux d'encre.

Pas de croquis non plus pour dire ce qu'il ne pourrait pas dire : ce soir il peut tout dire. Il sera donc le dernier, sourd qu'il est, à apprendre ce qui s'est passé chez Sa

Beauté, le dernier aussi à mesurer la portée du défi que lui a lancé doña Carmela, qui n'est pas seulement plus jeune et plus belle que doña Antonia. Sa famille, depuis toujours, exècre le clan des La Guerra.

James noircit huit pages ce soir-là. Il les a relues six mois après son retour à Santa Cruz. Il ne s'y est pas reconnu. Il s'est demandé ce qui lui était arrivé.

Il n'a vu qu'une explication : le mauvais temps. Pendant trente-six heures, plus personne n'est sorti, même pas pour voir la femme. Il n'y a eu que lui. Les averses se calmèrent parfois mais ces répits furent trop brefs pour ramener les curieux chez Nidever. Et de toute façon, le *Goliath* était reparti.

La petite cohorte de marins qui s'agglutinait tous les jours autour de la femme avait elle-même déserté la maison. Les enfants, eux, s'étaient repliés sous le portique, ils jouaient.

C'est là que James la trouva le premier jour des pluies. À sa chaise, elle avait préféré une natte. Elle s'y était assise en tailleur. Elle avait détaché ses paniers du sycomore et les avait disposés devant elle.

James remarqua tout de suite que l'un d'entre eux était rempli de plumes. Où les avait-elle trouvées, pour quelle raison les avait-elle entassées dans un panier, et pourquoi ce panier-là ? Il ne voyait pas. Il fallait questionner Sinforosa mais elle restait invisible.

Les enfants – ceux des Indiens comme ceux des Nidever – étaient surexcités. Ils criaient, se poursuivaient sous le portique, inventaient des jeux. La femme n'en perdait rien, même quand elle se remettait à tresser l'un ou l'autre des paniers qu'elle ne finissait jamais. James s'est assis sur la natte et, comme elle, les a regardés faire.

*

Le jour où il a relu ce passage du registre, il a été surpris de n'y retrouver aucun de ces détails. Il en avait pourtant gardé une mémoire très précise.

Il fut encore plus déconcerté de découvrir que le récit de ces heures pluvieuses s'ouvrait sur l'évocation d'un souvenir d'enfance : « Il a régné ces deux derniers jours chez Nidever la même quiétude que jadis dans ma maison natale lorsqu'il faisait mauvais. Nous nous sentions, mes frères et moi, pareillement isolés du monde. Ce sentiment nous autorisait toutes sortes de débordements sur lesquels nos parents et leurs domestiques fermaient les yeux, sans doute parce que le ciel sombre et les pluies, à l'inverse des enfants, les rendait apathiques. »

Il racontait ensuite qu'il avait rejoint la lagune salée à la faveur d'une éclaircie et qu'il avait apporté du pain :

« J'ignorais encore que la femme l'avait en horreur et comme à mon arrivée, Sinforosa était dans sa cuisine à diriger ses Indiennes, elle n'a pas pu m'en avertir. J'en ai coupé une tranche et je l'ai tendue à la femme. Elle a tout de suite grimacé puis, vraisemblablement pour me signifier qu'elle connaissait le pain et qu'elle en avait déjà goûté, elle a prononcé le mot *pan*[1]. J'ai dû paraître surpris car les enfants ont éclaté de rire et María, l'aînée des filles, m'a donné la clé du mystère : "Je lui apprends l'espagnol, un seul mot par jour, je veux être sûre qu'elle s'en souvienne. Hier matin, c'était *caballo*[2], ce matin, c'était *pan.*" Il en ressort que cette petite s'est bel et bien mis en tête d'apprendre l'espagnol à la protégée de ses parents et qu'elle s'y prend à merveille : la femme retient tous les mots qu'elle lui enseigne. »

Puis, sans s'embarrasser de transition ni du moindre effet de style, il relate l'incident qui l'autorise à se montrer aussi affirmatif. Une heure après, la pluie se calme et Marcos, l'aîné des trois fils Nidever, ne tient plus en place ; il veut faire du cheval sur la plage, sort la bête de l'écurie, l'enfourche et traverse le jardin. La femme a elle-même la bougeotte. Dès qu'elle voit le cheval, elle se précipite sur lui et pour l'arrêter – sans doute rêve-t-elle que Marcos l'emmène – lui tire la queue. La bête rue. « Si la petite María », commente James, « qui est aussi leste que vive

1. Pain.
2. Cheval.

d'esprit, n'avait bondi sur la femme et n'était parvenue à l'écarter à temps, la malheureuse aurait eu la tête fracassée. »

« L'incident n'a pas troublé la femme », poursuit-il. « Elle est partie d'un grand rire et s'est exclamée : "*Caballo, caballo !*" J'ai pris Sinforosa et la petite María à part et je leur ai dit qu'il fallait à tout prix continuer à lui apprendre l'espagnol. »

Puis il s'emballe : « Je vais pouvoir repartir pour Santa Cruz l'esprit tranquille. L'espagnol sera notre pierre de Rosette, la clé qui résoudra l'énigme de sa langue. Grâce à la petite, qui a établi un lien très fort avec la femme, et grâce à Sinforosa, qui la compte au nombre de ses enfants, nous allons vite progresser. Pour diriger cet apprentissage, il me suffira de faire un saut sur le continent toutes les trois semaines au lieu des deux mois habituels. Je resterai trois ou quatre jours. Les quelques heures que je passerai en compagnie de la femme, je les consacrerai à mesurer ses progrès et à l'interroger. Elle me donnera l'équivalent dans sa langue de son vocabulaire espagnol et de la sorte, comme je l'ai fait naguère en Inde et en Chine, je constituerai un glossaire. J'aurais dû y penser plus tôt. Je vais m'en entretenir avec González. »

Il rêve éveillé. Il imagine que la femme sera toujours là, à l'attendre tandis qu'il s'occupera à bâtir ses bergeries, élever ses moutons, construire des routes ; le reste du temps, il gambergera à perte de vue sur ce qui a pu se passer dans l'île de San Nicolas. Dans les pages qu'il noircit ce soir-là, pas une allusion à la santé de la femme, et pour cause : pendant ces deux jours, il ne s'en est pas inquiété. Le steamer avait quitté la baie l'avant-veille, les curieux restaient chez eux, les marins s'étaient volatilisés et les Indiens aussi. Personne dehors, ni Sparks ni le shérif, qui tenaient pourtant le sort du pays entre leurs mains. Pas l'ombre d'un bandit non plus, alors que ça aurait été si facile de recommencer à mettre le pueblo en coupe réglée. Seulement les pluies, ici, c'était comme la sieste. À moins d'une raison de la première importance – les tortueux motifs, par exemple, qui avaient conduit Jiménez à sortir de la mission le lendemain de l'arrivée de la femme –, chacun se repliait sur son petit monde. On se laissait aller, on bayait aux corneilles, on voyait les choses comme on avait envie de les voir et les heures elles-mêmes flemmardaient, on verrait demain, on verrait après – y aurait-il seulement un demain, un après ?

James s'en aperçut six mois plus tard : il ne fit pas exception. Il brava la pluie mais ce fut pour mieux rejoindre la matrice de ses rêves, et pendant trente-six heures, comme les autres, il n'en sortit pas.

Et puis il y eut les enfants. Ils le rendirent enfant.

Il faut voir ce qui se passe l'après-midi suivant. La femme se remet à parler toute seule. Ses yeux sont perdus dans le vague.

Rêve-t-elle aussi ? Rien ne semble plus l'intéresser. Quand la petite María vient agiter sous son nez le collier de pétales de nacre qu'elle lui a offert et lui demande de répéter : « *Joya*[1] *!* », elle l'ignore.

María était très fière de ce que James, la veille, avait dit d'elle à sa mère. Elle est maintenant vexée. Elle va s'asseoir au bout du portique. Elle boude.

Il faut un bon quart d'heure avant qu'elle se relève. Elle revient lui glisser :

– Mon père m'a dit quelque chose.

– Sur quoi ?

Elle jette un regard furtif à la femme :

– Sur elle.

María a trouvé comment garder la face : elle va lui révéler ce qu'elle appelle « des secrets ».

Elle parle bas. Elle lui raconte que la femme vivait sous une hutte dont la charpente était faite d'os de baleine ; elle y dormait et y cuisinait. Elle ne se nourrissait pas seulement d'ormeaux et de poisson, elle récoltait aussi des choux sauvages et des bulbes d'une fleur qu'on appelle ici « cacomite ».

Détails trop précis pour que la petite les invente. Il veut tout de même s'en assurer :

– Et pour le feu ?

– Elle faisait comme mon père quand il était trappeur, elle frottait deux branches l'une contre l'autre. Il m'a dit

1. Bijou.

que c'est facile, qu'il l'a appris à mes frères. Et la femme sait aussi faire des choses que personne ne fait.

María baisse encore la voix :

– Quand elle est partie de l'île avec mon père, il y a eu une énorme tempête. Elle n'a pas eu peur. Elle a pris sa canne et elle s'est mise à genoux face au vent.

– Pourquoi ?

– Les Indiens qui étaient à bord ont dit à mon père qu'elle priait.

– Ils comprenaient ce qu'elle disait ?

– Non. Ils devinaient. Elle parlait au vent, elle lui demandait de se calmer.

– Elle imitait le vent ?

La petite ne sait pas. Mais elle maintient :

– Elle parlait au vent et le vent lui a obéi. La tempête s'est calmée. C'est mon père qui me l'a dit. Il m'a même juré. S'il m'a juré, c'est que c'est vrai.

María est aussi persuadée que la femme est magicienne. Elle en voit des preuves partout. Dans le lustre de ses robes de plumes, dans le collier qu'elle lui a donné, dans ses danses, dans ses chants, surtout le dernier, celui que la femme a entonné deux jours plus tôt sur la plage – la petite l'appelle « le toki-toki ».

Elle lui parle enfin de l'île. À l'entendre, c'est un royaume de conte et la femme est toujours là-bas, à régner sur les phoques, les dauphins, les loutres, les chiens sauvages, les baleines qui s'amusent à sauter par-dessus la ligne d'horizon :

– Et tu sais comment elle fait pour se laver ? Il y a une cascade près d'une grotte. Elle vit aussi dans la grotte mais seulement quand il pleut. Avec sa canne magique, elle dessine des poissons sur les murs, des orques, des espadons et les bateaux qui passent au large. Ils ne viennent jamais la chercher mais ça ne fait rien, elle ne veut pas partir, elle préfère rester dans l'île avec son bébé.

María imagine. Et plus elle imagine, plus elle baisse la voix.

Il a du mal à la suivre. Il l'écouterait pourtant jusqu'à la nuit.

Le charme est rompu par ses frères. Ils l'avaient à l'œil. Ils foncent sur elle :

– Nous aussi, on sait des choses !

Ils la bousculent. Elle s'enfuit à l'autre bout du portique.

Eux, ce qu'ils révèlent à James, c'est d'où sortent les objets qu'il a vus jaillir comme par enchantement des paniers de la femme, les plumes par exemple, ou le poinçon en os : elle les garde dans un coffre qui appartient à leur père.

Ils en parlent comme d'une malle au trésor. Le plus prolixe des trois frères est José, le benjamin, celui que James a sauvé il y a deux ans :

– Le coffre est dans la chambre de mes parents. La femme leur demande quelquefois de l'ouvrir.

– Qu'est-ce qu'il y a dedans ?

– Des plats en bois, un mortier, des paniers, des sacs de plumes.

– Comment tu le sais ?

Le gamin élude :

– Il y a aussi des clous tout tordus accrochés à des tendons de baleine. Elle pêchait avec.

– Quoi d'autre ?

– Un pot rempli de terre rouge.

– De la terre, tu es sûr ?

– Oui, toute collante. Pour moi, c'est de la terre de l'île.

– Tu as mis les mains dans le pot ?

Il a sûrement fouillé le coffre, il se dérobe encore :

– La femme a aussi un jouet. Avant de partir de l'île, elle a tué une petite loutre. Après, elle l'a mangée, sauf la tête. Elle l'a gardée, ça puait. Alors mon père l'a empaillée. Ça lui a beaucoup plu, elle l'a attachée au bout d'un bâton et elle n'a plus arrêté de jouer avec. La tête est aussi dans le coffre. Elle la demande encore de temps en temps. Et tu sais comment elle prenait les oiseaux quand elle était dans l'île ?

– À coups de pierres.

– Non, avec des collets. Elle les fabriquait avec ses cheveux. Les oiseaux se prenaient les pattes dedans et elle n'avait plus qu'à leur tordre le cou pour les tuer. Ensuite elle les plumait. Mon père l'a vue faire. Il ne parle pas aux gens mais à moi, il dit des tas de choses.

– Qu'est-ce qu'il t'a dit d'autre, ton père ?

Leur conversation s'arrête là. L'aîné des frères saisit José par les épaules et le bourre de coups de poing :

– Il n'y a pas qu'à toi qu'il l'a dit ! Mais nous, on ne répète pas ! Les histoires que notre père a racontées, c'était pour nous, rien que pour nous !

James, de l'après-midi, n'a pas revu les trois frères. María n'a pas réapparu non plus.

Les averses se calmaient, il aurait pu rentrer chez lui. Il n'y a pas songé. Il est resté à l'endroit où il était assis, à côté de la femme qui continuait à parler toute seule.

Il l'observait. Tout lui semblait indifférent, sa présence, la disparition des enfants, jusqu'au geste qu'avait eu la petite Isabel quand les frères s'étaient disputés – elle s'était blottie contre elle.

Elle était toujours là, la petite, collée à sa hanche et somnolant, béate, en suçant son pouce. Lui, James, il était malheureux. La femme était enfermée dans son monde et lui dans le sien.

Et il était jaloux. Il aurait donné tout ce qu'il avait pour être un des enfants de cette maison, Marcos, Ramón, José qui fouillait le coffre de son père en douce, María pendue à sa bouche et même Isabel qui suçait son pouce.

De la suite, il n'a pas retenu grand-chose. Il se revoit partir. Il n'avait pas vu Sinforosa de la journée et Nidever, lui, n'avait pas bougé de l'auvent sous lequel il avait installé son atelier, non loin de la haie de figuiers de Barbarie qui séparait son jardin de la lagune. Il fabriquait des caisses. Il avait dû deviner que ses enfants lui avaient parlé, il l'épiait. Mais il n'a pas lâché ses caisses.

Les pluies ont cessé quand le jour a baissé. Les gamins, dès qu'il a rejoint son cheval, ont jailli de la maison et recommencé à se chamailler. Il les entendait sans les entendre. En esprit, il était déjà à relater ces deux journées sur son registre. Et il lui tardait de continuer à rêver.

Les amis de vos amis, dans ce pays, n'étaient pas forcément vos amis. Nidever était l'ami de Sparks, qui était l'ami de José La Guerra, mais José La Guerra, cinq ans plus tôt, avait été l'ennemi de Nidever. En dépit des apparences, Nidever ne l'avait pas oublié. Quand doña Antonia, la fille du vieux José, s'était déplacée chez lui, il s'était contenté de lui adresser un petit signe de tête puis avait tout fait pour l'éviter. Antonia La Guerra n'était pas descendue de son cheval qu'il avait compris ce qui l'amenait : organiser une fête autour de la femme dans la maison du clan. Il avait même prévu la suite : doña Carmela voudrait en faire autant.

Il savait également ce qu'il répondrait à Sinforosa lorsqu'elle lui présenterait la requête de Sa Beauté : oui, il voulait bien que la femme aille faire son numéro chez doña Antonia mais elle devait s'attendre à ce que doña Carmela lui présente sous peu la même requête et il accepterait de la même façon pour qu'il n'y ait pas de jaloux.

Sinforosa, il en était tout aussi certain, saisirait sur-le-champ le pourquoi du comment : parce que cette seconde fête autour de la femme, par surcroît dans un clan ennemi, ferait bisquer les La Guerra, à commencer par son chef, le vieux José qui se croyait toujours le roi de la ville au point qu'il continuait à arborer une veste à épaulettes dorées.

Lui non plus, le vieux paon, il ne serait pas long à comprendre le pourquoi du comment, à savoir que lui, le Capitaine, il ne lui pardonnait toujours pas d'avoir cherché à le liquider quand le corps expéditionnaire yankee, il y avait de ça cinq ans, s'était mis à canonner le pueblo. Seulement José La Guerra avait choisi le camp mexicain, et le bon, c'était l'autre, l'américain ; lui, Nidever, en bon trappeur qu'il était, il avait reniflé qui remporterait la victoire. Les Yankees, dès qu'ils avaient pris possession du pays, avaient fermé les yeux sur les forfaits de La Guerra. Pas Nidever. Il avait prévenu Sinforosa : même sur son lit de mort avec González lui agitant son crucifix sous le nez et lui rappelant l'Enfer où vont griller ceux qui ne pratiquent pas le pardon des offenses, il ne céderait pas.

Nidever, évidemment, ne criait pas sur les toits qu'il haïssait José La Guerra, il donnait le change. Mais uniquement parce qu'il était l'ami de Sparks et que Sparks s'entêtait à rester l'ami de La Guerra. Pour autant, il ne se passait pas une journée sans qu'il repense à la nuit où le vieux et ses sbires avaient voulu lui faire la peau. Il n'avait dû son salut qu'au placard qu'il avait prudemment aménagé dans un mur de sa chambre. Avant que les fils, les frères et les cousins La Guerra ne déboulent, Sinforosa, telle une héroïne de roman d'aventures, avait réussi à pousser une armoire devant la porte de la cache.

Pendant les trois jours qu'il avait endurés là-dedans, Nidever avait eu le temps de remâcher sa vengeance. Dès qu'il avait pu s'enfuir, il avait couru chez Sparks et l'avait persuadé de lâcher son bien-aimé José et de rallier le camp américain. Une fois la victoire acquise, il avait aussi suggéré au général vainqueur d'aller fouiller l'antique demeure des La Guerra. « C'est une planque d'armes », leur avait-il glissé. « Ce gars-là vous prépare un sale coup. »

Le chef du corps expéditionnaire avait flairé le règlement de comptes ; il avait éludé : « Fais-le toi-même. » Puis à la façon dont Nidever avait vissé son œil sur le sien – et peut-être au vu du calibre de son fusil –, il s'était ravisé et lui avait accordé le soutien de quelques troufions yankees.

Nidever, cinq minutes après, fracassait la porte des La Guerra. Ils avaient éventré ses matelas, il éventrerait les leurs. Ils avaient bousculé sa femme, ses enfants, ses Indiens, ses marmites, ses pots de chambre, il en ferait autant. Et bien davantage si possible.

Il a été comblé. Dans son grenier, La Guerra dissimulait des coffres bourrés de pièces d'or et d'argent. Le fusil de Nidever était pointé sur lui, c'était l'arme dont il se servait pour la chasse au grizzli. Les Yankees avaient fait savoir que les revenus des familles riches seraient soumis à l'impôt ; le vieux José a cru tout perdre, son trésor et la vie.

Nidever, quand il est ressorti dans la rue, affichait une mine euphorique. Ça ne s'était jamais vu. Les gens du pueblo ont pensé qu'il avait abattu le patriarche et, à cette seule idée, ils se sont mis à trembler des pieds à la tête. Nidever les a ravigotés en leur lâchant une phrase aussi sèche que ses coups de fusil : « Le vieux ne fera rien contre moi, il me craint. »

L'analyse était juste. Mais s'il avait épargné La Guerra, c'était d'abord pour rester l'ami de Sparks, qui lui-même, après avoir trahi La Guerra, était redevenu son ami, tandis que La Guerra, de son côté, qui n'arrivait pas à oublier l'œil qu'avait eu Nidever au moment où il avait pointé sur lui le canon de son fusil, proclamait que tout ça, c'était déjà de l'histoire ancienne, que le Capitaine et lui étaient quittes et, par conséquent, amis.

Alors que Nidever, lui, n'avait que faire de cette belle algèbre amicale. Sparks serait jusqu'au bout son ami, mais La Guerra, à jamais, son ennemi.

James, sans son voisin – qui n'est assurément pas son ami, il ne lui a pas adressé la parole depuis l'affaire du coffre volé –, n'aurait rien su de cet enchevêtrement de haines principales, haines secondaires, rancunes imprescriptibles et vengeances indéfiniment recuites. Il les connaît mais seulement dans les grandes lignes. Il n'y a sans doute que ce vieux crotale pour s'y retrouver et en reparler à la première occasion.

Ce matin, c'est le défi que doña Carmela a lancé à doña Antonia. Dès qu'il a vu James sortir de chez lui, il s'est mis sur son chemin et maintenant qu'il a fini de dévider sa pelote de vieilles histoires, il ne le lâche plus :

– Vous savez ce que vient de dire doña Antonia ? Que doña Carmela sera déçue, parce que la Femme Solitaire est laide, qu'elle danse comme un pied, ce qui, de vous à moi, n'a rien d'étonnant vu que c'est une sauvage – doña Antonia, du reste, ne l'aurait jamais invitée si doña Sinforosa n'avait pas insisté. Alors évidemment, l'affaire s'envenime. Doña Carmela, ce matin, quand on lui a appris ça, a pris les choses de haut. Vous savez ce qu'elle a répondu ? « Pauvre Antonia, sa vue baisse, que voulez-vous, c'est l'âge. » La vérité, c'est que la Femme Solitaire est très belle et qu'elle, Antonia, la jalouse. En tout cas, cette malheureuse sauvage, belle ou pas, un patron de cirque, un de ces gars qui sont venus l'autre jour avec le steamer, en propose mille dollars à Nidever. Il est d'accord mais Sinforosa se tâte. Mille dollars, tout de même, ça fait réfléchir, surtout quand on a besoin d'argent. Et il en a besoin, Nidever. Savez-vous qu'il vient d'acheter la moitié de l'île de Santa Rosa pour faire du mouton ? Du mouton, comme vous ! Au fait, docteur Shaw, puisque vous vous occupez de la sauvage, cette affaire de cirque, vous en pensez quoi ?

Il n'en pense rien. Sauf que son voisin a vraiment une tête de crotale. Et qu'il a une furieuse envie de la lui exploser d'un coup de fusil.

Et l'autre toujours pendu à ses basques, qui poursuit dans son espagnol désuet :

– Vous avez bien un avis, docteur Shaw. Pour la médecine, je ne saurais dire ce que vous valez, je n'ai jamais été malade et avec vos moutons, dans votre île, vous êtes désormais plus vétérinaire que médecin. Mais pour le reste, je vous ai jugé : vous observez les gens, mine de rien, vous démêlez les âmes, vous sondez comme personne les reins et les cœurs...

James ne l'écoute plus. Tout en lui est naufrage.

Il parvient pourtant à sauter sur son cheval et à chercher, au bout de la ruelle, la mer.

Il a galopé deux bonnes heures le long du rivage. Il est allé pour une fois vers le nord. Il voulait être certain de ne rencontrer personne.

Il a eu du mal à se calmer. Il était assailli d'images de cirque. Il voyait des tréteaux, une fanfare, des lutteurs suants et soufflant, des nains, des tigres dressés, des dompteurs armés de fouets. La femme menait la parade, en dansant comme d'habitude, en chantant. Elle portait sa robe de plumes.

Lorsque cet ouragan d'images s'est enfin calmé et qu'il a fait demi-tour, la première pensée qu'il a eue fut la même que le jour où il avait choisi d'aller s'installer à Santa Cruz : « Ma vie n'est pas là. » Il n'irait plus chez Nidever. Et il n'attendrait pas le brick. Il finirait de charger sa goélette et partirait le plus vite possible. Il renonçait, pour la femme. Il voulait bien perdre. Mais pas se perdre.

Il fallait trouver cette force, ce courage. Admettre enfin qu'il ne pouvait plus rien faire, sauf retourner voir la femme une dernière fois et s'en aller en répétant à Sinforosa : « Surtout, ne la laissez pas manger des fruits ni des légumes crus. »

Pour le reste, les marchandises, les matériaux que livrerait le brick, il s'est dit qu'il verrait bien. Qu'il s'arrangerait – on s'arrange toujours. L'urgence, c'était de rencontrer González.

Aujourd'hui c'était trop tard. La vie du Padre était régie par une routine très stricte ; il n'avait aucune chance de se faire recevoir. Il monterait à la mission le lendemain matin. D'ici là, il ne parlerait de sa décision à personne, pas même à Fernald.

C'était toujours ainsi quand il avait tranché : rien à comprendre, rien à expliquer.

À l'instant où son cheval, le matin d'après, s'attaque à la côte de la mission, il croit sentir sous lui, au lieu du dos de la bête, l'échine capricieuse de la montagne. Par-delà l'église et le couvent qui se profilent au bout du chemin, il devine ses failles, ses ravins, ses torrents, ses chaos de roches jaillies d'on ne sait quel cataclysme. Ici la terre est jeune. Les Indiens le savent, qui disent qu'elle a quelque chose des chevaux du pays, impulsifs, irascibles. On croit bien les connaître et soudain ils ruent, démontent leurs cavaliers qui parfois ne s'en relèvent pas.

Les missionnaires ont appris à s'accommoder de ces colères de la montagne. Il y a quarante ans, lorsqu'un séisme a anéanti leur église, ils en ont aussitôt reconstruit une autre. Ils l'ont voulue à l'image de la Vraie Foi : un rempart contre toutes les formes de désordres et de dérèglements. Le premier sanctuaire n'était que volutes et sinuosités ; aux forces obscures qui travaillent la terre, les Padres opposèrent cette fois un fronton d'une symétrie sans pitié, deux campaniles jumeaux et le sévère alignement de six colonnes du plus pur style corinthien.

Cette rigueur géométrique, de loin, fait grande impression. Mais James en a toujours été frappé : dès qu'on s'approche de l'église, l'illusion s'évapore, surtout au petit matin, comme aujourd'hui, lorsque la lumière rase dénonce crûment les faiblesses de l'édifice. Les fières colonnes n'ont jamais servi à rien – simples maçonneries plaquées sur la façade. Leurs pierres se descellent, celles du fronton aussi ; et la peinture des coupoles jumelles qui couronnent les clochers s'est, pour la première, complètement effacée, tandis que la seconde a gardé son bleu céleste mais sous forme d'écailles ; elle est craquelée de partout.

Naguère, quand il montait à la mission (à la vérité pas si souvent, il n'est venu que trois fois, du temps qu'il préparait son départ à Santa Cruz et qu'il cherchait des ouvriers ; González s'était dit prêt à lui faciliter la tâche), il s'agaçait : « Cette église est un trompe-l'œil. » Sa façade le laisse indifférent.

C'est sans doute qu'il n'a plus besoin du Padre. Il se demande seulement comment il va lui annoncer qu'il renonce. Il attend d'avoir rencontré son regard.

Pas sûr que ça l'avance à grand-chose, les yeux de González ressemblent à la pierre d'obsidienne. Pas plus noirs, pas plus tranchants, mais impossible de voir au travers.

Il est pourtant prêt à l'affronter. Il vient de se retourner vers la mer. Il a vu Santa Cruz surgir de son lit de brumes et pour la première fois depuis un mois, ça l'a rendu heureux.

Il n'a pas fait savoir à González qu'il viendrait. Avec le Padre, à moins d'être riche et puissant, on ne s'annonce pas. On se trouve sur son chemin.

La trame de la pièce qui va se jouer, pour autant, est écrite. Jour de semaine : il n'y a qu'une messe, à l'aube. Le rituel oblige le Padre à la célébrer l'estomac vide ; il ressemblera, tout le temps de l'office, à un ours affamé, mouvements hagards, yeux enfoncés. Il ne reprendra ses esprits qu'au moment où on lui servira son chocolat, qu'il fait préparer à la mexicaine, infusé de piment rouge puis épaissi de crème et allongé d'un œuf battu. Il le savoure toujours en solitaire.

C'est alors qu'on peut lui parler. Pendant ce bref quart d'heure, le Padre vous écoute. On doit faire vite : quand il est rassasié, au lieu de se transformer, comme on pourrait s'y attendre, en chose molle, sans ressort, toute au patient labeur de la digestion, il se remet à bouillir. Il court d'un bout à l'autre de ce qui fut jadis une impeccable machine à propager la Vraie Foi, inspecte les champs de maïs et d'orangers, le verger, le potager, la laiterie, la forge, le lavoir, la blanchisserie, vérifie l'état des citernes et le niveau d'eau dans les bénitiers de l'église. C'est plus fort que lui, il ne peut pas commencer sa journée sans s'être assuré que son petit royaume mystique a survécu à la nuit. Les seuls bâtiments qu'il ignore sont ceux qui tombent en ruine, les écuries, la tannerie, l'aqueduc. Dès qu'il les voit, il fait volte-face et regagne la mission, où il se met à distribuer frénétiquement des ordres. Puis il s'enferme dans son bureau où, vers le soir, il reçoit ceux qu'il appelle « ses bienfaiteurs » – toujours les mêmes, des propriétaires de ranches, des gens des grandes familles. Ou il les confesse – pour lui, c'est quasiment la même chose.

C'est un de ses malades qui a appris à James comment s'y prendre avec González. Il lui a aussi conseillé de faire confiance aux rituels qui ponctuent la vie de la mission. Elle menace ruine mais sa charpente de cérémoniaux est restée solide. La messe commencera à l'heure, le Padre la concélébrera avec Jiménez et Sanchez et elle sera suivie de la liturgie chocolatière.

*

James entre dans l'église quand González en est à la lecture de l'Évangile. L'intérieur du sanctuaire, contrairement à sa façade, est comme neuf. On vient de tout repeindre, les murs, les cadres dorés des tableaux, l'autel, les fonts baptismaux.

Les chants des Indiens lui paraissent plus beaux qu'il y a deux ans. Le nombre des choristes et des musiciens a grossi : deux violonistes, deux tambours, un guitariste, un clarinettiste. Plus un jeune homme à l'harmonium ; il fait déjà chaud, il joue en pagne.

Tout se passe comme la dernière fois que James est venu. C'est Jiménez qui remarque sa présence. Entre deux signes de croix, il chuchote quelques mots à l'oreille du Padre, lequel se tourne vers Sanchez qui, sans attendre, quitte l'autel et rejoint une duègne entre deux âges qui noie son ennui sous une mantille. González lui a sans doute confié l'organisation de son petit quart d'heure gourmand ; elle s'engouffre aussitôt dans la porte qui mène au cloître et, par-delà, aux cuisines où se prépare l'autre messe, celle du chocolat.

Contrairement à l'église, la salle où le Padre célèbre cet office-là n'a pas été restaurée mais elle a échappé à l'emprise du Temps. Les marbres de fantaisie peinturlurés sur ses murs n'ont pas bougé, son dallage badigeonné de rouge est toujours aussi luisant et l'étrange portrait d'une Vierge perchée sur un croissant de lune est resté à la même place, au-dessus des deux portes, celle qui donne, à droite, sur le bureau du Padre et l'autre, sur la gauche, qui s'ouvre sur la sacristie.

Au vu de ses dimensions, une bonne quinzaine de mètres de long, cette salle est un ancien réfectoire. Il doit remonter aux beaux temps de la mission, l'ère espagnole, quand les Padres convertissaient et asservissaient les Indiens à tour de bras. Leur vieille table est encore là, qui étire ses planches noires sous les poutres du plafond, de part et d'autre de deux bancs taillés dans le même bois rude.

Le regard de James, comme la première fois qu'il est entré ici, se laisse happer par le portrait de la Vierge. Cela tient, il l'a déjà noté, à l'endroit où l'on a installé le tableau. On ne voit qu'elle.

Cette position en surplomb donne aussi l'impression que c'est la Madone qui assure, depuis son perchoir lunaire, l'impermanence des lieux. Le portrait est pourtant assez petit et comme son auteur ignorait, ou méprisait la perspective, la figure de cette Vierge sévère n'a pas plus d'épaisseur qu'un papillon épinglé dans l'album d'un collectionneur. Mais avec son visage enchâssé dans un nimbe de flammèches, sa couronne surchargée de perles et son caparaçon de brocarts au chatoiement d'élytre, elle a aussi du papillon l'énigmatique splendeur.

On n'a rien modifié non plus de l'agencement de la table. À l'une de ses extrémités, sous le tableau de la Vierge, un napperon immaculé. En son centre, la chocolatière. Face à face, symétriques au point qu'on croirait leur emplacement calculé au millimètre, deux grands bols de faïence blanche.

Le premier, celui de James, est vide. Il vient de faire son annonce au Padre. Il a tout de suite trouvé les mots, ça ne lui a pris que quelques instants.

González, lui, continue à lamper son chocolat. Il n'a toujours pas bronché. Ce matin, cependant, son recueillement est de façade. Il bat des paupières. Il ne va pas tarder à parler.

Une dernière goulée et c'est chose faite :

– Levez-vous. Suivez-moi.

Le temps que James s'exécute, il est déjà sous le portrait de la Madone perchée sur son croissant de lune. D'une main fiévreuse, le Padre pousse la porte de droite, celle qui mène à son bureau.

Cette pièce-là, où James n'a jamais mis les pieds, est de forme quadrangulaire, de taille assez modeste et, comme le réfectoire, sobrement meublée. Dans un angle, un prie-Dieu ainsi qu'un lutrin qui soutient un vieil antiphonaire ouvert à la page du Credo. Contre un mur, une bibliothèque et, devant elle, une table de travail et trois chaises. Les deux premières sont du même bois noir que les bancs du réfectoire ; la troisième, celle qui fait face à la table, est agrémentée d'un dossier de cuir clouté et de menuiseries chantournées.

La place des objets sur la table de travail, comme sur celle du réfectoire, est agencée avec exactitude. Au centre, une bible. À gauche, un bâton de cire à cacheter assorti d'un sceau. À droite, un encrier et une plume.

Sur le mur du fond, deux tableaux. Le premier, de facture baroque, représente un ange menaçant de son épée un monstre furibond ; le second, récent, est un portrait de González. Au lieu de la somptueuse chasuble de brocart qu'il arborait pendant la messe, il porte sa soutane à capuche ; et comme le peintre l'a fait poser devant cette même table et assis à cette même chaise, il est si ressemblant, avec sa frange à ras des sourcils et sa tonsure tracée au cordeau, qu'on croirait son double suspendu au-dessus de lui. Mais le regard est différent. Sur le tableau, c'est celui, benoît, qu'avait le Padre lorsqu'il s'abandonnait à sa jouissance chocolatière. Il a changé du tout au tout, il n'est plus que colère. Comme sur la plage le jour de l'arrivée de la femme, feu, flamme, fièvre, nerf, emportement, exaltation, González déverrouille le tiroir de la table et brandit deux feuillets :

– Asseyez-vous, docteur Shaw, vous allez voir, lisez ! Vous croyiez m'avoir doublé ! Mais j'ai su au bout de trois jours que vous n'arriveriez à rien. Elle allait partir dans un quart d'heure, cette lettre, tenez, lisez ! Ma décision, longtemps que je l'avais prise ! Et longtemps que je vous avais jugé !

James a lu. Il a dû faire preuve de constance, il subissait parallèlement la pluie d'injonctions du Padre :

– Allez, lisez, je n'ai pas le temps, je dois donner cette lettre à Jiménez. Il faut qu'elle parte très vite, dépêchez-vous, lisez !

Quand il n'ordonnait pas, il se justifiait :

– Vous croyiez m'avoir doublé mais vous allez voir que j'ai prévu votre échec depuis belle lurette et j'ai immédiatement agi en conséquence. Enfin je ne suis pas dupe, si vous êtes ici ce matin, c'est qu'on vous a prévenu. Je vous ai percé, vous n'avez d'autre guide que l'orgueil. Mais lisez ce courrier, allez, je n'ai pas le temps…

James lisait. L'écriture de González était à son image, hérissée, anxieuse et cependant aisément déchiffrable.

– Qui vous a prévenu ? trépignait le Padre. Sinforosa, je suis sûr. Même quand on les fait jurer sur la Croix, les femmes ne savent pas tenir leur langue !

« Prévenu de quoi ? » a manqué de répliquer James. Il s'est arrêté à temps. C'était inutile ; si on la lisait, la lettre, comme il le faisait, mot après mot, phrase après phrase, elle donnait la réponse.

Le Padre ne mentait pas, il l'avait écrite la veille au soir – il était sans doute surexcité, il avait souligné la date. Il s'adressait à son évêque et lui annonçait la découverte de la femme. Il ne lui en avait pas soufflé mot jusque-là.

Il ne précisait pas quand l'événement avait eu lieu ni comment on l'avait trouvée. Rien non plus sur Nidever, ses trois expéditions ni la prime qu'il lui avait offerte – à supposer que la mission y soit allée de sa poche. Vu l'état de délabrement de ses bâtiments, c'était peu probable.

Si on était attentif, et à condition de connaître le pays (ce qui n'était sûrement pas le cas de l'évêque ; il vivait à San Francisco et n'avait jamais mis les pieds ici), on saisissait malgré tout ce qui avait conduit le Padre à révéler la découverte de la femme : les journalistes qui avaient débarqué du steamer et leur visite chez Nidever. L'événement avait dû l'ébranler, González en oubliait les grands effets rhétoriques de ses prêches du dimanche ; c'était avec une débauche de circonlocutions qu'il lui apprenait « l'apparition inopinée d'une sauvage insulaire », comme il disait ; et il se faisait encore plus chafouin lorsqu'il annonçait au prélat l'arrivée de quatre Indiens à la mission, deux femmes et deux hommes, « descendants de tribus venues d'autres îles il y a longtemps puis converties et mélangées aux

Indiens du continent, seuls à même de traduire les propos de cette sauvage ou supposée telle, celle-ci s'exprimant dans une langue absolument inconnue sous nos cieux ».

Ce qu'il s'emberlificotait, le malheureux Padre, dans les tours et détours de ses phrases : « J'ai tenté par tous les moyens possibles de déterminer – du moins d'après les récits qui m'ont été faits, chose fort ardue car ils divergent singulièrement – comment cette pauvre femme s'est retrouvée abandonnée sur l'île de San Nicolas, où elle a vécu des mois et peut-être des années, dans la plus achevée solitude. Il m'est finalement apparu qu'elle, et elle seule, est à même de s'expliquer sur ce point mais tous les truchements que j'ai pu utiliser à cet effet se sont révélés défaillants. Les raisons qui expliquent sa présence sur la susdite île demeurent par conséquent des plus obscures, d'autant que la malheureuse ne nous a pas livré son nom. »

Dans les lignes suivantes, il se surpassait dans l'art de repeindre la réalité à sa convenance : « Je n'ai donc eu d'autre ressource que de faire appel à ces descendants d'Indiens insulaires, me trouvant dans l'impérieuse nécessité de régler de toute urgence une question cruciale : nous ne saurions administrer le sacrement du baptême à cette pauvre femme si elle l'a déjà reçu, ce qui est très probable, certaines rumeurs assurant qu'il s'agit d'une naufragée originaire d'un lointain pays. D'autre part, comme elle a la peau claire et que ses manières sont souvent délicates, nous ne pouvons écarter l'hypothèse qu'elle ait connu la civilisation et qu'un de nos frères ait déjà fait d'elle un enfant de Dieu. Mais dans le cas contraire, il serait consternant que, n'ayant pas été baptisée et, par conséquent, se trouvant païenne, elle fût privée de la grâce d'accéder au Paradis. »

La conclusion coulait de source et le Padre, soudain, se dispensait d'artifices de style : « Cette sauvage, probablement, ne va pas tarder à rendre l'âme. Je place donc tous mes espoirs dans ces quatre Indiens. Jiménez, Sanchez et moi-même avons eu le plus grand mal à les réunir, nos frères des autres missions en ayant perdu la trace. Mais la sainte Providence a bien voulu écouter nos prières et les voici enfin rassemblés dans notre sainte institution où, dès demain, je vais leur présenter la sauvage. »

« À condition que Nidever, d'ici à ce soir, ne l'ait pas vendue à un cirque », a songé James en lui rendant la lettre. « Seulement ce projet de vente, si j'en parle à González, ça change quoi ? »

Le détachement de James, au moment où il lui tend la lettre, laisse González interloqué :

– Alors ?

James choisit de lui répondre par une autre question :

– J'ai renoncé, qu'attendez-vous de moi ?

La colère de González redouble :

– Qu'est-ce que vous croyez ? Je n'ai pas mis trois jours à comprendre que vous n'arriveriez à rien ! J'ai tout de suite demandé à mes frères des autres missions de me chercher des Indiens qui connaissent la langue des îles. Alors évidemment, le temps qu'on les trouve et qu'ils arrivent, vos amis l'ont su et ils vous ont prévenu…

« Vos amis » : il parle de Fernald.

C'est judicieux, Fernald aurait pu avoir eu vent de l'affaire. Il enquête sur les biens de la mission. González, pour éviter que les Yankees ne les attribuent à qui bon leur semble, les a vendus à Den, l'ancien maire de la ville.

C'est donc à Den qu'il doit de pouvoir continuer à régner sur sa petite enclave. Mais pour peu que Fernald parvienne à prouver que l'acte de vente n'a pas été rédigé dans les formes, la mission et ses terres seront confisquées. Et lui, le Padre, expédié on ne sait où.

Et ça revient maintenant à James : c'est par Den que González a appris l'arrivée de la femme. Den encore qui l'a fait monter dans sa calèche pour l'emmener à l'endroit où elle venait de débarquer. Mais une fois sur place, Den ne s'est pas montré ; le Padre est allé seul à sa rencontre.

Den a-t-il payé la prime de Nidever ? Ou quelqu'un a-t-il payé Den pour la payer ?

Et comme les embrouilles, dans ce pays, s'enchevêtrent au point de former des nœuds inextricables, quelqu'un aurait-il payé quelqu'un qui aurait payé la prime que Den, ensuite… ?

James s'interdit d'aller plus loin. C'est González, aujourd'hui, l'âme errante. Et lui, l'homme qui sait où il va.

Il aurait pu couper court. Mais les musiciens indiens, la messe finie, s'étaient installés sous le portique qui courait le long du cloître et on les entendait du bureau.

Ils s'interrompaient de temps en temps. Un des Indiens donnait des ordres aux autres. Puis la répétition reprenait.

James les écoutait. Il y prenait plaisir. Mais González convoquait maintenant la théologie. Un terrain où il se sentait sûr de lui ; il avait cessé de vitupérer.

– … Au-delà même de la question de l'origine et du baptême de cette sauvage ou supposée telle, je me dois aussi d'éclaircir les raisons qui la rendent si continûment joyeuse. Vous ne pouvez l'ignorer : le mystère de la joie est le socle de notre ordre. Aussi a-t-il toujours été au cœur de mes méditations, et plus que jamais maintenant que cette sauvage…

Toutes ses belles phrases le grisaient. Il en oubliait l'heure.

– … Nous Franciscains voyons dans la joie une grâce. Le Seigneur nous l'octroie afin que nous accueillions Sa Sainte Parole et que nous la portions ensuite dans l'allégresse jusqu'aux extrémités du monde. La joie de cette sauvage, toutefois, soulève nombre de questions. Pour commencer, elle est perpétuelle, ce qui n'est pas le lot commun des humains. C'est par ailleurs celle d'une sauvage et, pour cette raison même, nous devons déterminer au plus tôt si, oui ou non, cette malheureuse est visitée par la grâce. Dans l'affirmative, nous verrons en elle un envoyé de Dieu, auquel cas il est inutile de la baptiser. Nous devons cependant nous interroger sur la mission que lui a confiée le Seigneur. En d'autres termes, que nous veut-Il en nous l'envoyant ? Mais nous ne saurions écarter l'hypothèse qu'elle nous soit adressée par le Malin et dans ce cas…

Le Diable, Satan, on y était enfin. González attendait-il qu'il se rebiffe ? Il a marqué un long silence. Qui d'ailleurs n'en fut pas un : dehors, les Indiens continuaient à chanter.

James, pour éviter de lui répondre, s'est tourné vers la fenêtre qui donnait sur le cloître et a ostensiblement tendu l'oreille. Il en fallait plus pour arrêter le Padre :

– Si c'est le Diable qui nous envoie la sauvage, docteur Shaw, il se peut que le démon qui habite cette inconnue soit celui de la vengeance et dans ces conditions…

« Vengeance », ce fut le mot de trop. James a éclaté :

– Quelle vengeance ? Mais cette femme est une enfant ! Et je ne l'ai jamais vue aussi joyeuse qu'avec des enfants !

González était décidé à aller jusqu'au bout de son échafaudage théologique, il l'a ignoré. Il était rompu à l'exercice ; il lui suffisait de lever les yeux vers le tableau de l'ange exterminateur :

– … Le pire est à craindre. C'est que l'esprit de vengeance est l'œuvre du Démon et ses proies préférées demeurent les Indiens. Même baptisés, leur haine n'est souvent qu'assoupie. S'agissant de la femme, nous nous devons de rester sur nos gardes. Ces chants, ces danses, cette frénésie : sa joie ne serait-elle pas la figure inversée de la grâce, une de ces ruses qu'affectionne le Malin ? Aussi, dès que j'ai compris que vous couriez à l'échec…

Sur le mot « échec », le Padre détache son regard du tableau de l'ange à l'épée et se fait soudain impérieux :

– J'interrogerai la sauvage moi-même. Elle viendra ici tous les matins. Je la garderai jusqu'à la sieste. Pour l'apprivoiser, je lui dirai quelques mots en chumash ; comme vous savez, je le parle couramment. Mais la clé, ce sera la langue des îles. Les Indiens que j'ai convoqués traduiront mes questions. Je commencerai par les mots de la Création, ceux-là mêmes sur lesquels s'ouvre notre sainte Bible, ceux des premiers temps : la terre ferme et la mer, le jour et la nuit, le matin et le soir, les herbes et les graines, les oiseaux, les poissons, les monstres marins, et ainsi, j'en suis certain, de fil en aiguille, de patience en patience, en ne comptant, pour démêler si cette sauvage est ou non une envoyée du Diable, que sur le secours de la divine Providence et l'inspiration de nos livres saints…

« J'y arriverai », « pour l'apprivoiser », « de fil en aiguille », « de patience en patience », « la clé », « j'en suis certain » : il rêve, González, c'est à son tour. Il se laisse emporter par la marée d'espoir qui déferle sur lui. Si la femme a apporté ici quelque chose de fatal, c'est bien cette folle espérance.

Lui aussi, James, il rêve. Mais c'est de l'interrompre. Non pour prendre la défense de la femme, il a compris que c'est vain. Cette fois, il voudrait lui confier la réflexion qu'il s'est faite hier pendant sa course au pied des falaises : une langue inconnue ressemble à une maison. Avant de chercher à en éclaircir les règles et les secrets, on doit frapper à sa porte en douceur puis savoir se faire accueillir de celui qui la parle ou plutôt l'habite – car oui, on habite une langue comme on habite sa maison ; et il y faut, en plus du temps, de la paix.

Il aimerait aussi dire à González : « Ce temps, cette paix, vous ne les aurez pas davantage que moi. J'ignore encore pourquoi mais je sais que vous ne les aurez pas. »

Comment arrêter un rêve qui s'est mis en marche ? James se tait, écoute González jusqu'au bout. Cet espoir insensé, après tout, fut le sien.

De temps à autre, au détour d'une phrase du Padre, se dévoilaient des vérités cruelles. C'était comme dans sa lettre à l'évêque : pour peu qu'on soit attentif, il était facile d'imaginer ce qui était arrivé ces dernières semaines. González, depuis le début, et sans avoir à sortir de la mission, avait été averti de tout ce qui se passait chez Nidever. Sanchez, qui rendait visite à la femme chaque soir, lui avait fidèlement rapporté tout ce qu'il avait vu et entendu – rien de plus facile que de faire parler Sinforosa – ; et pour ce qu'elle lui cachait, c'était un jeu d'enfant que de le lui extorquer en confession.

Ainsi González venait d'apprendre que la femme, fatiguée de communiquer par mimes, parlait désormais toute seule pendant des heures. Ça ne l'inquiétait pas outre mesure.

– Il y a une vingtaine d'années, j'ai rencontré des gens comme ça, confia-t-il à James. Le Mexique venait de quitter le giron de l'Espagne, tout allait à vau-l'eau dans les missions, le gouvernement ne les finançait plus, mon évêque m'avait chargé de les inspecter.

Il se faisait bonhomme, le Padre, maintenant qu'il croyait avoir gagné la partie. Il en devenait familier :

– Les gens, forcément, quand ils vivent tout seuls dans un coin perdu, ils sont tous pareils : à force de ne voir personne et de ne parler à personne, ils se mettent à dégoiser dans le vide. J'en ai même vu qui s'étaient inventé une langue à eux, un mélange d'espagnol, d'anglais, de chumash et de je ne sais trop quoi, du français, peut-être, ou du basque. Dans un village abandonné, je suis aussi tombé sur un Padre qui n'avait plus de fidèles. Il vivait là, accroché à son église, mais continuait à célébrer la messe. À force de crever de solitude, il s'exprimait dans un charabia qu'il était seul à comprendre. J'ai dû faire avec lui comme nous avec la sauvage, communiquer par signes. Il était tellement habitué à monologuer qu'il m'a ignoré. Il m'a récité la prière des morts – ça, le latin, il ne l'avait pas oublié – puis il m'a tourné le dos et je n'ai rien pu en tirer.

James, cette fois, n'a pas pu se retenir :

– Si je vous ai bien suivi, la Femme Solitaire s'exprime dans une langue qu'elle s'est inventée. Vous avez donc remué ciel et terre pour trouver des Indiens à même de déchiffrer une langue imaginaire ?

González n'avait pas vu venir le coup. Il est resté un moment sans voix, son échine s'est affaissée et, comme à la fin de sa cérémonie chocolatière, il a battu des paupières.

« Je n'aurais pas dû », s'est reproché James. Et pour quelques instants, il est redevenu médecin. Ces sillons bistre sous les yeux, ces joues creuses et, dès qu'on le contredisait, ces réflexes de bête aux abois : González avait tout du grand insomniaque.

Mais le feu qui dévorait les nuits du Padre lui donnait aussi, dans la contre-attaque, une énergie stupéfiante. Il a très vite retrouvé l'aplomb qu'il avait lorsqu'il montait en chaire et se lançait dans ses prêches :

– Pour me faire comprendre de la sauvage, je dispose aussi, sachez-le, de la langue universelle ! Celle du cœur ! Celle de notre saint patron François lorsqu'il parla aux oiseaux, qui devinrent dans l'instant attentifs et obéirent à sa voix ! À son image, j'invoquerai l'Esprit saint qui octroya aux Apôtres le don de comprendre toute langue étrangère, connue ou inconnue, afin de porter le message du Christ dans toutes les nations ! Et tel saint Paul dans sa première épître aux Corinthiens quand il décrit le don de prophétie, je l'implorerai sans relâche de m'accorder la grâce d'accéder en esprit aux mystères…

González était sincère. Ce qu'il disait, il le croyait. Tout en lui croyait.

Il y eut alors entre lui et James un silence qui pour une fois ne fut pas calcul ou convenance mais celui de deux hommes qui, à défaut de se rejoindre, s'étaient parlé, vraiment parlé. Un de ces moments si cristallins qu'ils ne peuvent pas durer ; et comme c'était James qui avait mesuré la fragilité du Padre et non l'inverse, ce fut le Padre qui brisa le cristal :

– Restons-en là. Vous ne m'aimez pas.

*

González l'escorta quand même lorsqu'ils se sont quittés. Il l'accompagna jusqu'à l'abreuvoir aux chevaux. Ensuite il n'y avait plus rien, que la pente qui conduisait à la plaine et, par-delà, au pueblo.

C'est là, tandis que James faisait boire son cheval, que le Padre lui apprit que la femme, malgré son départ, ne resterait pas sans soins. Un jeune médecin qui venait de s'installer dans la baie, lui dit-il, se rendrait tous les jours chez Nidever comme il l'avait fait lui-même.

Il eut à cœur d'ajouter :

– Cette personne aime les Indiens et les Indiens l'aiment aussi.

James s'aperçut alors qu'il ne s'était jamais demandé qui veillerait sur la femme une fois qu'il serait parti. À cette annonce, il ressentit une sorte d'oppression qui lui a rappelé l'après-midi qu'il avait passé à écouter les enfants de Nidever. Mais cette jalousie – il faut bien appeler les choses par leur nom – ne dura pas. Il avait croisé ce jeune médecin, ils s'étaient parlé plusieurs fois et il lui avait semblé, malgré son inexpérience, attentif et vigilant. Il réussit donc à se composer un masque d'indifférence et à répondre à González sur un ton ni trop lointain ni trop neutre :

– Du moment qu'il veille à ce que la femme ne consomme rien de cru.

Il n'a pas eu de mal à se faire violence. González ne le regardait plus. Ses yeux balayaient déjà la mission, couraient de l'église au cimetière et du cimetière à la prison et à l'aqueduc en ruine.

Ce qui l'a aidé, c'est qu'ils étaient dehors. Le soleil avait monté ; les bancs de brume, autour de Santa Cruz et d'Anacapa, s'étaient évaporés. Il ferait beau. À moins que la brise ne fraîchisse, le chargement du bateau serait achevé le lendemain soir ; et comme aucun des hommes n'avait fait défection, il serait à Santa Cruz dans deux jours.

Il allait saluer le Padre quand le vent leur a porté les chants des Indiens. González, enfin, leur a prêté l'oreille et ce fut comme avec le chocolat : il est devenu un autre homme. Il s'est recueilli un moment et lorsqu'il a vu que James prenait lui-même plaisir à les écouter, il lui a raconté qu'autrefois, son prédécesseur avait appris la musique aux Indiens et qu'il avait monté un orchestre.

Il ressemblait maintenant au vieux Padre nostalgique et à demi fou qu'il avait évoqué un quart d'heure plus tôt ; il était hagard au point qu'on pouvait penser qu'il parlait tout seul :

– Les Indiens, marmonnait-il, portaient des costumes militaires qu'ils avaient trouvés dans un navire échoué, une frégate, je crois, des casquettes rouges, des pantalons blancs, des vestes à brandebourgs et épaulettes dorées qui leur plaisaient beaucoup. L'an passé, quand j'ai voulu remonter l'orchestre, je les ai cherchés mais ils avaient disparu.

Le cheval de James avait fini de boire et piaffait. González a tressailli comme un dormeur qu'on réveille en sursaut. Il a soufflé :

– La musique console de tout.

Puis son regard a couru vers la pente qui menait au pueblo et il a eu des mots dont James s'est longtemps demandé si c'était un avertissement ou la suite de son monologue :

– Mais en bas… En bas, ils ne connaissent que le bruit.

Le Padre avait au moins un point commun avec James : dès qu'il avait pris une décision, il la mettait à exécution. La femme, deux heures après, prenait le chemin de la mission, encadrée de Sinforosa, de ses filles et de trois de ses Indiennes. Il faisait déjà très chaud, elles marchaient sous de grands parapluies noirs.

Était-ce le Padre qui leur avait commandé de venir à pied ? Y voyait-il une sorte de pénitence préventive, une façon de leur faire comprendre qu'elles n'avaient pas vanité à tirer de cette convocation en terre sacrée ? Si tel était son but, il s'était fourvoyé. Elles n'avaient pas parcouru cinq cents mètres que, déjà, une trentaine de personnes les escortaient. Pas seulement des enfants, des gens du pueblo aussi. Tous leur faisaient fête. Sinforosa se contentait de leur répondre par de timides hochements de tête.

Elle était entièrement vêtue de noir. La femme, elle, avait troqué sa tunique de plumes pour une longue robe de coton blanc. Elle arborait aussi un collier de coquillages que James ne lui avait jamais vu. Elle avait dû le sortir du coffre de Nidever.

Le cortège a vite grossi. Les gens du pueblo se réjouissaient de la voir passer devant chez eux. Ça changeait tout. Dans la rue, la femme était des leurs.

Certains, à l'idée de la côte qu'il faudrait affronter, ont rattrapé le cortège à cheval mais ils ont pris bien soin, quand ils sont arrivés derrière la femme, de marcher au pas. Puis des musiciens se sont joints à ce qui ressemblait maintenant à une procession. Ils jouaient de la guimbarde, de la flûte et de la guitare, parfois de la trompette et du violon. On a même aperçu des tambours, comme dans les cortèges des grands jours. Il n'y manquait que les statues de la Madone et des saints brinquebalantes sur leurs brancards.

La femme riait. Mais elle devait peiner ; sa claudication s'était accentuée, elle s'appuyait sur sa canne et s'arrêtait souvent pour reprendre son souffle. Puis elle recommençait à chanter.

Ces haltes exaspéraient Sinforosa. Elle n'a rien pu y faire, la femme est arrivée en retard. Si González a pesté, on ne l'a pas su. De la façon dont s'est passé son interrogatoire, rien n'a filtré non plus.

La liesse fut encore plus grande au retour. C'était l'heure de la sieste mais les gens avaient envoyé des Indiens faire le guet aux abords du pueblo et, dès que la grappe noire des parapluies est apparue au bout du chemin avec son escorte de musiciens, ils ont couru prévenir leurs maîtres, qui se sont précipités sur la femme pour lui offrir des cadeaux. Des sucreries, comme toujours, des mouchoirs, des perles de verre coloré, des bracelets de laiton, des rames de coton. Et des piécettes – Sparks et doña Antonia avaient fait école.

La femme était toujours aussi joyeuse et, lorsqu'elle est rentrée, elle n'a rien changé à ses habitudes. Elle a réuni les enfants dans sa chambre, leur a tout distribué puis est allée s'installer sous son sycomore. Quand des visiteurs ont voulu la voir – ils furent encore nombreux et c'étaient parfois des gens qui avaient suivi le cortège –, elle a recommencé à chanter.

*

Il y a une page là-dessus dans le registre. Elle est tracée d'une plume nerveuse. Pas une rature. Pas d'effet de style non plus. Un rapport, pourrait-on dire.

En conclusion, James signale qu'il tient ses informations de Benigno. Il n'en dit pas plus. Il ne mentionne pas que l'apothicaire est venu le chercher mais qu'il n'a pas voulu le suivre.

La règle, ici, c'était que l'apathie engendrait l'apathie et l'événement, l'événement. En moins de six heures, alors que rien ne le laisse présager, les projets de James sont chamboulés. Peu après le retour de la femme chez Nidever, le *Goliath* fait son entrée dans la baie. Il revient cette fois de San Francisco. La moitié du pueblo se précipite sur la plage.

Le temps est toujours aussi beau ; la chaloupe du steamer passe la barre sans encombre puis vomit sur le sable de nouveaux curieux. Ils sont plus nombreux que la semaine d'avant.

Le capitaine du steamer est à bord de la chaloupe. Il apporte, en plus du courrier, des nouvelles de l'*Eldorado*. Un skipper de ses amis l'a vu à Panama ; il lui a confirmé qu'il avait été bloqué à Honolulu par une avarie. Selon ce skipper, le brick est maintenant en route pour San Diego ; il devrait arriver sous peu. Ce que signifie au juste ce « sous peu », il ne saurait le dire. Il grommelle : « Cinq-six jours », et passe à la distribution du courrier.

Il y a une lettre pour James. Un billet que le Ranchero Blond a confié à un marin du bord, trois phrases à son image, expéditives, brutales : « J'ai trouvé les moutons. Je les ai achetés à bon prix. Je ne vais pas tarder à mettre les voiles. »

Pas moyen d'estimer quand le Ranchero Blond va jeter l'ancre à Santa Cruz, le courrier n'est pas daté. Agacé, James enfouit le billet dans sa poche. C'est alors qu'il remarque que la foule agglutinée sur la plage se disperse. Avec lui, Fernald est au nombre de ceux qui s'attardent. Le capitaine du steamer le connaît ; il sait pourquoi il est là, il brandit un journal :

– Je l'ai gardé pour toi. J'en avais d'autres mais les passagers les ont pris.

Il s'agit d'une gazette de Sacramento. Fernald est déçu, il aurait préféré un journal de San Francisco. Il se met malgré tout à la feuilleter.

Son geste agace James. Il voudrait lui apprendre qu'il retourne au plus vite à Santa Cruz et lui toucher un mot de son entrevue avec González.

Il renonce. Il se dit qu'il ira le voir à la nuit tombée et rejoint ses hommes pour continuer à charger son bateau.

Il s'est remis au travail en aveugle. Lorsque Fernald a déboulé, il a sursauté. Et tressailli une seconde fois quand il a vu le journal.

Fernald pointait un titre en une : « Un Robinson Crusoé en jupons ».

James a tâché de garder son sang-froid :

– Il faut se mettre à l'ombre pour lire ça.

*

De l'ombre, il y en avait un peu en haut de la plage ; c'étaient, non loin de l'entrepôt de Sparks et de la cahute des marins, les restes d'une vieille maison. Une tempête l'avait dévastée. Ou un raz-de-marée ; il s'en produisait quelquefois.

La dune commençait à noyer les derniers murs encore debout. Dans un angle, Fernald a avisé un coin d'ombre. Le vent y avait accumulé beaucoup de sable. Ils s'y sont assis. James, pour qu'ils découvrent l'article ensemble, a demandé à Fernald de le lire à haute voix.

L'auteur du papier, ça ne faisait aucun doute, était l'un des deux journalistes qui avaient fait escale dans la baie la semaine précédente. Il relatait sa visite à la femme et ne cachait pas qu'il était arrivé par le steamer. Pour autant, il avait pris un pseudonyme. Il ne s'était pas creusé la tête, il avait choisi le nom du navire, Goliath.

Il se vantait d'avoir reçu de la femme certains des objets qu'elle avait rapportés de l'île et les décrivait si bien que James les reconnut tout de suite : c'étaient ceux que la femme, selon le petit José, gardait dans le coffre de Nidever.

Il n'y avait pas lieu de douter des affirmations de Goliath, sa description des objets était encore plus précise que celle du gamin. Peut-être s'étaient-ils parlé ; Goliath, entre autres détails, évoquait les racines dont la femme s'était nourrie dans l'île et le système qu'elle s'était inventé pour pêcher, ces clous tordus qu'elle avait accrochés, selon le petit José, à des tendons de baleine.

James s'est contenu jusqu'à la fin de l'article. Le menton calé entre ses mains, il fixait la passe d'Anacapa. Il était résolu à garder son calme ; il n'a tressailli qu'à deux reprises. La première, quand le journaliste se vantait de l'accueil que lui avait réservé la femme : « Elle m'a aussi offert deux morceaux de sa robe de plumes que je me propose de montrer à ceux de nos lecteurs qui le souhaitent » ; et la seconde, lorsque Goliath révélait que Nidever avait refusé les mille dollars qu'on lui avait offerts en échange de la femme. Mais à San Francisco, ajoutait le journaliste, un autre directeur de cirque avait renchéri. D'après lui, il offrait le double pour faire entrer la femme dans sa troupe.

– Je fais bien de partir, a soufflé James.

Il ne se sentait plus la force de se confier à Fernald. Ni la force de rien. Il s'est mis à fixer le ciel, si fermé que c'est Fernald qui a eu le geste qu'il n'arrivait pas à faire : il a froissé le journal, l'a ramassé en boule, a couru jusqu'au bas de la plage et l'a jeté dans les vagues où il s'est vite perdu dans l'écume et les lanières grumeleuses du varech.

*

Fernald a mis du temps avant de revenir. Il marchait le long de la laisse de mer. Il semblait chercher entre les paquets d'algues et les coquilles d'ormeaux un de ces bois flottés ou fragments de coraux roulés par les marées qui parlaient d'autres côtes, d'autres îles que celles qui s'étiraient à l'horizon. Il dérangeait de temps en temps des hérons en quête de leur pitance dans les sables humides de l'estran.

James l'épiait. Il aurait bien voulu savoir à quoi il pensait mais Fernald était trop loin. Il a fallu dix bonnes minutes avant qu'il ne se décide à remonter.

Quand il est arrivé, James et ses hommes étaient occupés à pousser le canot à la mer. Il s'est arrêté devant la proue de la barque. Il semblait attendre un mot, ou un signe de James.

Il est finalement venu et, comme toujours, ce que James avait à lui dire a tenu en trois phrases :

– J'aurai fini de charger la goélette demain soir. J'irai te voir à ce moment-là. On mangera un morceau.

Mais ce jour-là, quoi qu'il dise, quoi qu'il fasse, la réalité était décidée à n'en faire qu'à sa tête. C'est Fernald qui s'est rendu chez James et ce fut le soir même.

Sa voix était blanche. Il lui annonçait que des bandits, peu avant la tombée de la nuit, étaient entrés dans le pueblo.

Ils voulaient voir la femme. Ils avaient bu ; ils n'avaient pas trouvé la maison de Nidever. De fureur, ils s'en étaient pris aux premiers qu'ils avaient croisés, des hommes qui faisaient la fête dans la cahute des marins. Eux aussi avaient bu. Ils s'étaient défendus mais les autres avaient été les plus forts.

À la gêne de Fernald quand il a poursuivi : « Il y a des gars qui ont été bien amochés », James a saisi que ses hommes étaient au nombre des blessés : « Combien des miens ? » ; et lorsque Fernald, toujours aussi embarrassé, a lâché : « Cinq », il a su qu'il devait changer ses plans.

Ils ont couru ensemble à la cahute. Trois des ouvriers recrutés par James avaient été assommés. Ils étaient couverts de plaies ; deux autres souffraient de fractures. Il n'était pas question de partir.

Marin, médecin, James, pendant des années, n'avait pas fait la différence. Il a tout de suite retrouvé ses réflexes. En même temps qu'il soignait ses hommes il a calculé : ils seraient en état d'embarquer d'ici trois ou quatre jours. Avec un peu de chance, l'*Eldorado* serait arrivé. S'il embauchait des manœuvres pour l'aider à charger ses nouvelles marchandises dans les cales de la goélette, il serait à Santa Cruz en moins d'une journée ; lorsqu'on voyait les étoiles, comme ce soir-là, monter dans le ciel avec un tel éclat, on était assuré d'avoir bon vent. Donc tout allait s'arranger, s'arranger tout seul.

De se voir constamment contrarié dans ses plans, cependant, l'a troublé. Il s'est demandé, pendant quelques instants, si cette bagarre était l'œuvre d'une puissance obscure ou relevait de l'ordinaire de la vie. Il a penché pour l'ordinaire de la vie.

*

Les gens aimaient Benigno, surtout les marins. Il les soignait souvent et, pour certains, les hébergeait une ou deux nuits dans sa minuscule cabine-officine le temps qu'ils aillent mieux. Il ne demandait rien en échange.

Il n'a jamais fait aussi bien que ce soir-là. Beaucoup de marins s'étaient précipités à la cahute mais aussi des Indiens – deux des blessés étaient Chumash. Quand James et lui en ont eu fini avec les pansements et les bandages, ils sont restés. Ils voulaient les veiller.

Benigno s'en est aperçu avant James ; et comme il n'était jamais à bout de ressources, il est allé chercher des piquets et de grandes toiles – des voiles qu'il avait récupérées on ne sait où. Une demi-heure après, il avait monté une tente de fortune. On y a étendu des nattes et on y a couché les blessés.

Benigno n'en est pas resté là. Entre la tente et les dunes, il a allumé un feu. Les gens, spontanément, se sont assis autour ; et comme la nuit était belle et qu'ils n'avaient pas envie d'aller se coucher, ils se sont mis à parler.

C'était fatal : après les bandits, ils ont parlé de la femme et, tout aussi fatalement, de l'île.

Ce sont les pêcheurs qui ont commencé. Leur île à eux, c'était l'île redoutée, l'île constamment imaginée et réimaginée au fil des années et des peurs. Ils étaient nés sur la côte mais pour rien au monde ils n'auraient emmené leurs barcasses dans ces parages-là. Trop de brumes, de courants, de sautes de vent.

Certains marins, cependant, y avaient jeté l'ancre. Ça n'empêchait qu'ils soient comme les pêcheurs, ils faisaient tout leur possible pour éviter de prononcer son nom.

Les Indiens ne s'en étonnaient pas. Eux-mêmes, à leur naissance, avaient reçu un nom secret qu'il leur était interdit de proférer. Mais eux, l'île, ça ne les dérangeait pas de la nommer. Ils l'appelaient « le Sifflet » ou de façon plus énigmatique : « l'Île d'on ne sait pas trop où ».

Mais le nom, quelle importance ? Dans tout ce qui se disait l'île était là. Et son passé aussi, qu'ils appelaient tous, Indiens ou Blancs, les *tiempos viejos*, les temps anciens, ceux de la vieille histoire, la vérité qui ne s'était pas encore effacée et affleurait soudain, comme réchappée des vagues qui se brisaient, intraitables, opiniâtres, au fond de la nuit.

– 6 –

Dans l'île

Dans les récits (plutôt les bribes de récits, chacun y allait de son historiette), pas une date. Pour s'y retrouver, seulement des noms de bateaux : « du temps de l'*Alert* », « à l'époque du *Pilgrim* et de l'*Ayacucho* ». Encore fallait-il les avoir connus, ces bateaux.

Disons les choses comme elles sont : on a tourné autour du pot pendant une bonne demi-heure. Si on avait vu l'île, on la décrivait. Tout le monde était d'accord : une terre dangereuse, invivable, où il s'était passé des choses terribles. Lesquelles ? Rien qu'on ne sache déjà.

Des marins accusaient : « C'est la faute des Mexicains. » Ils leur en voulaient d'avoir cessé de financer les missions. Les Padres avaient perdu une bonne partie de leurs terres ; les Indiens qui les travaillaient, livrés à eux-mêmes, avaient proposé leurs bras aux rancheros ou s'étaient mis à errer, affamés, perdus. Une aubaine pour les gens des pueblos, qui n'avaient pas tardé à en faire leurs domestiques. Les missionnaires, au bout du compte, n'avaient plus trouvé personne pour les servir.

« Donc c'était fatal », soupiraient les marins. « Les Padres sont allés chercher des Indiens dans l'île. »

Ça ne tenait pas debout. Quels Padres ? Ceux d'ici ? Ceux de San Gabriele, près de Los Angeles, comme on l'avait souvent dit ?

Les hommes assis autour du feu ont répondu qu'ils ne savaient pas. Fernald a insisté. En pure perte. Ils se sont remis à parler de l'île.

James lui-même a insisté. Il les a interrompus, leur a demandé comment s'appelait le bateau qui avait emmené les Indiens, et qui le commandait. Mêmes réponses vagues : « C'était à l'époque de l'*Alert* et du *Bolívar Libertador* mais pour le reste, alors ça… » Et on lui a servi à peu près la même histoire que dans le pueblo : les habitants de l'île avaient été décimés par des maladies ; ils voulaient s'en aller et on n'aurait jamais parlé d'eux si une femme – la femme – ne s'était aperçue que son enfant avait disparu. Elle était allée à sa recherche ; quand elle était revenue, trop tard, le vent s'était levé, l'ancre du bateau avait dérapé et le capitaine avait donné l'ordre d'appareiller.

Il y avait bien une variante mais rien de neuf. Des marins juraient que la femme avait sauté du bateau et d'autres soutenaient que c'était impossible : « Elle se serait noyée. » La femme, selon eux, était encore à terre quand l'enfant avait disparu. Et comme toujours on s'accordait sur la fin : la tempête se lève, la femme court à la plage au moment où le bateau quitte l'île, le capitaine lui crie qu'il reviendra le lendemain et il ne revient jamais.

Fernald s'est emporté :

– Qui avait affrété le bateau ? Les missionnaires ?

Il avait des façons de procureur. Une fois encore, on a éludé. Un homme croyait savoir que le bateau était une goélette et qu'il n'avait pris la mer que deux ou trois fois. Fernald a répété sa question :

– Qui l'avait affrété ?

Ses mots, cette fois, ont été noyés sous une pluie de « *Quién sabe* ». De colère, il est devenu tout rouge.

James enrageait lui aussi. Dans tout ce qui venait de se dire, l'histoire était là. Mais personne ne la prenait à bras-le-corps. On avait peur. Peur de recoller les souvenirs. Peur, une fois que ce serait fait, de se retrouver devant une vraie histoire et que cette histoire soit l'histoire, celle qui n'avait jamais été dite dans sa vérité nue et qui continuait, pour cette raison même, de hanter les esprits. On le savait pourtant : elle n'allait pas tomber toute seule des étoiles. À un moment ou à un autre, il faudrait que quelqu'un la raconte. Commence. Mais qui pouvait commencer à part un courageux, un naïf ou un fou ?

Ou alors un homme qui n'avait rien à perdre, et il s'est trouvé qu'un d'entre eux était assis autour du feu, Thomas Horne. Lui, commencer, il n'attendait que ça.

Il s'est aussi trouvé que Thomas Horne était l'un des malades que James n'avait pas voulu laisser tomber. En dépit de la tourmente qu'il venait de traverser, il avait continué à se rendre chez lui pour prendre de ses nouvelles. Horne avait perdu sa femme et son fils unique. Il vivait depuis dix ans dans la seule compagnie de ses deux Indiennes.

Il allait sur ses quatre-vingts ans. Son père, un Irlandais de Boston, était arrivé ici du temps que le pueblo était à peine un pueblo, vingt maisons, le castillo, la caserne, la chapelle, le repaire du clan La Guerra. Il s'était épris d'une femme chumash. Il n'était pas reparti.

Horne avait appris à naviguer avec lui et connu tous ceux qui avaient fait l'histoire du pays, les Padres, les régiments espagnols, les gouverneurs mexicains. Et bien sûr les amis de son père, des capitaines de Boston ou New York venus tenter leur chance dans les parages. Avec eux il avait tout fait, la chasse à la baleine, le transport de peaux et de suif sur la côte est, des trafics à Honolulu, dans les Philippines, en Chine ; et du temps des Mexicains, beaucoup de contrebande. Il était vite passé capitaine. Il était si fin barreur que tout le monde s'inclinait devant lui, même Nidever.

James n'avait jamais reçu une seule confidence de Horne. Tout ce qu'il avait appris sur lui, il le tenait du pêcheur qui lui avait rapporté son coffre – ils avaient dû servir sur les mêmes bateaux dans leur jeunesse.

Horne savait que ses jours étaient comptés. « Je tiens encore debout mais c'est la fin », avait-il lâché à James huit jours plus tôt. « Je n'ai plus goût à rien. » Il n'était pas résigné mais détaché. C'était aussi le seul habitant du pueblo qui s'était abstenu de lui parler de la femme.

Il sortait encore. À l'approche du soir, toujours, pour voir la couleur de la mer et d'où soufflait le vent. Il suivait un moment le chemin qui longeait la plage puis allait s'installer sous la cahute et sirotait un verre d'eau-de-vie avec les pêcheurs et les matelots qui continuaient à traîner par là.

Ils avaient compris qu'il allait sur sa fin. Autour du feu, personne n'a paru étonné que ce soit lui qui commence. C'est sa manière qui a semblé étrange. Il se tenait à ce moment-là comme à la barre de ses navires, très droit. Il avait aussi la même autorité qu'autrefois.

James, lui, n'a pas été surpris. Il avait déjà vu des malades, à l'approche de la mort, rassembler leurs dernières forces et redevenir, l'espace de quelques heures, l'homme qu'ils avaient été au meilleur de leur vie. Pour Horne, c'était « Old Man[1] », le capitaine qui n'avait jamais fait naufrage, même quand il s'était retrouvé aux prises avec le pire ouragan qu'on ait connu sur la côte. Il avait manœuvré comme personne ; mieux encore, il avait vu venir avant son équipage l'instant où il fallait laisser croire à la mer qu'elle avait gagné la partie, affaler les voiles, mettre à la cape, sacrifier les mâts. Il s'en était sorti sans perdre un homme. Donc comment s'étonner qu'au moment de commencer Horne ait retrouvé la voix qu'il avait eue la nuit de l'ouragan, celle du seul maître après Dieu :

– Finissons-en. Tout ce qu'on a dit jusqu'ici, ce sont des histoires en robe de bal.

– Il faut revenir à l'origine de tout, poursuit-il. Rien ne serait arrivé si du temps de l'*Ilmena*…

« L'origine de tout » : son récit promet d'être long. Mais il doit y songer depuis un petit moment, sa parole est limpide.

Est-ce à Fernald et à lui, James, qu'il s'adresse ? Son regard ne les lâche pas.

Une façon de les remercier d'être là, à l'escorter, comme les marins, sur le chemin de la mort ? Ou cherche-t-il à laisser une trace avant de disparaître ? Il a bourlingué,

1. Littéralement : le Vieux. Terme de respect envers un capitaine particulièrement aguerri.

il doit savoir que les histoires ont quelque chose de la bouteille à la mer. On les livre aux courants, aux vagues et parfois elles rencontrent un rivage. Horne, peut-être, rêve de trouver en eux ce rivage.

Et puis quel surcroît de vie que d'avoir une histoire à raconter et des gens qui vous écoutent.

Juste après avoir prononcé le nom de l'*Ilmena*, voici donc que Horne proclame (le mot n'est pas trop fort, il n'entend pas qu'on mette en doute ce qu'il va dire) :

– C'est arrivé trois ou quatre ans après le tremblement de terre qui a détruit l'église de la mission.

James a vite fait de calculer. La date du séisme, 1812, figure sur une grande plaque vissée sur la façade de l'église ; la fameuse « origine de l'origine » se situe par conséquent aux alentours de 1815-1820, le zénith de l'ère espagnole, mais aussi le temps des Russes et des Indiens du Nord, la grande époque de la chasse à la loutre de mer.

Le Ranchero Blond a lui-même évoqué ces temps reculés quand James l'a questionné sur la femme. Il n'y voyait pour sa part l'origine de rien, sauf des crânes et des squelettes dont il prétendait qu'on en trouvait partout dans l'île.

Horne doit connaître le Ranchero Blond, il gronde :

– Moi, ce n'est pas ce soir que je vais me mettre à colporter des bobards.

Donc il sait. Et hors de question de contester ce qu'il sait.

– J'avais trente-sept ans quand les Russes et leurs Indiens ont fait du grabuge dans l'île. Je suis le dernier à me rappeler ça, tous les autres sont morts. Et vous, pour la plupart, vous n'étiez pas nés. Mais vous pouvez me faire confiance, j'ai une mémoire de fer.

« Mémoire de fer » : l'image, pour être singulière, lui va bien. Horne, malgré la maladie, garde quelque chose d'inflexible. Cette façon par exemple d'asséner de but en blanc : « L'origine de tout, l'origine de l'origine, c'est la folie de la chasse à la loutre. »

Il a vraiment un don pour les images. Il appelle cette folie : « la ruée vers l'or doux ».

Il s'explique. « L'or », à cause du prix exorbitant des peaux de loutres. Et « doux », pour le plaisir que c'est de caresser leur fourrure.

– Il n'y a pas de mots. Tu fermes les yeux et tu te crois au Paradis. Et rien de mieux contre la pluie et le froid.

Le regard de Horne, cette fois, s'arrête sur James. C'est à lui qu'il s'adresse.

Ça le gêne, James. Et même, ça l'irrite. Il voudrait l'interrompre, lui dire que pour les peaux de loutres, il sait.

Mais couper la parole à Horne, ce serait lui dire qu'il perd son temps et par conséquent se mettre en travers de la vérité, laquelle, avant de pouvoir fracasser la cuirasse du silence, a besoin de prendre son temps.

Il le laisse parler.

Horne ne veut pas l'avouer mais James le sent : il n'a jamais aimé les chasseurs de loutres :

– Les loutres, j'aurais pu m'y mettre moi aussi mais je n'ai pas voulu. Ces pauvres bêtes, tout ce qu'elles arrivent à faire quand les canoës des chasseurs les encerclent, c'est essayer de les feinter, passer sous les coques des canoës, s'enfuir en profitant du jusant. Elles sont malignes, seulement qu'est-ce qu'elles peuvent depuis qu'on les canarde au fusil ? Au moins, du temps où les Indiens y allaient au harpon…

Son souffle se fait plus court. Il fatigue. Mais il poursuit son idée et, encore une fois, comment l'arrêter ?

– Un jour on m'a montré, pour la loutre.

On n'en finira jamais. Et ça aussi, comment on chasse la loutre, tout le monde est au courant. Même lui, James : on commence par tirer une balle, une seule, juste pour l'effrayer, elle plonge mais, comme elle ne peut pas rester indéfiniment sous l'eau, elle ressort la tête afin de respirer. On tire encore, cette fois plusieurs balles, elle replonge et on recommence jusqu'à ce qu'elle n'en puisse plus. Le manège dure une heure, une heure et demie.

Où veut-il en venir ? À la femme ? Si c'est le cas, l'allusion est nébuleuse :

– Il n'y a qu'avec les femelles qu'on peut aller plus vite ; comme elles portent leurs petits sur leur ventre et ne veulent pas s'en séparer, il suffit de le leur arracher. On jette le petit dans le canoë, il se met à piauler comme un nouveau-né, la mère accourt, on lui fracasse la tête. À cette chasse-là, qu'est-ce qu'on risque ? Les Indiens manœuvrent les canoës comme des princes. Et leurs canoës, des merveilles. Vingt kilos de lest, complètement étanches, ils ne se renversent jamais. Alors les déferlantes, les courants…

*

Il passe sur la fin de la chasse, la mer qui vire au rouge, les cadavres qu'on écorche, les carcasses abandonnées aux vagues. À la vérité, il serait malvenu d'en parler. Il a commandé des baleiniers et, lui aussi, c'était pour l'argent. Pour autant, il entend qu'on fasse la différence :

– Chasser les loutres, c'est du vice. Surtout maintenant qu'il n'y en a presque plus, tellement on en a tué. Ça pèse quoi, une loutre, trente kilos ? Il y en a pourtant qui continuent. Et ceux-là, il faut les voir à l'œuvre.

L'allusion, cette fois, est claire. Le seul à continuer, pour parler comme lui, c'est Nidever. Et tout le monde le sait : il emmène parfois Sparks à la chasse à la loutre, histoire sans doute de le consoler de sa défaite contre le grizzli.

Horne craint-il qu'on n'ait pas compris ? Il se fait encore plus précis :

– Quand ils tuent les loutres, on dirait qu'ils se vengent et, quand ils les écorchent, on dirait qu'ils les scalpent. Ils pourraient laisser ça à leurs hommes mais non, il faut qu'ils le fassent eux-mêmes. Ça doit leur rappeler le bon vieux temps. Je les ai vus arriver ici, ceux-là. Et je vous le dis : sur leurs mains, il n'y avait pas que du sang de castor.

Est-ce la mémoire de sa mère indienne ? Il a des accents tragiques. Pour autant, « ceux-là », il ne les nomme pas.

En est-il besoin ? Autour du feu, tout le monde hoche la tête.

De façon pour le moins déconcertante, Horne en revient soudain à l'époque russe, le temps de l'*Ilmena*.

Il risque de fatiguer son auditoire mais il le sait : il se fend d'une nouvelle proclamation :

– Et maintenant il faut bien m'écouter, parce que c'est ça l'origine de tout.

Sa voix, sur les derniers mots, donne des signes de faiblesse. Il se racle la gorge. C'est seulement quand elle a retrouvé sa clarté qu'il se décide à continuer.

Il déclare que l'*Ilmena* n'était pas un bateau russe mais un brick américain, un deux-mâts qui jaugeait deux cents tonneaux. Les Russes l'avaient loué à un ami de son père, un armateur de Boston. D'où le nom qu'on lui avait donné ici : « le bateau d'Aucun Pays ».

L'anecdote le réjouit : « Le bateau d'Aucun Pays pour aller dans l'île d'on ne sait pas trop où : rien qu'à ça, on voit que c'était une autre époque... »

Il s'aperçoit qu'il s'égare, il retrouve tout de suite son sérieux et, avec lui, les manières d'Old Man, échine vissée et voix de basse.

– Les gars de Boston, mine de rien, ils savaient déjà où ils allaient. Ils n'étaient pas encore très nombreux à naviguer par ici mais ils lorgnaient sur le pays, et pour ce qui était des Russes, ils les avaient jugés. Brutaux un jour, légers le lendemain : ça ne pourrait pas marcher. Il finirait par se passer quelque chose qui les forcerait à décamper.

Beau préambule, mais ce qui suit déçoit James. Le récit de Horne est quasiment identique à celui du Ranchero Blond. Il est seulement plus détaillé – la mémoire de fer. L'île, se souvient-il, était encore la chasse réservée des capitaines russes et de leurs hommes, des Indiens d'Alaska, les Kodiaks, qu'ils avaient asservis puis, comme les Padres des missions, convertis. Mais les capitaines russes préféraient le commerce à la chasse. Ils jetaient l'ancre dans l'île, y laissaient leurs Indiens avec les deux officiers chargés de les surveiller et s'en allaient faire du trafic on ne sait où pendant que les Kodiaks chassaient les loutres.

Ils avaient calculé : pour une bonne campagne de chasse, il fallait compter trois semaines, et pour sécher les peaux, quinze jours. Ils revenaient dans l'île au bout d'un mois, un mois et demi.

– Mais une année, enchaîne Horne, l'*Ilmena* a mis beaucoup de temps à revenir. Une avarie ou autre chose, on n'a jamais su, toujours est-il que les Kodiaks se sont énervés. Les Indiennes de l'île étaient très belles et surtout elles avaient quelque chose qui leur rappelait les leurs : elles avaient la peau claire. Donc ça n'a pas tardé, un Kodiak a violé une des femmes. Les hommes de l'île, dès qu'ils l'ont su, ont tué le Kodiak. Ça aurait pu s'arrêter là mais l'un des deux officiers russes a perdu la tête. Il a ordonné de tuer tous les mâles de l'île et d'y aller comme avec les loutres, au fusil. Les Kodiaks n'ont fait ni une ni deux et comme les Indiens, pour se défendre, n'avaient que des coutelas en pierre et des arcs…

Horne, comme au moment où il a donné sa petite leçon de chasse à la loutre, passe l'horreur sous silence. Il se contente de s'interrompre quelques instants, histoire de s'assurer que son auditoire est toujours pendu à ses lèvres, puis il enchaîne :

– Je suis au moins sûr d'une chose : quelques-uns des Indiens de l'île ont survécu. Et je sais où. Dans des grottes. Certaines sont très profondes. Croyez-moi sur parole, je suis allé dedans.

*

Il ne précise pas quand il les a explorées, ni ce qui l'a conduit à s'y aventurer, mais tout indique que c'était à l'époque où il faisait de la contrebande :

– Je vadrouillais souvent par là-bas du temps des Mexicains. Les Espagnols avaient perdu la guerre, on n'était plus aussi libres qu'avant.

Il avait dû y entreposer ses marchandises en attendant l'arrivée de ses clients ; il souligne que les grottes de l'île sont très sûres :

– De loin, elles n'ont l'air de rien. Des petites failles au bas d'une falaise. Mais au bout de trois ou quatre mètres elles s'élargissent et le sol remonte au point que la mer, même pendant les tempêtes, n'y pénètre jamais. J'en ai vu une qui était couverte de dessins. Des animaux marins, des espadons, des baleines, des requins, des dauphins. Les Indiens de l'île avaient dû se fabriquer des fusains avec du bois calciné et trouver de l'ocre quelque part dans l'île. J'ai vu aussi une grotte dont le plafond était noir de fumée. Des dizaines de pointes de flèche en pierre étaient éparpillées sur le sable. Pour moi, c'est là que se sont réfugiés les rescapés du massacre.

James repense au petit José. Lui aussi, il a vu des pointes de flèche dans les paniers que la femme gardait dans le coffre de Nidever.

Il en tremble, de penser qu'elles avaient appartenu aux Indiens de l'île – le père de la femme, ou ses frères, ses cousins. Il veut à tout prix en savoir plus

La curiosité ressemble en tout point à la faim. Il a du mal à déglutir, son estomac se creuse et il a le vertige.

Horne est persuadé que le massacre des Indiens a porté malheur aux Russes :

– Dès qu'ils ont touché la côte, ils ont été arraisonnés par les Espagnols, qui ont saisi leur cargaison et les ont flanqués en prison, eux et leurs Kodiaks. Les Russes ont eu toutes les peines du monde à se faire libérer et, quand l'affaire s'est sue, on ne les a plus revus. Ici non plus, sur la côte, personne n'était chaud pour aller dans l'île. Ça a duré un bon moment.

Son récit recoupe alors celui du Ranchero Blond : c'était à cause des squelettes :

– Les Indiens de l'île n'avaient pas pu enterrer leurs morts. Ou ils n'avaient pas voulu. Ils les avaient laissés pourrir là où ils étaient tombés, il y en avait partout. Même les chasseurs de loutres évitaient l'île. Mais avec le temps, on s'est enhardis.

Il lâche alors une anecdote sidérante :

– La troisième fois que je suis retourné là-bas, j'ai vu les Indiens que les Kodiaks n'avaient pas réussi à tuer. Ils portaient des tuniques de plumes noires. Oui, comme la femme, exactement. Mes hommes et moi, on est restés à bonne distance, mais on leur a parlé par signes et à un moment en espagnol ; les Indiens en connaissaient quelques mots. Ils restaient malgré tout inquiets. À ce que j'ai cru comprendre, ils voulaient savoir si j'étais venu chasser la loutre. Puis ils se sont volatilisés ; je ne les ai plus revus. Ils devaient être six ou sept. Assez pour faire des enfants aux filles qui vivaient sur l'île mais pas pour les défendre.

Seulement plus tard, quand on est venu les chercher, la femme…

Il fait comme les gens du pueblo lorsqu'ils veulent parler d'elle sans la nommer : il donne un coup de menton en direction de la maison de Nidever.

– … Elle, au moment où elle a vu les fusils, elle a deviné ce que voulaient les Blancs. La même chose que les Kodiaks : les femmes.

Il s'essouffle. Il va tout de même au bout de sa pensée :

– Je me demande aussi si elle n'a pas compris ce qui se passerait quand on les débarquerait sur le continent. Les femmes d'un côté, les hommes de l'autre. Mais la suite, vous la connaissez. Moi, ce que je vous ai dit, c'est l'origine. Il y a toujours un début aux choses. Et c'est le début qui explique le reste.

Un début aux choses, mais quelles choses ? On arrive au cœur de l'affaire et Horne, tout d'un coup, se replie derrière des mots brumeux. C'est toujours « comprenne qui pourra » et James ne comprend pas. Les femmes, où les a-t-on emmenées quand elles ont débarqué ? Dans un pueblo, dans une mission ? À San Gabriele ? À Los Angeles ? Ailleurs ? Et qui les a emmenées ? Sont-elles encore vivantes ? Et les hommes, que sont devenus les hommes ?

Autour du feu, pas une question. La suite – cette suite que Horne n'a pas cessé d'éluder – semble aller de soi.

Et Fernald qui reste muet. Sa colère, sous l'effet de la stupeur, s'est éteinte. Il attend toujours de savoir. Alors qu'il ne saura pas : Horne cherche sa canne. Il va se lever, aller se coucher.

*

Les marins, de le voir partir, ça ne leur fait pas grand-chose. On dirait même que ça leur va. Ils hochent la tête.

C'est donc que Horne a dit vrai : ce qui s'est passé dans l'île, ils l'ont toujours su. Plus ou moins, pas en détail. N'empêche, ils savaient. Ils savaient et ils n'en parlaient pas. Ils préféraient l'histoire en robe de bal. Ils sont contents malgré tout que Horne ait dévoilé les dessous de la robe. Ils sont sales, moches, mais ça les soulage.

Ça les soulage et ça les arrange : qui va s'en prendre au vieux Horne ? Il aura bientôt passé l'arme à gauche et de toute façon, avec la foule de curieux qui vient de débarquer du steamer, des étrangers, des journalistes, des directeurs de cirque, un jour ou l'autre on saura tout.

Enfin grâce à Horne, qui a eu le cran, en dépit de son état, de remonter à l'origine de tout – et même, comme il l'a dit, à l'origine de l'origine –, l'histoire, maintenant, tient debout. Là encore, pas tout à fait, plus ou moins. Assez quand même pour que chacun, désormais, puisse la redébobiner quand ça lui chantera. À deux conditions : bien à l'abri des murs de sa maison et pas trop fort. La vérité, ici, ne supporte pas longtemps l'air libre.

– Laisse, souffle James au pêcheur qui aide Horne à s'appuyer sur sa canne. Je vais m'occuper de lui.

Il n'est pas tout à fait médecin quand il dit ça. C'est l'homme du registre qui parle. Celui qui a noirci des pages pour essayer de comprendre la femme et voir clair dans ce qui lui arrivait depuis qu'elle l'avait pris pour un centaure. Même s'il a renoncé à traduire sa langue, il ne désespère toujours pas de déchiffrer sa vie. Il lui reste une chance, la dernière ; il la joue. Il parie que Horne, une fois chez lui, aura lui aussi envie de redérouler l'histoire sans s'encombrer de sous-entendus ni d'allusions, avec les noms. Ou peut-être, vu sa mémoire de fer, avec les dates. Et comme ce n'est sûrement pas à ses Indiennes qu'il va déballer tout ça, James rêve que ce soit avec lui.

Ça tiendrait du miracle, il en est bien conscient. Il faudrait que le vieux capitaine se dise : « Celui-là, le Dr Shaw, il n'est pas causant, je peux lui faire confiance. En plus il est sur le départ ; le temps qu'il revienne de son île, je serai mort. » Ça fait beaucoup de calculs pour un vieillard qui n'a sans doute qu'une chose en tête : retrouver son lit.

Ou tout lâcher. Ne plus ouvrir sa porte qu'à la Mort.

Horne est loin d'en être là. Un quart d'heure plus tard, quand il en a fini d'abrutir ses volets de coups de canne pour réveiller ses Indiennes, il se retourne vers lui :

– Entrez donc, docteur Shaw.

Au lieu de gagner sa chambre, il s'est dirigé vers son portique. C'était là que James l'avait trouvé chaque fois qu'il lui avait rendu visite, à demi allongé sur une chaise longue en rotin et face à la mer – sa maison, comme celle de Nidever, n'était qu'à quelques encablures de la plage.

James l'a aidé à s'y étendre. Le plus difficile a été de lui caler le dos aux coussins de la chaise.

Une des Indiennes est venue à la rescousse. Il faisait chaud, elle a frotté l'étoffe des coussins d'essence de citronnelle. Horne a renâclé :

– Je n'ai jamais craint les moustiques !

L'Indienne l'a ignoré puis elle a apporté une chaise pour James, ainsi qu'une petite table, une carafe d'eau et la rituelle liqueur d'anis.

Juste avant de s'asseoir, James a remarqué que cette chaise était presque identique à celle sur laquelle la femme, chez Nidever, avait coutume de s'installer. Il s'en est voulu de relever des détails aussi insignifiants. Il s'est emparé du verre de liqueur que l'Indienne venait de lui servir et l'a bu d'un trait.

Il se sentait bien chez Horne. Il faisait chaud, mais moins qu'autour du feu. La nuit était toujours aussi claire et Horne allait tout dire. Il le devinait à sa voix, de plus en plus grave. À croire qu'elle sortait du ventre du passé. Ou de la nuit qui l'attendait.

*

Horne commence par la date où les Indiens ont dû quitter leur île, novembre 1835. Il s'en souvient très bien. Ce n'est pas seulement sa mémoire de fer. Il l'avoue, ça l'a marqué.

Les missionnaires, selon lui, n'ont été pour rien dans la décision de déporter les Indiens :

– Ni ceux d'ici, ni ceux de nulle part. Et encore moins ceux de San Gabriele.

Il a un argument. À San Gabriele, en ce temps-là, il n'y avait plus qu'un seul Padre, si découragé par la déconfiture de sa mission qu'il avait démonté toutes les boiseries de son église pour en faire cadeau aux rancheros du voisinage. Puis il était retourné au Mexique. Il était parti six mois avant l'expédition dans l'île. Il donne son nom, Estenaga.

Il disculpe aussi le gouverneur mexicain ; il avait trempé dans l'affaire mais ni plus ni moins qu'aucun de ses semblables ne l'aurait fait :

– Tous des fantoches. Il a autorisé le bateau à partir pour l'île sans chercher à savoir pourquoi il s'en allait là-bas, et c'est seulement au retour de l'expédition qu'il a appris qu'on avait déporté les Indiens. Il a piqué une colère à faire trembler les murs, mais quand on lui a juré que c'étaient les Indiens qui avaient demandé à quitter l'île, il s'est calmé.

*

Horne avait assisté au retour du bateau qui transportait les Indiens sur le continent :

– Le destin. La tempête, la même que celle qui avait forcé l'expédition à quitter l'île. Je naviguais à l'époque sur le *Bolívar Libertador*. On a été pris dedans.

Il croit dur comme fer au destin.

– C'est lui qui a voulu que ça se sache. Tellement voulu que je n'ai pas été le seul à voir débarquer les Indiens. Un autre brick venait de jeter l'ancre dans le port de San Pedro. On a été au moins trente à assister à leur arrivée.

Tant qu'à faire, il donne le nom du navire qui transportait les Indiens, *Peor es Nada*[1] :

– Ça lui allait bien. Un rafiot construit à la va-vite, vingt tonneaux de jauge. Il était neuf mais pas manœuvrant. Je me demande comment il a pu se sortir de la tempête.

1. Mieux que rien.

Sur le moment, il l'avait à peine remarqué :

– On était occupés à décharger notre cargaison quand j'ai vu deux hommes galoper sur la plage. Je les connaissais, c'étaient eux qui avaient la haute main sur le port de San Pedro. Trois fois rien à l'époque, San Pedro. Un entrepôt, un bout de quai. Mais la baie était à l'abri des vents et c'était la plus sûre de toute la côte.

Il nomme ensuite les hommes à cheval : Isaac Williams et James Johnson.

– Ils n'avaient d'yeux que pour ce rafiot. Je me suis demandé ce qu'ils lui voulaient, j'ai tourné la tête du côté du *Peor es Nada*. Sur le pont, il y avait des trappeurs. Ils avaient sorti leurs fusils et entouraient des Indiens en robes de plumes. Une quinzaine, plus de femmes que d'hommes. Aucun doute, ils venaient de San Nicolas. C'est à la tête qu'ils faisaient que j'ai compris : on les avait forcés à quitter l'île. Je crois aussi me souvenir qu'il y avait des enfants.

Horne ferme les yeux. C'est sûr, il revoit la scène.

James a gagné son pari mais cette victoire l'accable. Il est dans l'état de quelqu'un qui vient de passer subitement de l'ombre au soleil. La lumière, à cet instant-là, vous aveugle. On se sent perdu.

*

Horne, lorsqu'il reprend la parole, n'est pas plus ému qu'au moment où il a évoqué la chasse à la loutre et le massacre des Indiens par les Kodiaks. Son corps lui-même ne raconte rien. Il reste figé dans la position qu'il a prise lorsque James a réussi à l'installer sur la chaise longue, la tête penchée sur le côté et les jambes raides. Comme il a beaucoup maigri ces derniers temps et qu'il est très grand, il rappelle le Christ des descentes de croix.

Ce serait alors un très vieux Christ, à la barbe blanchie, au cheveu rare, déjà étranger au monde. Dans ce qu'il révèle, d'ailleurs, il y a quelque chose de sépulcral :

– Johnson est mort il y a six ans. Williams, lui, est toujours de ce monde. Il n'a jamais été aussi riche. Il vit dans un ranch à quatre heures de cheval de Los Angeles et c'est lui qui a monté le coup.

Il se rappelle que Williams, en ce temps-là, se faisait appeler don Julián. D'après lui, de la cinquantaine de trappeurs qui avaient vaincu la frontière de l'Ouest – Nidever et Sparks, par exemple, de vieilles connaissances puisqu'ils avaient traversé les Rocheuses ensemble –, Williams était le plus hardi. Et déjà le plus riche ; sitôt arrivé à Los Angeles, il s'était mis les Mexicains dans la poche. Il avait dû leur rendre de précieux services, ils lui avaient offert des terres immenses :

– Il y élevait des milliers de bœufs et en revendait la peau et la graisse à des marchands de Boston. Leurs navires venaient les réceptionner dans la baie de San Pedro et, comme Williams n'avait peur de rien, il les rackettait ; il n'a pas mis deux ans à devenir l'homme le plus puissant de la côte. Au moment où il avait fait vider l'île, il avait déjà construit un magasin sur la rue principale du pueblo de Los Angeles et l'avait doublé d'une maison à étage. Longtemps qu'il ne chassait plus. Son vice à lui, c'étaient les filles. Il les aimait très jeunes et s'en lassait vite.

Puis il évoque Johnson. Rien qu'à se souvenir de lui, il sourit :

– La réplique de l'autre en plus petit. Un marin de Liverpool, pas un trappeur. Il se faisait appeler don Santiago et, comme Williams, il aimait l'argent. Mais il n'avait pas son talent pour les affaires ; il se contentait d'être son homme de main. Lui, ce qu'il aimait dans la vie, c'était d'être servi. Il n'avait jamais assez de domestiques. Hommes, femmes, ça lui était égal du moment qu'ils étaient dociles et durs à la tâche.

Il est convaincu que Williams avait imposé ses conditions à Johnson avant le départ. Pour les filles, ce serait lui qui se servirait en premier. En revanche, pour les domestiques, hommes ou femmes, il ne serait pas trop regardant.

Il est formel : ni Williams ni Johnson ne sont allés dans l'île.

– Ils ne sont même pas montés à bord. J'ai vu Williams faire son choix. Il a commencé par donner l'ordre de séparer les hommes des femmes puis il s'est dirigé vers le groupe des femmes. Il a repéré les plus jeunes en un rien de temps. Deux, à ce qu'il m'a semblé. Ensuite, ce qui s'est passé, je l'ignore. On était pressés de débarquer nos marchandises, je suis redescendu dans les cales du brick ; quand je suis ressorti, Williams et Johnson étaient repartis et les Indiens aussi, sauf un, un type très gros, très grand, qui n'avait plus toute sa tête. Celui-là, Williams l'a laissé à Forster, l'homme qui s'occupait de l'entrepôt. L'Indien a vécu là deux ou trois ans. Forster l'employait comme manœuvre. Il nous aidait à charger ou débarquer nos ballots et nos paquets, il abattait à lui seul le travail de trois ou quatre hommes. Pour moi, c'est l'un des Indiens qui avaient survécu au massacre. Il s'était sûrement battu avec les Kodiaks, il avait une énorme cicatrice sur le crâne.

Horne se rappelle aussi qu'il avalait des pots entiers de graisse de phoque. Et que les matelots, les siens comme ceux des autres capitaines, l'aimaient bien :

– Ils l'avaient surnommé « Faucon Noir ». Une blague, à mon avis, car son teint était clair et il n'avait pas du tout l'air d'un faucon. Un jour on ne l'a plus vu ; il était paraît-il tombé d'une falaise en pleine nuit. On l'a enterré en face de San Pedro, dans l'îlot qu'on appelle « l'île de l'Homme Mort ». Il ne faut pas croire que c'est pour lui qu'elle porte ce nom. On y enterre depuis toujours les gens dont on ne sait rien. Les noyés, les cadavres qu'on trouve sur les plages comme le sien.

La vérité est décidément vertigineuse. Le portrait de Faucon Noir ressemble trait pour trait à celui de l'Indien dont il était question dans le *Polynesian*.

*

James, comme autour du feu, se garde d'interrompre Horne. Le vieux capitaine est loin d'avoir vidé son sac.

Il recommence à parler de l'île. D'après lui, elle n'intéressait guère Williams.

– Là-bas, je l'ai déjà dit, il y a beaucoup de grottes. Il devait penser que ça serait utile pour ses petits trafics. Et puisque plus personne ne se risquait à San Nicolas depuis le départ des Russes et que les loutres s'étaient multipliées, il a aussi jugé que ce serait bon pour ses amis. Il n'a pas vu plus loin.

Il balance de nouveaux noms. Ils sont pour l'instant inconnus de James.

– Tous des trappeurs, précise Horne. Ils s'étaient rencontrés dans les Rocheuses. Leur aventure, désormais, c'était l'ouest de l'Ouest, les îles. Mais les Mexicains leur menaient la vie dure. Pas question de chasser la loutre sans permis ; et pour avoir un permis, obligation de se marier avec une femme d'ici et se convertir à la Vraie Foi. Des gens de la côte leur prêtaient leurs papiers. En échange, les trappeurs devaient leur céder la moitié de leurs peaux de loutres. Ça les frustrait. Ils se sont lancés dans la contrebande et ils ont vite mouillé dans des sales coups. Donc quand j'ai vu Burton sur le pont du *Peor es Nada*…

James sursaute :

– Burton ? Notre Burton ?

– Oui, le nôtre, le propriétaire du bazar. Il y avait aussi Sparks, notre nouveau maire. C'était lui, le capitaine de la goélette.

Burton, James n'en revient pas. Burton, si aimable, si courtois, si fin connaisseur en thés, vins, tweeds, cravates en soie. Il importe même des articles de Paris, des parfums, des bijoux fantaisie.

Pour Sparks, en revanche, ça le laisse froid. Il a encore en mémoire la nuit où il s'est vu mourir et a fait de lui son confesseur.

Malgré tout il se demande pourquoi Sparks a tu ce qui s'était passé dans l'île. Il lui a avoué qu'il était bigame et qu'il avait scalpé des Indiens, mais sur la déportation des habitants de San Nicolas, pas un mot.

Ça le trouble au point qu'il se souvient du *mah-nyh-ah-nah*. Et de la façon dont la femme, le jour où Sparks avait cru bon de venir lui présenter ses grâces, le lui avait craché à la face.

Il choisit alors d'interrompre Horne une seconde fois et lui parle de ce cri.

Malgré sa fatigue, il en faut plus pour troubler Horne. Il s'offre un petit moment de réflexion ; et quand il répond à James, ce n'est pas seulement sa mémoire de fer qui est à l'œuvre mais sa raison raisonnante :

– Vous n'avez pas compris. Les hommes que j'ai vus débarquer à San Pedro, Sparks, Burton et les autres, c'étaient des chasseurs. Ils livraient à Williams le gibier qu'il leur avait commandé. Un gibier vivant. D'après moi, c'est Sparks qui a dirigé la battue. Il s'y est pris, je pense, en trappeur. Il a d'abord attiré son gibier puis ses hommes et lui l'ont encerclé. Comment a-t-il fait pour gagner la confiance des Indiens ? Je n'en sais rien. Connaissant Sparks, je suis certain qu'il a trouvé la ruse qu'il fallait et que les habitants de l'île n'ont saisi qu'au dernier moment qu'ils s'étaient fait piéger. Et comme ils n'étaient pas assez nombreux pour défendre les femmes…

– Mais la femme, la nôtre… Elle s'est sauvée !

– Sûrement, mais quand ? Après avoir embarqué ou avant ? Selon vous ?

– Comment savoir ? Personne n'est d'accord.

– Quand je suis allé chez Nidever j'ai bien observé la femme. À mon avis, pas le genre à se laisser berner. Dès que les chasseurs ont débarqué, elle a dû comprendre pourquoi ils étaient là et s'est enfuie.

– Et pour l'enfant ?

– On ne peut qu'imaginer.

– Imaginer quoi ?

– Qu'il était avec elle lorsqu'elle s'est enfuie. Ils ont dû se cacher. Mais au moment où le bateau est reparti – à cause d'une saute de vent, ça j'y crois ; là-bas, ça arrive tout le temps ; cette île, c'est un ventre à vents –, l'enfant a pu échapper à sa mère. Il serait alors sorti de leur cachette, elle aurait voulu le rattraper et on les aurait vus. D'après moi, c'est à partir de ça qu'on a brodé l'autre histoire, celle qu'on entend toujours et qui vous tire des larmes. Seulement cette histoire, savez-vous qui l'a racontée le premier ? Sparks, deux ans après qu'on a vidé l'île, au moment où on a commencé à dire que la femme était encore vivante. Il avait ouvert un commerce ; il gagnait déjà beaucoup d'argent et s'était marié avec sa Tahitienne, une protégée des La Guerra. Plus moyen de le contredire, c'était trop risqué. Mais personne n'était dupe. Ce qu'il disait était cousu de fil blanc.

Est-ce encore le souvenir de sa mère indienne qui l'habite ? Horne s'enflamme.

– Pensez donc ! Le bateau arrive, le capitaine descend, les chasseurs de loutres le suivent, ils portent tous des fusils. On demande aux Indiens de monter à bord, ils acceptent comme un seul homme, bien dociles, n'ont pas peur des armes ; ils ont oublié que les Kodiaks, vingt ans avant, ont flingué leurs pères et leurs frères au mousquet. Et de toute façon, pourquoi auraient-ils peur ? C'est un enfer, cette île, tout le monde le sait ! Alors quelle chance, ces chasseurs qui débarquent un beau matin, les découvrent et sont si émus de leur sort qu'ils leur proposent de rejoindre le continent où les attend une vie tellement meilleure ! La bonne blague. Qui peut avaler ça ? Les Indiens étaient là depuis la nuit des temps et l'île, c'était la terre de leurs ancêtres. Ça ne vous a pas fait quelque chose, docteur Shaw, de quitter votre Écosse ? De temps en temps, vous n'avez pas le mal du pays ? Vous êtes pourtant parti de votre plein gré, j'imagine ?

Évidemment, qu'il a quitté l'Écosse de son plein gré. Il ne rêvait que de ça, partir. Et bien sûr que l'Écosse lui manque. C'est même pour ça qu'il a choisi d'aller vivre à Santa Cruz. Là-bas, pendant les tempêtes ou quand il brume, on se croirait dans les Highlands.

Et Horne, maintenant, qui enfonce le clou :

– Les Indiens, je vous dis, je les ai vus débarquer. À part leurs gourdes, les paniers qu'ils transportaient sur leur dos au moment où on les avait pris, deux ou trois babioles et leurs robes de plumes, ils n'avaient rien. Tandis que la femme, tout ce qu'elle a emporté quand elle a quitté l'île… C'est même à tout ce bazar qu'on voit qu'elle n'a pas été forcée à venir ici.

Il se fait soudain songeur :

– Je ne me l'explique pas, du reste. Jusqu'ici, elle avait toujours refusé. Vous savez que quantité de gens avaient tenté de la ramener avant Nidever ?

James lui répond qu'il sait. Mais Horne continue à penser tout haut :

– C'est comme sa joie. Si elle était triste, je comprendrais, il y a toujours des raisons à la tristesse. Et des raisons d'être triste, cette pauvre femme n'en manque pas. Mais sa joie ? Cette joie-là…

Il est soudain sans forces. Il a trop parlé.

Il referme les yeux. S'il cherche encore à ressusciter une image, c'est sûrement celle de la femme soulevée par l'allégresse. Elle a dû l'aider à oublier qu'il n'en a plus pour longtemps.

James revoit aussi la femme. Mais lui, c'est la femme en colère. Et comme c'est insupportable depuis qu'il sait ce qui s'est passé dans l'île, il reparle à Horne du *mah-nyh-ah-nah*. La vérité va encore lui faire mal mais il n'en est plus à une blessure près.

– Au moment où il a quitté l'île, Sparks…

Horne se redresse :

– Vous en êtes toujours à votre histoire de *mañana* ?

– Oui. Sparks a fait une promesse à la femme et ne l'a pas tenue.

– Sparks, une promesse… Vous voulez rire.

– Mais vous l'avez dit vous-même : quand il a levé l'ancre, c'est lui qui a crié « *mañana* ».

Horne, avant de lui répondre, s'offre un nouveau moment de réflexion. Celui-là est long.

– Il y a façon et façon de promettre. La première, l'ordinaire : « Compte sur moi, je ne vais pas te laisser tomber. » Et l'autre, qui menace : « Tu ne perds rien pour attendre, je vais revenir. » S'agissant de Sparks, je penche pour celle-là. Lorsqu'il a levé l'ancre et qu'il a crié « *mañana* », il était aussi furieux que s'il avait vu une de ses loutres prendre le large. Il ne supporte pas que ses proies lui échappent. Ça lui a coûté cher avec le grizzli. Il a bien failli y rester.

– Je ne vous suis pas. S'il tenait tellement à ses proies, il serait revenu chercher la femme.

*

Horne en a maintenant assez que James lui tienne tête. Il retrouve ses manières abruptes :

– Mais pourquoi voulez-vous qu'il soit retourné la chercher ? Une fois au port, qu'est-ce qu'il en avait à faire, de la femme ? Il avait reçu la prime qu'on lui avait promise, les hommes de sa bande aussi, Williams avait dégoté des filles à son goût et Johnson avait son content de domestiques ! Sparks est passé à autre chose et cet autre chose, comme d'habitude, c'étaient les loutres. Nidever l'attendait ici même avec des canoës et quelques Indiens. Il l'a rejoint et ils sont partis à la chasse. Je sais même où : dans l'île de Santa Rosa. Là-bas, à l'époque, des loutres, on en trouvait encore des troupeaux entiers.

– Nidever n'est pas allé à San Nicolas ?

– Non.

– Vous en êtes sûr ?

– Je ne l'ai pas vu sur le pont du *Peor es Nada*. Il n'avait pas embarqué. Il n'était pas dans le coup. Il n'avait pas voulu.

La vérité, décidément, comme le soleil, aveugle. James vacille.

*

Horne est implacable. Il n'en a pas fini.

– Nidever a toujours su renifler les affaires qui vont mal tourner. Il ne s'est trompé qu'une fois, l'année où Sparks l'a embarqué dans l'aventure de la mine d'or. La femme, d'ailleurs, quand González l'a envoyé la chercher, il a tout fait pour ne pas la trouver. La preuve : il a fallu trois voyages avant de la ramener ! Et encore, parce que le Padre avait doublé la prime. Mais ce n'est pas lui qui l'a découverte.

– Alors qui ?

– Son second, Charley. Je le tiens de Colorado, un des marins qui étaient à bord du *Cora*. Lui et les Indiens de l'équipage étaient avec Charley quand il a vu des empreintes de pieds sur le sable d'une plage. Ils ont remonté ses traces ensemble, ils sont tombés ensemble sur les paniers de la femme et, un peu plus tard, sur la viande de phoque qu'elle avait mise à sécher au soleil. Ils ont gravi une colline et, à un moment, ils ont aperçu la fameuse hutte que le Capitaine décrit toujours quand il se vante d'avoir trouvé la femme, cet abri fait de côtes de baleines et couvert de peaux de phoques. Nidever, à ce moment-là, était sur le rivage. Il avait dit à Charley qu'il était fatigué, qu'il voulait se reposer et qu'il n'avait pas envie de perdre son temps à chercher la femme. Toujours le même argument : des années qu'elle avait été dévorée par les chiens sauvages. Seulement Charley est tombé sur elle. Il l'a même convaincue de quitter l'île. À partir de là, qu'est-ce que pouvait faire Nidever, à part la ramener ici et toucher la prime ? D'ailleurs la tête qu'il tirait, le Capitaine, le jour où elle a débarqué… Vous vous rappelez ?

Non, il ne se rappelle pas. Pour lui, Nidever avait la même tête que d'habitude, celle d'un butor particulièrement mal embouché. Et de toute façon, il ne se souvient que de la femme. La femme qui l'avait pris pour un centaure puis éclaté de rire. La femme et sa main calleuse, ses mimes, ses chants, ses danses. La femme et sa joie, sa confiance. Il continue donc à tenir tête à Horne :

– Charley, pourquoi il ne dit rien ?

– Lui aussi, que voulez-vous qu'il fasse ? Il a trois enfants, leur mère est indienne et le peu qu'il gagne, il le doit à Nidever.

– Mais Sparks ? Ça ne peut pas l'arranger, que Charley ait trouvé la femme. Tout ce vacarme, maintenant, les journalistes, les directeurs de cirque…

– Je connais Nidever. Et je connais Sparks. Un des deux a sûrement fini par dire à l'autre : « Ne t'inquiète pas, les Indiens meurent vite. » Je les entends d'ici.

*

James est resté longtemps cloué à sa chaise. L'envers du pays, l'envers des vies : fallait-il vraiment savoir de quoi ils étaient faits ? Il se disait aussi qu'il aurait dû rester avec Benigno et Fernald.

Puis le contraire. Que si c'était à refaire, il le referait.

– L'histoire est maintenant finie, a soudain lâché Horne. La femme est ici et on ne l'a pas forcée à venir.

– Pas forcée ! Mais González a payé pour qu'on la ramène ! Et encore, si c'est lui qui a payé…

– C'est lui qui a payé. Pour le salut de son âme.

– Vous parlez comme lui !

– Je ne crois pas. Je dis les choses comme elles sont.

Horne évoquait maintenant les Indiens de la mission. Les Padres, disait-il, les enterraient dans des fosses. La première de ces fosses se trouvait à l'emplacement de leur jardin. Bientôt elle n'avait plus suffi. Les Padres avaient profité du tremblement de terre pour en creuser une autre, beaucoup plus grande, en face de la prison.

James ne voyait pas où il voulait en venir :

– Et alors ?

Horne a ignoré sa question. Il était étrangement serein. C'était peut-être l'approche de la fin. Parler des morts, ça ne le dérangeait pas le moins du monde.

– Après le tremblement de terre, quand les Padres ont dû reconstruire les bâtiments de la mission, ils ont aussi déterré les ossements des Indiens qui étaient dans la première fosse et les ont broyés pour en faire du mortier. González est arrivé ici il y a dix ans. Avant d'entrer dans les ordres, il avait été avocat. Lorsqu'il a appris ce qui s'était passé, il est devenu comme fou. Expier, réparer les fautes, il n'a plus eu que ça en tête. Et ça continue. Il veut à tout prix racheter les péchés. Les siens, ceux de ses ouailles, ceux des Padres, tous les Padres, ceux d'avant, ceux de maintenant. Pour moi, il a payé la prime de Nidever.

– La mission est ruinée !

Horne a soutenu :

– Il l'a payée de sa poche. Lui aussi, je le connais. Il est né au Mexique, dans une famille riche. Il doit lui rester des biens.

Un coyote était en maraude au fond du jardin. Ça a effrayé le chien de Horne, qui sommeillait jusque-là sur la même natte que les Indiennes et s'était lui-même assoupi.

Il a aboyé. Horne l'a appelé et il a déboulé.

– Je l'aime bien, a-t-il souri. Il me rappelle les chiens de l'île. Les autres étaient noir et blanc mais celui-ci a un peu la même tête. Les chiens de San Nicolas, soit dit en passant, n'étaient pas aussi sauvages qu'on le prétend. Au moment où on l'a trouvée, la femme en avait plusieurs autour d'elle. Ça ne m'a pas surpris. Du temps que j'allais là-bas, les chiens ne m'ont jamais attaqué.

La nuit restait claire. Derrière les arbres du jardin et la dune, la mer était calme ; le pouls du ressac était régulier et la ligne d'horizon, sèche au point qu'elle semblait tracée à la plume.

Ni James ni Horne ne se sont attardés à la contempler. Ils n'en avaient pas besoin, la mer était en eux. James se voyait à la barre de sa goélette, cap sur Santa Cruz. Horne, lui, continuait à ressasser ses souvenirs de l'île. Il parlait des immenses champs d'algues qui l'encerclaient, décrivait ses plages à marée basse, étouffées sous un tapis de varech gorgé de débris, troncs de séquoias, os de baleine, poutres de bateaux naufragés, parfois des monceaux de coquilles d'ormeaux. Il évoquait aussi les cris des oiseaux de mer :

– Ils me déchiraient la cervelle. C'était à croire qu'ils se souvenaient des massacres.

Il doutait de lui-même. Il ne savait plus s'il détestait l'île ou s'il l'aimait. Il a fini par bâiller :

– Enfin, ce que je raconte… Ce que j'ai vu, un autre ne l'a pas vu. Et ce que je crois, un autre ne le croit pas. Mais s'il croit autre chose, c'est peut-être qu'il a vu autre chose. Tout dépend des gens, finalement.

Il a voulu se lever. Il n'a pas pu. James l'a aidé mais une fois qu'il a été debout il a repoussé son bras et a gagné sa chambre seul. Les Indiennes ont été réveillées par le bruit de sa canne et ce sont elles qui l'ont couché.

L'*Eldorado* est arrivé beaucoup plus vite que James ne le pensait, deux jours après. Il a fait son entrée dans la baie vers huit heures du matin.

L'événement, comme de coutume, a été annoncé par un coup de canon. Le temps que James coure au rivage, trois steamers ont surgi à l'horizon.

Sur le rivage, l'excitation a atteint son comble. Elle a encore redoublé quand les chaloupes ont déversé sur la plage des dizaines de voyageurs et les paquets les plus divers. Les gens du pueblo se sont bousculés pour les reconnaître. Il y a eu des disputes.

Sparks et Burton étaient là. Ils ont salué James avec leur amabilité habituelle, celle qu'on réserve aux bons clients. « Un an qu'on n'a pas vu autant de marchandises sur la plage », s'est félicité Sparks.

James a fait bonne figure. Il ne pensait qu'à son départ.

Lorsqu'il a terminé l'inventaire de ses colis, ça lui a sauté aux yeux : il ne pouvait pas tout embarquer.

Il a dû encore changer ses plans. Il a décidé de trier ses marchandises, de louer un bateau et de laisser à terre son meilleur marin ; il acheminerait à Santa Cruz les paquets qu'on n'avait pas pu emporter.

Encore fallait-il trouver un bateau et des matelots. James n'avait pas eu le temps de s'en occuper.

Benigno lui a proposé son aide. Il trouverait une goélette et superviserait l'embarquement des colis. Comme deux des blessés étaient encore mal en point, il monterait à bord pour veiller sur eux jusqu'à leur arrivée dans l'île.

James ne savait plus où donner de la tête, il a accepté. Il a estimé que Benigno serait à Santa Cruz deux jours après lui.

Il aurait aimé confier à Fernald ce qu'il avait appris de Horne. Il n'a pas pu. Quand il l'a cherché, on lui a annoncé qu'il était reparti dans les montagnes. Des arpentages, comme toujours, des querelles de bornage. Il était tellement pris qu'il n'était pas venu récupérer ses colis sur la plage. Benigno s'en était chargé.

*

La nuit qui a précédé son départ, James n'a pas dormi. C'était à cause de la femme. Elle était encore retournée à la mission et, malgré l'arrivée du brick, on ne s'était pas désintéressé d'elle, au contraire ; le cortège qui la suivait avait encore grossi.

Il n'avait pas voulu la revoir, mais il avait entendu les musiciens qui fêtaient son départ pour la mission. Il lui avait semblé que la liesse avait redoublé.

Au moment de se coucher – tard, vers une heure du matin, il avait eu tellement de choses à régler –, il s'était dit qu'il ne la reverrait sans doute jamais et s'en était voulu ; comme cette pensée lui était intolérable, il avait cru pouvoir s'en protéger en laissant libre cours à son imagination.

Elle n'a fait que le noyer sous un flot de questions : lorsque la femme avait découvert la mission, l'église, les dorures de l'autel, les faux marbres, l'harmonium, les crucifixions, où s'était-elle crue ? Dans un rêve, dans un cauchemar ? Et ensuite, avant d'entrer dans le bureau de González, lorsqu'elle avait croisé les yeux sévères de la Madone perchée sur son croissant de lune ? Et l'ange exterminateur, ses ailes, son épée, le monstre qu'il menaçait ? Puis González et son œil d'obsidienne ? L'avait-il effrayée, lui avait-elle opposé son rire ?

Mais González l'avait-il interrogée dans son bureau ? Peut-être avait-il préféré la questionner dehors, sous un arbre, entourée des Indiens qu'il avait convoqués à la mission. Ça l'avait rassurée, elle l'avait ignoré puis elle s'était mise, comme dans les rues, à chanter, danser, entraîner tout le monde dans sa joie.

De toutes ses forces, il voulut y croire. Il y parvint quelques instants, le temps que la raison reprenne ses droits et qu'il réentende ce que lui avait rapporté Benigno quelques heures plus tôt. La femme, au lieu de chanter, récitait maintenant le Credo et le Pater noster. Elle les savait par cœur ; Sinforosa les lui rabâchait à tout propos.

Il a fini par se lever. L'aube était encore loin. Il a rouvert son coffre. Par une sorte de superstition, il avait décidé de l'embarquer à la dernière minute. Juste avant de se coucher, il y avait rangé le registre.

Il ne comptait pas le rouvrir. Il l'a fait.

Lorsqu'il a relu ce qu'il y avait écrit cette nuit-là, il a été très surpris de n'y retrouver aucun écho des angoisses qui l'avaient empêché de fermer l'œil. Il avait sèchement noté : « Pas revu Fernald. » Il était redevenu l'homme des premières pages du registre, si effrayé à l'idée de se confronter au fantôme d'Elvira qu'il en était arrivé à redouter ses propres mots.

*

Il a appareillé vers neuf heures. Il était inquiet. Et triste, de la même tristesse que les gens du pays au mois d'août lorsqu'ils voyaient les baleines partir.

Il ne se l'expliquait pas. Il se répétait : « Puisque j'ai choisi de m'en aller. » Ça n'y faisait rien ; et c'était d'autant plus inexplicable que la mer était belle et le vent portant.

La goélette était très chargée, il a tenu la barre tout le temps de la traversée. Elle s'est déroulée sans incident. Il est arrivé à Santa Cruz comme il l'avait prévu, au milieu de l'après-midi.

Les ombres étaient déjà moins franches. Il a jeté un œil au continent, qui lui a paru étonnamment proche. La ligne des montagnes était aussi un peu sombre. « Était-elle ainsi quand la femme l'a découverte ? » s'est-il demandé. Ce n'était pas seulement la nuit qu'il cherchait à voir ce qu'elle avait vu.

Le soir de son arrivée, même s'il est épuisé, il rouvre le registre. « Tout m'échappe », écrit-il. « Les choses se font sans moi. »

Belle ouverture pour ce qui va suivre. Les choses continueront à lui échapper.

*

Il n'en est pas encore, comme Horne, à invoquer le destin. Il est seulement agacé.

Il y a de quoi. Les moutons sont arrivés la veille. Le Ranchero Blond les a débarqués puis est parti on ne sait où. Sans doute dans son ranch puisque son bateau n'a pas croisé le sien.

James s'est senti inutile. À l'arrivée des moutons, Hernández, son contremaître, s'était chargé de tout.

Il n'avait pas chômé pendant son absence. Avec le peu de bois, de mortier et de pierres qui lui restait, il avait réussi à construire une bergerie et y avait logé les bêtes. Quant à la jeune Indienne qui était enceinte, elle avait accouché dix jours plus tôt et, comme son enfant, elle était en parfaite santé. James n'avait pas cessé de se ronger les sangs mais on se débrouillait très bien sans lui.

Puis le lendemain, le temps s'est gâté. À la violence de la tempête, il a compris que Benigno et son bateau n'avaient sûrement pas pris la mer. Il ne les verrait pas de sitôt. Mi-octobre, quand les vents se déchaînaient aussi subitement et surtout avec une telle force, on en avait au moins pour quinze jours de mauvais temps.

Son calcul était juste. Benigno est arrivé le 26 octobre. Dès qu'on l'a prévenu qu'un bateau était en vue, il a couru à l'anse de galets où il avait aménagé l'année d'avant un semblant de port – une jetée et quelques anneaux où amarrer sa goélette, les rares navires de passage et deux ou trois barcasses.

Il a aidé Benigno et les marins à vider la cale du bateau. Les blessés se rétablissaient, les marchandises étaient au complet. James a décidé :

– Il faut fêter ça.

Il parlait de monter au ranch et d'ouvrir une bouteille d'eau-de-vie. Puis il a vu que le menton de Benigno tremblait. Il a fini par comprendre pourquoi et comme lui, pendant quelques instants, il n'a pas pu articuler un mot.

Il passait cette fois, non de l'ombre au soleil, mais du soleil à l'ombre, la femme était morte.

*

Ils ne se sont pas parlé avant d'avoir atteint le ranch et d'être entrés. James a assis Benigno à la table où il avait coutume de prendre ses repas avec ses hommes – très longue, comme celle de la mission, et taillée dans le même bois rude. Il a sorti de l'eau-de-vie, et au moment de la servir, les yeux fixés sur le verre où il versait l'alcool, il a laissé tomber :

– C'est arrivé comment ?

– D'un coup, a murmuré Benigno. Mais après, ça a duré.

– Ça ne peut pas être les deux choses en même temps, a rétorqué James.

Et il s'est mis à le bombarder de questions. Benigno a répondu.

Là aussi, ça a duré, James n'arrêtait pas de l'interrompre et chaque mot était un crève-cœur. Il a fait ce qu'il a pu, l'alcool aidait.

La femme était tombée, oui, comme ça, un matin, deux ou trois jours après le début du mauvais temps.

Non, ça n'était pas arrivé sur le chemin de la mission. Non, elle n'était pas en train de danser, elle ne chantait pas non plus. Elle venait de se lever. L'heure ? Un peu après le lever du soleil.

Oui, elle avait mangé. Et c'était vraiment arrivé comme ça : le moment d'avant, elle allait bien, le moment d'après, elle était par terre. Elle ne bougeait plus.

Inconsciente ? À ce qu'il paraît. Elle s'était rompu le cou.

Si, en tombant ! Et bien sûr qu'elle était chez Nidever ! À cette heure-là, où est-ce qu'elle aurait pu être ?

D'où elle est tombée ? De sa hauteur. Ou alors de sa chaise, d'une marche. Ou de l'escalier du grenier, parce que se rompre le cou en tombant d'une marche ou d'une chaise, souple comme elle l'était…

Qu'est-ce qu'elle serait allée faire au grenier ? Fouiner, peut-être, Sinforosa a dit que, depuis un moment, elle fouillait partout, c'était devenu une manie.

Oui, Nidever a dit que c'était lui qui l'avait trouvée. Il avait appelé Sinforosa, elle était venue tout de suite et ne s'était pas affolée. Elle avait parlé à la femme et lui avait tapoté les joues et les mains. C'était sûrement ce qu'il fallait faire, la femme avait rouvert les yeux.

– Laisse-moi parler sans m'interrompre, a fini par supplier Benigno. Tu me soûles avec tes questions.

Sa voix s'était brisée. James ne voulait pas le voir pleurer. Il s'est fait violence et n'a plus rien dit.

Benigno reprend. La veille, tout allait bien. Deux des Indiennes recrutées par González pour traduire ce que disait la femme lui avaient cuisiné un plat de palourdes. Elles étaient venues l'apporter chez Nidever à la tombée de la nuit.

La femme adorait les palourdes, elle n'avait rien laissé du plat. Puis elle s'était couchée. Elle avait très bien dormi et s'était réveillée juste avant le lever du soleil. Elle avait mangé avec le même appétit que la veille. Ce qu'elle avait fait ensuite, personne ne savait. Sinforosa, après lui avoir donné de quoi manger, avait regagné sa chambre et s'était assoupie. Les enfants dormaient encore.

Après l'accident, les Indiens de Nidever ont transporté la femme dans son lit. À midi, Sinforosa a voulu la lever mais elle ne tenait pas debout. On l'a recouchée.

Elle semblait malgré tout aller mieux ; elle a souhaité sortir, voir la mer. Il ne pleuvait plus, le vent s'était calmé.

Sinforosa a demandé qu'on la porte sur son lit au fond du jardin.

Une fois là-bas, la femme s'est endormie. Ou plutôt elle a somnolé car, de temps à autre, elle rouvrait un œil et regardait le soleil dériver derrière les nuages. À un moment, les vagues ont forci. Leur fracas l'a fait tressaillir, elle s'est agitée puis a retrouvé ses esprits. Elle a souri et fait signe aux enfants d'aller chercher ses paniers dans sa chambre – l'avant-veille, elle avait vu venir le mauvais temps et les avait détachés du sycomore.

On a déposé les paniers sur son lit. Ils étaient remplis de plumes. Tout le monde se demandait ce qu'elle allait en faire. Elle l'a senti ; elle a encore souri. Puis elle s'est mise à chanter tout bas et elle a lancé les plumes aux quatre vents.

Elle a fait ça à l'aveugle, en fixant le ciel. Elle n'a cessé de chantonner qu'au moment où le dernier panier a été vide. Sinforosa pleurait. Elle répétait : « Les Indiens savent longtemps à l'avance qu'ils vont mourir. Elle nous prépare. »

Le lendemain, la femme était si faible qu'on ne l'a pas sortie de sa chambre et, comme elle refusait aussi de manger, Sinforosa s'est inquiétée. Le jeune médecin qui passait tous les jours a conseillé de lui cuisiner de la viande de phoque. Il a dit que ça lui rappellerait son île et que ça lui donnerait de l'appétit.

La femme n'a pas non plus voulu du phoque. Elle a montré ses dents usées à Sinforosa comme pour lui dire : « Je ne peux pas mâcher », et elle a repoussé le plat.

– Alors, a conclu Benigno, par gentillesse, par tendresse, appelle ça comme tu voudras, Sinforosa lui a servi ce qu'elle réclamait depuis si longtemps, du maïs vert, de la citrouille, de la pastèque, du melon et ça a été la fin. La malheureuse, tout juste si elle a eu le temps de distribuer les objets qu'elle avait rapportés de l'île. Elle a donné ses paniers à Charley et partagé le reste entre les enfants de Nidever et les Indiens que González avait convoqués à la mission. Sinforosa n'a plus quitté son chevet. Elle avait beau lui tapoter la main, la femme souriait mais ne disait rien. Puis elle s'est fripée et, deux heures après, c'était fini. Elle est morte comme un coquelicot.

– Dysenterie, a lâché James.

Il s'en est tout de suite voulu. Il le savait bien, pourtant, son indifférence, sa froideur n'étaient qu'un frêle paravent.

*

Interroger Benigno était désormais inutile. Tout ce qu'il disait maintenant était si précis que sa mémoire devenait sa propre mémoire, au point qu'il fut longtemps persuadé d'avoir accompagné la femme jusqu'à sa tombe.

Le Padre n'avait pas voulu baptiser la femme. Il avait fallu que Sinforosa coure à la chapelle où officiait Sanchez et se jette à ses pieds en pleine messe pour que González, quand il en fut averti, renonce enfin à ses scrupules théologiques. Il avait alors arrêté que la femme recevrait le sacrement sous le nom de Juana María.

Il n'avait pas voulu s'en charger. Il était resté cloîtré à la mission et avait délégué la cérémonie à Sanchez, qui s'était rendu chez Nidever pour procéder au rituel.

Il avait tenu à s'en expliquer. Comme ses interrogatoires n'avaient pas permis d'éclaircir si la femme s'était déjà vu administrer le sacrement, il ne pouvait consentir qu'à ce baptême au rabais – *sub conditione*, disait-il savamment.

Puis il a justifié son échec : manque de temps. Mais les Indiens qu'il avait convoqués à la mission avaient réussi à traduire quatre mots de sa langue et la preuve que sa méthode était la bonne, c'était que ces quatre mots désignaient le ciel, l'homme, le corps et la peau. « Le livre de la Genèse ! » s'enflamma-t-il. « La clé se trouvait dans la Genèse ! »

Il avait aussi choisi le parrain et la marraine de la future Juana María : Nidever et Sinforosa. À charge pour eux de l'enterrer à la mission et par conséquent d'y acquérir une concession. En sus, ils paieraient les frais d'enterrement.

Nidever, à la demande de Sinforosa – elle avait supplié, tempêté, menacé –, avait refusé quinze jours plus tôt les deux mille dollars que lui offrait le second directeur de cirque. Les exigences de González ont achevé de le mettre à bout. La femme n'était pas baptisée qu'il rejoignit son appentis pour y confectionner son cercueil.

C'était deux jours avant sa mort et, dès qu'il eut fini d'assembler ses planches – minces et légères, comme toujours pour les cercueils des Indiens –, il prit la mer. La rancœur l'étouffait au point qu'il devint bavard, il révéla où il allait, San Francisco. Il alla jusqu'à préciser : « Il est grand temps que je vende mes peaux. »

Pour un homme qu'on avait toujours connu taciturne, il en fit beaucoup : il se vanta aussi d'avoir tué cent loutres. On le vit ensuite embarquer sur le *Cora* d'énormes balles de coquilles d'ormeaux et il ne cacha pas qu'il les avait trouvées à San Nicolas ni qu'il comptait bien les vendre à un marchand de nacre.

Il emmenait Charley. Ils profitèrent d'une accalmie pour appareiller. C'était hasardeux mais ils pariaient que le vent faiblirait dès qu'ils auraient doublé la pointe qui fermait la baie. Ils n'ont donc pas paru à l'enterrement.

Ils ont raté un beau moment, a regretté Benigno, la foule devant la maison de Nidever, des dizaines et des dizaines de cavaliers en habits du dimanche et leurs montures superbement harnachées. Plus les femmes, les enfants, quantité d'Indiens, les gens qui se bousculaient pour couvrir le cercueil de fleurs. Et comme pour protéger les fleurs, le vent a molli, la pluie a cessé.

Horne était là, à demi allongé à l'arrière d'un char à bœufs en tout point pareil à celui qui transbahutait le cercueil. Il avait l'air d'aller mieux ; il a parfaitement supporté le temps qu'il a fallu avant d'arriver à la mission. Ça a pris une bonne heure, on a eu tout loisir de parler.

Chacun, comme d'habitude, y est allé de son histoire. Personne ne désignait la défunte par son prénom chrétien. On l'appelait toujours comme avant, la Femme Solitaire.

Sinforosa marchait en tête du cortège, soutenue par doña Antonia, à droite, et à gauche par doña Carmela, toutes deux en grand deuil, comme elle. Les enfants de Nidever suivaient derrière, les petites filles pleuraient. Le vieux crotale avait toujours sa face de vieux crotale ; malgré ses rhumatismes, il avait tenu à venir à cheval. On a vu aussi des rancheros des montagnes. Ils s'étaient mis sur leur trente et un et montaient leurs meilleures bêtes.

González a dit une belle messe. Évidemment, quand il a prononcé son prêche, rien de changé ; il a levé un bras vengeur et parlé d'expiation, d'Enfer, de punition. L'orchestre indien et son chœur, en revanche, se sont surpassés. Les Chumash ont aussi chanté lorsqu'on a mis la femme en terre et qu'on a déversé dans la fosse les quelques fleurs que le vent n'avait pas voulu emporter.

Pour redescendre au pueblo, le cortège a mis beaucoup moins de temps qu'à l'aller et, une fois en bas, les gens ont été nombreux à retourner chez Nidever – « chez Sinforosa », dirent-ils ce jour-là. Ils ont demandé à revoir les objets de la femme, surtout ses vêtements de plumes. Mais Nidever les avait embarqués sur son bateau.

On voulait savoir pourquoi. Sinforosa l'ignorait. Les enfants ont alors sorti le peu qu'il leur restait, les hameçons, le filet, une pointe de flèche en pierre, le pot rempli de terre rouge, des paniers pas finis et cinq ou six babioles. Les visiteurs, sur le coup, ont été déçus mais ça leur a vite passé. Ils ont contemplé les objets un long moment. Ils se taisaient, on aurait dit qu'ils cherchaient à recueillir un reste de joie que la femme aurait laissé là. Peut-être rêvaient-ils aussi de l'empêcher de partir.

James est retourné sur le continent deux mois plus tard. Il est tout de suite allé aux nouvelles.

Il a commencé par Benigno. C'était dimanche, il était à la pêche. Il a alors décidé d'aller voir Fernald. Il a couru à la cahute des marins. Comme chaque fois qu'il revenait dans la baie, on lui a prêté un cheval.

Il a vite rejoint le pueblo. Il ne comptait pas s'arrêter chez lui mais, pour aller au plus court, il devait emprunter la rue où il avait sa maison.

Dès que sa bête s'y est engagée, il a aperçu le vieux crotale. À son habitude, il espionnait.

Et trop tard pour faire demi-tour, il l'avait vu. Pas moyen non plus de l'éviter quand il l'a abordé, il est allé jusqu'à s'accrocher à sa selle. Rien qu'à ça, James a senti le coup venir.

Il a cru pouvoir lui échapper :

– Je n'ai pas le temps.

Le voisin ne l'a pas lâché :

– Votre pauvre ami Fernald. Mais vous savez sans doute ce qu'il lui est arrivé.

Il aurait dû passer son chemin. Au lieu de quoi, il est tombé dans le piège :

– Pourquoi « pauvre » ?

Le vieux serpent a feint de s'indigner :

– Enfin, on ne vous a pas dit ? Trois balles dans le dos, dans un canyon ! Mais j'y pense… Vous étiez à Santa Cruz. Une semaine que c'est arrivé. Il y a des gens qui disent…

– Et comme toujours, il y en a d'autres qui disent autre chose, a coupé James avant de le repousser et de tourner bride.

Ça s'est fait tout seul. Il ne voulait pas savoir.

Il n'a jamais voulu savoir. Il n'a pas interrogé, pas questionné. Il est aussitôt retourné à Santa Cruz, et quand il est revenu, personne ne lui a parlé de Fernald. Ou bien les gens avaient oublié ou bien ils avaient compris. Compris qu'il tentait l'impossible, ne plus se souvenir. Ni de ça, ni du reste.

Il a cru y parvenir. Il s'est abruti de travail et s'est inventé des forces aveugles, là-haut, qui gouvernaient tout. Il s'est mis à croire au destin.

– 7 –

Les histoires sont sans fin

Librado avance sous le soleil. Il sent son souffle. Il est le dernier à savoir que le soleil a un souffle. Les siens l'ont oublié depuis des années. Ou ils sont morts.

Il flatte l'encolure de son cheval et sourit : « Bon présage. Je vais pouvoir chanter la chanson de la Femme Solitaire. Mon souffle sera celui du soleil. »

*

C'est le professeur Harrington qui lui a demandé de chanter la chanson. Il vient d'acheter un appareil à enregistrer les sons.

Librado a rencontré Harrington il y a deux ans. Il a confiance en lui. Le professeur est passionné, comme lui, par la mémoire du Peuple des Coquillages. Il a appris que Librado descend d'une tribu de l'île de Santa Cruz et qu'il a passé sa vie à recueillir les souvenirs des Chumash. Quand ils se sont vus, ils se sont découvert le même goût des traces et la même crainte de les voir disparaître. Depuis, ils se retrouvent chaque dimanche.

Avant leurs entretiens, Harrington l'a prévenu : « Je te poserai des questions mais sens-toi libre de me dire tout ce qui te passe par la tête. » Librado lui a répondu : « Ça me va. »

Ça continue de lui aller. Harrington l'interrompt rarement. Librado, par exemple, lui raconte une légende du Peuple des Coquillages et brusquement entonne une vieille chanson. À la description d'une danse ou d'une histoire grivoise, il peut aussi enchaîner les formules qui ouvraient à ses ancêtres les portes de l'invisible, les secrets des animaux et des morts.

Librado n'a jamais raté un rendez-vous. Sa mémoire, il le sait, c'est sa richesse, et la transmettre, sa noblesse. Harrington, de son côté, reste fidèle à sa ligne. Il l'écoute et le laisse parler. Un souvenir s'emboîte à un autre, puis à un autre, et encore à un autre. Librado ne sent pas le temps passer ; il ne s'arrête qu'à la nuit tombée. L'hiver, il dort chez Harrington. L'été, sur la plage.

Il s'étonne lui-même de la façon dont fonctionne sa mémoire. Il explique comment fabriquer un canoë et, soudain, il revoit des gens qu'il a connus, des Indiens comme des Blancs, les Padres de la mission, les puissants qui dirigeaient la ville dans sa jeunesse et les endroits où il a travaillé. Deux phrases et il les sent à ses côtés. Ils disparaissent tout aussi vite, remplacés par l'image d'un rivage ou d'une montagne ; il se rappelle alors que leurs formes, pour le Peuple des Coquillages, étaient autant de signes. Il le dit à Harrington ; et comme il faut nommer ces signes, il lâche des mots des temps anciens.

Il arrive aussi qu'il lui confie des souvenirs. Ce sont souvent des souvenirs de souvenirs. Ceux d'amis, de parents défunts. Harrington, comme le reste, les consigne sur des fiches ; cette fiche, ensuite, de la même main fiévreuse, il la date, la numérote et la laisse tomber dans une grande boîte en carton.

En deux ans, Harrington a rempli une cinquantaine de boîtes. Il a dit à Librado qu'à partir de cette montagne de papier, il va écrire un livre sur lui. « Sur moi ? » s'est étonné Librado. Harrington a confirmé.

Librado n'a toujours pas vu la couleur du livre. À la vérité, c'est le cadet de ses soucis. Maintenant qu'il se sent vieillir, sa seule ambition est de finir dans la peau d'un sage.

*

Depuis qu'il connaît Harrington, c'est la première fois qu'il appréhende leur rendez-vous. L'appareil à capturer les sons ne l'effraie pas, au contraire. La semaine dernière, quand il l'a découvert et que le professeur lui a expliqué à quoi il sert et comment il fonctionne, il s'est enthousiasmé. Jamais il n'aurait imaginé que le passé, le présent et l'avenir puissent fusionner grâce à une machine et c'est de très bon cœur qu'il a accepté d'enregistrer sur ses cylindres quelques-unes de ses vieilles chansons.

Puis il lui est revenu que son amie María del Pilar avait connu la Femme Solitaire. Harrington a sursauté :

– Elle l'avait rencontrée ?

Il a acquiescé :

– Son mari aussi. Ils savaient même une de ses chansons par cœur.

Donc ça n'a pas raté, Harrington a enchaîné :

– Tu me la chantes ?

Mais là, pour une fois, Librado a calé :

– Dimanche prochain. Aujourd'hui, je suis fatigué.

Librado n'était pas fatigué, mais chanter cette chanson-là, ce n'est pas rien. Avant d'entonner ses premières syllabes, il faut se glisser dans l'âme d'une inconnue et ça ne se fait pas comme ça : les mots ont des pouvoirs secrets. Pour ceux du Peuple des Coquillages, passe encore, le chumash est sa langue maternelle. Mais ceux de la Femme Solitaire ? Cette femme, il ne l'a jamais vue, jamais entendue. Le jour où elle est arrivée, il était en vadrouille dans les montagnes. Et il était toujours là-haut quand elle est morte.

Il l'a dit à Harrington. C'était trop tard, le professeur voulait tout savoir :

– Elle racontait quoi, cette chanson ? Tes amis te l'ont dit ?

Il a répondu que non. Ça n'a pas découragé Harrington :

– Comment tes amis ont-ils connu la femme ?

Librado n'avait jamais éludé les questions de Harrington. Il lui a dit la vérité, à savoir que María del Pilar et son mari avaient été recrutés par un des Padres de la mission qui s'était mis en tête de traduire la langue de la Femme Solitaire. La fièvre de Harrington a redoublé :

– Et alors ?

– À part trois ou quatre mots, ils n'ont rien compris.

– Et toi ?

– Moi c'est pareil. Je connais la chanson par cœur, mais j'ignore ce qu'elle signifie.

– Qu'est-ce que tes amis t'ont dit d'autre ?

C'était l'occasion rêvée de changer de conversation :

– Les Indiens qui étaient à bord du bateau qui a ramené la Femme Solitaire. Ils m'ont dit que ça expliquait tout.

Harrington a mordu à l'hameçon :

– Tout ? Qu'est-ce que tu veux dire ?

– Pourquoi la femme avait accepté de quitter son île.

– Raconte.

Il a raconté. Un jeu d'enfant. Sa mémoire était presque aussi fidèle que la machine à enregistrer.

*

D'après les amis de Librado, si la femme avait consenti à quitter l'île, ça tenait aux circonstances qui avaient entouré sa découverte. Ce matin-là, Nidever pêchait et Charley, qui s'était disputé avec lui, était allé pêcher de son côté. Les Indiens avaient été livrés à eux-mêmes. Ils déambulaient sur une plage quand l'un d'entre eux a aperçu la femme. Elle errait au pied d'une falaise. Ils se sont approchés. Elle était épuisée, elle tenait à peine sur ses jambes.

« Ils ont tenté de lui parler », avait expliqué le mari de María del Pilar. Et comme elle n'avait pas l'air de comprendre, ils lui ont fait des signes et c'est comme ça, de signe en signe, qu'ils l'ont persuadée de quitter l'île. Mais sans les esprits, ils ne seraient arrivés à rien. Ils ont habité les yeux, la bouche, les mains des Indiens et la femme, une fois sur le continent, a compris tout d'un coup qu'elle retrouverait les âmes des siens. Elle a embarqué ; et dès qu'elle a été à bord, les esprits l'ont habitée à son tour. C'étaient des esprits joyeux, alors elle riait, elle dansait, chantait tout le temps. Elle avait compris qu'elle était aux portes du Paradis. Puis les esprits ont décidé de lui ouvrir ces portes, lui ont fait signe de les suivre et elle est partie avec eux. »

Harrington avait largement de quoi remplir une fiche, il s'est calmé. Puis comme d'habitude, il a daté son bout de papier, l'a numéroté et l'a laissé tomber dans l'une de ses boîtes en carton.

Pour une fois, quand même, il s'est fendu d'un commentaire. Il a soupiré :

– Les histoires sont sans fin.

Il ne perdait pas le nord pour autant. Il a pointé la machine à enregistrer :

– Bon, maintenant, ta chanson, tu me la chantes ?

Librado a dû trouver une autre excuse :

– J'ai mal à la gorge. Dimanche prochain.

*

Hier soir, il a traversé un sale moment. Il ne se voyait toujours pas chanter la chanson de la Femme Solitaire. Mais comment s'en sortir maintenant qu'il avait promis à Harrington de le faire ? Il le respectait ; il ne se voyait pas lui poser un lapin.

En désespoir de cause, il a quitté le ranch où il garde des moutons et a gagné une grotte, dans la montagne que les gens du pays appellent « la Grotte Assise », parce qu'il faut baisser la tête pour y entrer.

C'est là qu'il se retire pour méditer. Il l'a fait ce soir-là. Mais pas seulement. Au moment où la lune a été au plus haut, il est sorti de la grotte, puis selon la coutume des Indiens du Peuple des Coquillages quand ils étaient dans le doute, il a guetté l'astre que son grand-père appelait « l'Étoile qui voit tout » et il a récité des formules. Des mots très anciens, difficiles à prononcer et parfois, comme la chanson de la Femme Solitaire, énigmatiques.

L'étoile lui a parlé.

Qu'est-ce qu'elle lui a dit au juste ? Pour une fois, il a eu du mal à s'en souvenir mais le sens général, c'était qu'il pouvait se glisser dans l'âme de l'inconnue. Il serait sa voix, sa voix pour toujours. Et ça n'avait aucune importance que sa voix à lui, Librado, soit vieille et enrouée. Il fallait qu'il chante la chanson de la femme. Il serait sa voix, il serait sa joie.

Librado descend la côte de la mission. La ville est proche mais tout de même, cinq heures de cheval depuis le ranch, il n'en peut plus. C'est l'âge.

Quel âge ? Il ne connaît pas sa date de naissance.

Des Blancs lui ont dit qu'il a au moins cent ans. Il a demandé pourquoi. Ils ont ri : « Tu as tellement de souvenirs ! »

Il leur a rétorqué que ses souvenirs sont souvent ceux des autres. Ils n'ont rien voulu entendre : « Peut-être, mais la mémoire que tu as ! »

Il a protesté : « Vous dites ça parce que vous ne connaissez rien à la mémoire. Ce n'est pas un don, c'est une volonté. »

Puis il s'est radouci – ces Blancs-là étaient des amis – : « Ne vous inquiétez pas, je suis comme vous, j'oublie. Il n'y a pas de mémoire sans oubli. »

Là encore, ils n'ont pas compris.

*

Il lui tarde maintenant d'arriver. Même si le souffle du soleil le soutient, il n'en peut plus d'être en selle. Les Blancs ont raison, il a cent ans.

Puis il se rappelle qu'il a répondu à Harrington le dimanche d'avant quand il lui a demandé, entre autres questions, à quel moment de sa vie il avait entendu parler de la Femme Solitaire : « Je venais de coucher avec ma première fille et j'avais tout juste de la barbe au menton. »

Donc maintenant il calcule : « On est en 1913. Je n'ai sûrement pas cent ans. Disons soixante-dix ou un peu plus. »

Puis ça l'agace d'avoir calculé : « Qu'est-ce que ça change ? C'est ce que j'ai fait de ma vie qui compte. »

Il estime alors qu'il gagne en sagesse.

*

Le cheval ralentit le pas. Il a atteint l'endroit de la ville qu'on appelait jadis le pueblo. Une bonne partie de ses maisons de pisé ont été rasées. On les a remplacées par des hôtels, des magasins aux façades de briques.

Des inconnus, sur son passage, se fendent d'un salut. Il sait pourquoi. Un journal vient de publier son histoire. Pas comme il l'a racontée lorsqu'on l'a questionné, en mélangeant tout, début, milieu, fin. Le journaliste l'a divisée en petits paquets bien rangés.

Ça lui a plu. Désormais, lorsqu'il songe à sa vie, il la déroule de la même façon. Premièrement, sa naissance à deux jours de cheval d'ici, dans une mission des montagnes. Deuxièmement, il apprend à lire et se passionne tant pour les livres qu'on le surnomme Librado, ce qui veut dire à la fois « le Délivré » et « l'Enlivré ».

Troisièmement, ça ne lui suffit pas. Il a perdu ses parents, il abrutit son grand-père de questions. Qui étaient-ils, d'où venaient-ils ? L'aïeul lui répond : « De Santa Cruz », et dans la foulée, le transporte en esprit là-bas, au milieu des magiciens, des fêtes, des huttes faites de broussailles et de côtes de baleine, des renards minuscules qui hantaient les vallons. Les chefs décrètent la guerre et la paix pour un oui ou pour un non, un de ses oncles compose des chansons. Et là, coup du destin, quatrièmement, le grand-père rend l'âme, la mission n'a plus un sou, l'Enlivré, comme les autres Indiens qui vivaient là-bas, se transforme en errant, un jour sur la côte, un autre dans les montagnes, trente-six métiers, trente-six misères, sauf qu'à la première occasion il se plonge dans un bouquin – il y en a toujours un dans les maisons des Blancs.

Ensuite, on n'y voit plus très clair et ça dure des années. Il est cuisinier, aide-boucher, berger, jardinier, portefaix, menuisier, fabricant de canoës, pêcheur d'ormeaux, guérisseur, tondeur de moutons. Il change constamment de place. Ce n'est pas la bougeotte mais la curiosité. Quand un vieux Chumash lui montre l'arc de ses ancêtres, il lâche tout pour apprendre à s'en servir. Un autre l'embarque sur son canoë ; il veut à toutes fins savoir comment il l'a fabriqué. Il assiste à des fêtes où on lui enseigne un nombre incalculable de danses. Un jour, un sorcier lui confie les secrets qui permettent de parler aux esprits.

Puis, au moment où les Américains s'emparent du pays, il a envie de comprendre ce qu'ils ont dans la tête. Il parle chumash et espagnol depuis sa petite enfance, il se met à l'anglais. Ça étonne beaucoup, on le remarque, on s'aperçoit qu'il a une mémoire inouïe, on lui prête des livres et pour finir Harrington fait irruption dans sa vie. On le photographie, on le rephotographie, il fait des démonstrations de tir à l'arc ou de construction de canoës à l'ancienne, il devient l'attraction du pays. C'est sans commune mesure avec l'histoire de la Femme Solitaire mais, quand même, il y a un peu de ça.

*

Le cheval piaffe. Il a dû sentir que la maison de Harrington est proche.

« Le professeur doit aussi piaffer », se dit Librado. « Il a beau se passionner pour le Peuple des Coquillages, il est comme tous les Blancs, pressé. »

Et pas moyen de lui faire entrer dans la tête que le temps est une illusion, que le passé, le présent et l'avenir ne sont que des couches du monde empilées les unes sur les autres.

Quand Librado le lui a dit, ça l'a un peu étonné. Puis il a pris une nouvelle fiche, a noté et ça s'est arrêté là. Mais il n'a pas renoncé à le convaincre. Il envisage de l'emmener dans la ville et de lui montrer, par exemple, une place où il a dansé : « Regarde, il y a des années, j'ai dansé sur cette place la danse du Coyote. Il suffit que je la voie pour que j'y sois. Je porte des plumes, je me démène, je transpire, j'entre dans la peau du Coyote, les femmes me mangent des yeux. »

Pas sûr quand même que Harrington comprenne. Lui, le professeur, lorsqu'il parle de son passé, ce qui n'arrive pas souvent, ça le rend triste. Librado trouve qu'il a quelque chose du Dr Shaw, un de ceux qui, naguère, lui ont prêté des livres – il lui en avait même donné un, *Don Quichotte*, qu'il a relu trois fois tellement il l'a aimé. Mais le Dr Shaw était pire que Harrington. Un mot sur le passé, il vous tournait le dos. Sa femme lui ressemblait. Quand il est mort, elle a brûlé tous ses papiers.

María del Pilar avait connu le Dr Shaw. Elle disait que la Femme Solitaire, quand elle était arrivée ici, l'avait pris pour un gardien du Paradis. Elle s'était prosternée à ses pieds et lui avait chanté une chanson.

La chanson, *tokitoki yahah'ah'mom'nah*, celle que la machine va enregistrer tout à l'heure sur son cylindre, celle de la joie. On n'y comprend rien mais il suffit de l'entendre pour qu'on ne sache plus qui on est, où on est, ni ce qu'on va faire lorsqu'elle sera finie, sauf aller voir la mer, regarder les vagues qui sont sans fin comme les histoires. Et la nuit venue, s'endormir sous l'œil de l'étoile qui voit tout.

Postface
La mémoire de la Femme Solitaire

Fernando Librado, de son nom indien Kitsepawit, est mort en 1915, deux ans après avoir enregistré la chanson de la Femme Solitaire sur le phonographe de John Harrington. Le cylindre où elle fut gravée a été retrouvé des décennies plus tard dans l'énorme masse de matériaux documentaires que ce linguiste et anthropologue passionné, en quarante ans d'enquêtes, avait accumulés sur la culture des Amérindiens de Californie, avec une prédilection pour la mémoire des populations chumash installées dans la région de Santa Barbara depuis des millénaires.

Le cylindre fut sans doute endommagé car l'enregistrement ne dure que dix-huit secondes. On l'a récemment numérisé et mis en ligne sur YouTube[1]. On ignore toujours la signification des versets psalmodiés par Librado. D'après certains Chumash, la Femme Solitaire y exprimait sa tristesse d'avoir quitté l'univers familier de

1. *"Toki Toki" sung by Fernando Kitsepawit Librado*, https://www.youtube.com/watch?v=wF-7owh81_o)

son île ainsi que la joie d'avoir retrouvé la compagnie des humains après tant d'années de solitude.

Librado, pour sa part, a proposé une traduction plus précise et quelque peu différente : « Ma vie est comblée car je vois le jour où le désir me vient de partir de cette île. » Il a déclaré la tenir de l'homme qui lui avait transmis la chanson, un vieux Chumash originaire de l'île de Santa Cruz. Comme il est incontestable que la Femme Solitaire, en 1853, a rejoint le continent de son plein gré après dix-huit années pendant lesquelles elle s'y était farouchement opposée, des chercheurs contemporains lisent dans la traduction donnée par Librado l'explication de cette soudaine volte-face. Se sentant faiblir, la Femme Solitaire aurait vu dans la côte californienne, qu'on peut parfois apercevoir depuis l'île par grand beau temps, la porte d'accès au séjour des esprits de sa tribu, ancêtres et compagnons d'autrefois.

Cette hypothèse est recevable mais la traduction de l'informateur de Librado n'en est pas une puisque aucun Chumash ne parvenait à comprendre la langue de la Femme Solitaire. Les Indiens insulaires à qui González demanda de traduire ses propos n'y identifièrent eux-mêmes que quatre mots : *nache* (homme), *toygwa* (ciel), *tocah* (peau), *puuo-chay* (corps). Plutôt que d'une traduction, il s'agit donc d'une interprétation fondée sur l'intuition et soutenue par l'immense compassion que ressentaient les communautés indiennes de la région de

Santa Barbara dès qu'il était question de la personne et du destin de la Femme Solitaire.

Ces quatre mots n'ont pas manqué de retenir l'attention des linguistes contemporains. L'un d'entre eux, le Dr Pamela Munro, a pu établir qu'ils appartiennent à la branche uto-aztèque de langues amérindiennes parlées dans le nord-ouest du Pacifique, certaines zones des Grandes Plaines et quelques régions du centre du Mexique. Sans doute l'isolement de San Nicolas permit-il la survivance d'un de ses plus anciens rameaux, si archaïque que les Indiens de la côte californienne n'y comprenaient quasiment rien.

*

Le 31 août 1853, lorsqu'elle débarqua sur la plage de Santa Barbara, la Femme Solitaire était déjà un mythe. La presse américaine avait fait état de son existence dès 1847 et l'article du *Honolulu Polynesian* que j'évoque dans mon deuxième chapitre était la reprise d'un texte non signé qu'avait publié le *Boston Atlas* huit mois plus tôt, le 7 janvier 1847. Avant d'être reproduit au mot près dans cette gazette hawaïenne, il avait fait l'objet de dix rééditions par des journaux américains, dont trois à New York et une à Philadelphie.

Cette audience donne la mesure de l'intérêt suscité par l'inconnue de San Nicolas avant même son arrivée à Santa Barbara. Elle le dut à sa représentation en réplique féminine de Robinson Crusoé – le titre de l'article du *Boston Atlas*, « Une Robinsonne[1] », le démontre de façon criante. Une lecture attentive du texte de ce journaliste anonyme laisse cependant apparaître que, de façon discrète, une constellation de fantasmes secondaires s'était déjà agrégée à ce mythe principal : la sauvageonne, la mère sacrificielle, la princesse héroïque, enfin la figure du « Bon Sauvage » ou « Noble Sauvage » qui s'invita dans l'imaginaire occidental avec les écrits de Montaigne et que perpétuèrent au XVIIIe siècle les théories de Jean-Jacques Rousseau.

La Femme Solitaire, dès ce premier article, est aussi décrite comme « la dernière de sa race » avec des accents nostalgiques qui rappellent le roman de Fenimore Cooper, *Le Dernier des Mohicans* – succès de librairie dès sa parution en 1826 et traduit très rapidement dans le monde entier.

*

Aux lendemains de l'arrivée de l'inconnue sur la plage de Santa Barbara, les premiers journalistes qui rendent compte de l'événement enrichissent encore la légende de la Femme Solitaire. Ils se mettent à l'affût des rumeurs, questionnent Nidever, Sinforosa, leurs proches, les habitants de la ville, rencontrent la supposée « sauvage ». Ses vêtements de plumes, sa langue énigmatique, ses

1. En anglais : *A Female Robinson Crusoe.*

mimes, ses chants, ses danses, sa joie constante attisent leur curiosité. Merveille ou anomalie dérangeante, ils se gardent de trancher mais, à n'en pas douter, elle est pour eux un monstre au sens étymologique du terme : matière à spectacle. Ils rédigent des articles à sensation, un reporter lui soutire quelques-uns des objets qu'elle a rapportés de son île, des directeurs de cirques ambulants tentent de l'embaucher dans leurs troupes de *freaks* et c'est sans états d'âme que, moins d'un mois après sa mort, un journal annonce qu'une grande partie de ses effets personnels sera exposée puis dispersée lors d'une loterie qui aura lieu au Musical Hall de San Francisco. « À destination des dames », précise l'auteur de l'article, comme si l'intérêt pour la disparue ne pouvait être qu'exclusivement féminin. Les recettes de l'événement serviront à financer une nouvelle église catholique ; le reporter se fait donc aussi un devoir de mentionner que la défunte savait ses prières, Pater noster, Ave Maria, Credo, et qu'elle a reçu le sacrement du baptême à sa demande. L'attraction principale de la vente est l'une de ses robes de plumes et, à cette occasion, le journaliste ne manque pas de ranimer le souvenir de ses dix-huit années de solitude. Paraphrasant le célèbre *Dit du vieux marin* de Coleridge, il la décrit comme « une vieille Indienne qui a vécu seule, seule, toute seule dans la vaste mer ; aucune âme n'a eu pitié d'elle alors que son âme à elle était à l'agonie ».

Plusieurs des objets de cette loterie ont longtemps figuré dans les collections d'un musée de San Francisco, dont la gourde doublée d'asphalte qui avait fait l'admiration des badauds de Santa Barbara – le journaliste chargé d'annoncer la loterie en souligne lui-même la perfection. Tous ces objets ont disparu lors du séisme et de l'incendie qui ravagèrent la ville en avril 1906.

González, de son côté, a toujours assuré que Nidever lui fit cadeau d'un des vêtements de plumes de l'inconnue et qu'il le transmit au Vatican. Toutes les recherches pour le retrouver sont restées vaines.

*

Pendant les décennies qui suivent la disparition de la Femme Solitaire, son histoire est régulièrement relayée par la presse américaine, généralement sous la forme d'un récit à sensation plus ou moins enjolivé. De temps à autre, on la découvre aussi dans un journal anglais, chinois, allemand, australien, voire une gazette des Indes britanniques.

Aucune stèle n'avait jamais signalé sa sépulture aux visiteurs du cimetière de la mission de Santa Barbara. Sa tombe avait été rapidement laissée à l'abandon. À l'aube des années 1880, personne ne connaissait plus son emplacement. La mémoire de la Femme Solitaire, en revanche, demeurait très vivace dans la région de Santa Barbara et bien au-delà, Sacramento, San Francisco, Los Angeles, San Diego. Plus les élites urbaines prenaient conscience de l'extermination des Amérindiens présents en Californie à l'arrivée des colonisateurs espagnols et mesuraient l'ampleur des exactions commises à leur encontre, plus la légende de l'inconnue se doublait de questions, les mêmes que celles des journalistes, voyageurs et simples curieux accourus à Santa Barbara à l'annonce de l'arrivée d'une « sauvage » : pourquoi l'avait-on ramenée sur le continent, comment l'avait-on convaincue de quitter son île, dans quelles circonstances avait-elle été abandonnée, quel avait été le sort de son fils, de quoi avaient été faites ses dix-huit années de solitude, que signifiaient ses chansons et pourquoi s'était-elle montrée aussi joyeuse ? En 1882, vingt-neuf ans après sa disparition, un conservateur du tout récent musée d'Histoire naturelle de New York se déplace à Santa Barbara pour interroger séparément ses deux « découvreurs », Nidever et son second, Charley Brown. Il est escorté d'un sténotypiste et d'un traducteur – le Capitaine assure qu'il a oublié son anglais. Sparks, Burton et la plupart des notables impliqués dans l'affaire de 1835 sont morts, tout comme le Padre González ; les deux hommes se sentent plus libres de leurs propos. Les récits qu'ils donnent de leurs expéditions sur l'île sont parfois contradictoires. Charley semble avoir approché l'inconnue de San Nicolas avec plus de finesse et d'humanité que Nidever et il s'interroge toujours sur son histoire. À des propos obscurs ou des phrases ambiguës, on devine qu'il en sait long. L'enquêteur s'en aperçoit, revient l'interroger mais Charley demeure nébuleux.

Le Capitaine, lui, semble avoir tourné la page. Ses réponses sont souvent laconiques, parfois sarcastiques. Il ne se fait loquace qu'au moment où son visiteur le questionne sur les épreuves qu'il a traversées lors de son équipée vers l'Ouest, ses exploits en matière de chasse à la loutre et sa découverte de la Femme Solitaire. Peut-être estime-t-il qu'il en dit assez dans les Mémoires qu'il a publiés quatre ans plus tôt, où il désignait clairement Williams comme l'organisateur du rapt de 1835. Il n'avait pas craint non plus de révéler qu'il avait rejoint San Francisco deux jours avant la disparition de la Femme Solitaire, non sans lui avoir confectionné un « cercueil grossier » [sic]. Manifestement, la légende de la Femme Solitaire l'indiffère, sauf pour la notoriété que lui vaut sa supposée découverte. À l'image de son défunt ami Sparks, le seul mythe qui ait jamais habité Nidever est celui du *frontiersman*, le pionnier.

*

En 1960, la légende de la Femme Solitaire connaît une spectaculaire embellie lorsqu'un journaliste et cameraman californien, Scott O'Dell, s'empare d'elle et écrit ce qu'on appelle de nos jours un « roman jeunesse » : *L'Île des Dauphins bleus*. L'ouvrage devient vite un classique du genre, au point qu'il est toujours étudié dans l'équivalent des classes de CM1 et CM2 des écoles américaines. O'Dell y représente la Femme Solitaire sous la forme d'une très jeune Robinsonne – treize ou quatorze ans – contrainte d'organiser sa survie sur l'île de San Nicolas après le massacre des siens et la mort de son frère cadet. Silence total sur la déportation de 1835 ; les Russes et leurs esclaves kodiaks sont seuls responsables de l'abandon de la jeune fille. Le roman se clôt sur une *happy end* plutôt frustrante : sauvée par l'héroïque Nidever, la petite Robinsonne rejoint Santa Barbara. Pas un mot sur ce qu'il advient d'elle ensuite.

*

Loin de s'en prendre à cette robinsonnade – « l'histoire en robe de bal », aurait dit le capitaine Horne –, les universitaires californiens[1] qui, depuis les années 2000, tentent d'élucider l'énigme de l'inconnue de San Nicolas l'ont prise pour support quand ils ont voulu transmettre au grand public le résultat de leurs recherches. Ces travaux pluridisciplinaires ont abouti à de magnifiques découvertes. En matière archéologique, deux boîtes en séquoia ont été extraites d'une grotte de San Nicolas envahie par les sables – vraisemblablement celle où s'abritait la Femme Solitaire. Elles recelaient plus de deux cents objets, dont des hameçons en nacre d'ormeau similaires à celui que l'inconnue avait emporté lorsqu'elle avait embarqué sur la goélette de Nidever.

D'après les archéologues, certains de ces objets sont les plus anciens qu'on ait jamais exhumés sur le continent

1. Susan L. Morris, John R. Johnson, Steven J. Schwartz, René L. Villanoweth, Glen J. Farris, Don P. Morris, Sara L. Schwebel.

nord-américain. Le premier peuplement de l'île, selon eux, remonterait à dix ou onze mille ans et les habitants de San Nicolas, au moment de l'arrivée des Russes et du massacre qui s'ensuivit, n'avaient presque rien changé à leurs coutumes immémoriales.

Ces chercheurs estiment aussi que les ancêtres de la Femme Solitaire furent parmi les premiers à quitter la Sibérie orientale et à franchir le détroit de Béring. La Femme Solitaire, en somme, serait la dernière des premiers Amérindiens. Il semble également que l'île ait été un centre chamanique et qu'il s'y tenait chaque année une « foire aux prédictions et guérisons » où affluaient les Chumash de la côte.

Parmi les découvertes de cette équipe, les travaux de l'historienne Susan Morris sont des plus remarquables. Grâce à ses recherches dans les archives ecclésiastiques du comté de Los Angeles, elle a confirmé les soupçons qui pesaient sur Williams et Johnson et éclairé le sort des deux jeunes îliennes qui furent transférées chez eux immédiatement après leur rapt. La première, âgée de vingt-deux ans, fut bien la concubine de Williams. Elle mourut six mois après son arrivée sous son toit et, tout comme la Femme Solitaire, fut baptisée « à sa demande » peu avant son décès. On lui affecta d'autorité le nom de María Magdalena et elle fut inhumée dans le cimetière de l'église voisine, Nuestra Señora Reina de Los Angeles.

La seconde jeune femme était âgée de vingt ans. On lui administra le sacrement du baptême quelques semaines avant María Magdalena sous le nom de Juana mais elle connut un sort moins tragique puisqu'elle était toujours vivante dix-neuf ans plus tard.

Susan Morris a aussi prouvé qu'un enfant de cinq ans était au nombre des déportés. Il fut baptisé sous le nom de Tomás Guadalupe dès son arrivée à Los Angeles et fut élevé dans la famille de Johnson où il occupa longtemps la fonction de serviteur. Ce jeune homme, dont la chercheuse estime qu'il pourrait être l'aîné des deux enfants de la Femme Solitaire, connaissait son nom indien, Augri ; il tient à le faire figurer sur son acte de mariage en 1860 – il a alors trente ans. Enfin, toujours selon Susan Morris, quelques-uns des anciens habitants de San Nicolas vivaient comme lui à Los Angeles ou dans les environs lorsque la Femme Solitaire arriva à Santa Barbara. D'où de nouvelles questions : pourquoi González ne les a-t-il pas convoqués quand il a voulu faire traduire les propos de l'inconnue ? Avec cette initiative, redoutait-il que « la vieille histoire » de la déportation de 1835 ne soit étalée au grand jour ? À moins qu'il n'ait cherché à les retrouver et qu'on ne lui ait répondu qu'ils étaient morts depuis longtemps ou qu'on ignorait où ils avaient échoué. Là encore, l'énigme reste entière.

*

La figure de la Femme Solitaire demeure familière aux habitants de Santa Barbara. Les journaux locaux l'évoquent régulièrement ; le musée de la mission lui a consacré toute une salle et la municipalité a érigé une statue d'elle aux abords de State Street, la rue principale, et de temps à autre, on parle aussi de Librado ; la légende selon laquelle il est mort à l'âge de cent dix ans est toujours vivace.

La figure de cet exceptionnel passeur de mémoire a connu un regain de notoriété à la fin des années 1970 lorsque des chercheurs ont retrouvé les milliers de pages manuscrites où Harrington avait consigné ses souvenirs ; et comme le livre qu'il comptait écrire à partir des récits de Librado n'a jamais vu le jour, un de ces universitaires a organisé ses notes en un texte rédigé à la première personne et intitulé « Souffle du soleil[1] ». Cet ouvrage est devenu « culte », vénéré au point qu'on se l'arrache désormais à prix d'or – il n'en a été tiré que cinq cents exemplaires.

On vient aussi de retrouver la grotte où Librado se retirait pour méditer et les descendants des rancheros qui l'ont employé transmettent sa mémoire avec beaucoup de respect et d'émotion.

*

C'est à Librado et aux siens, le Peuple des Coquillages, que j'ai dédié ce roman dont les personnages, Indiens ou

1. *Breath of the Sun*, Maîki Museum Press, 1979. Le musée d'Histoire naturelle de Santa Barbara a de son côté publié en 1977 d'autres récits et légendes transmis par Librado dans le tout aussi passionnant *The Eye of the Flute* (L'Œil de la flûte).

Blancs, sont confrontés à un monde en mutation dans une bourgade elle-même déchirée entre des cultures hétérogènes : la mémoire douloureuse des Chumash, l'héritage des vieilles familles de colons espagnols et mexicains, le prosélytisme des missionnaires menacés de faillite financière, l'âpreté parfois sanglante des vieux pionniers américains, enfin la mélancolie des déracinés, tel le Dr Shaw, qui tentaient de s'inventer un destin sur ces terres ultimes de l'Ouest. Énigmatique, fragile et cependant souveraine, la Femme Solitaire, durant quelques semaines d'une étrange fin d'été, les a révélés à eux-mêmes. Autant de voix, autant de confrontations à l'Autre, l'Autre absolu, impuissant à partager sa culture, son secret ; et pourtant tout entier dans l'échange via ses mimes, ses danses, ses chants – la voix de sa joie.

Il est des vérités enfouies, dit-on, que la fiction est seule capable d'exhumer et d'exprimer. Peut-être parce que mon histoire personnelle m'a rendue très tôt sensible aux déracinés, aux langues menacées et à l'oppression de ce qu'il est convenu d'appeler les « minorités culturelles », telle a été mon ambition quand j'ai écrit ce roman. J'ai tenté de le faire dans le respect des uns et des autres, soutenue par la conviction que ce qui rassemble les communautés humaines doit prévaloir sur ce qui les sépare, à l'unisson, je l'espère, de Librado et Harrington lorsqu'ils choisirent d'enregistrer la chanson de la Femme Solitaire.

Petite bibliographie

Aucune monographie n'a été consacrée à la Femme Solitaire.

L'appareil critique d'un livret rédigé par Susan L. Morris et Alex F. Grzywacki récapitule l'essentiel des sources, archives et études universitaires publiées à son sujet et sur son arrivée à Santa Barbara. Il a été publié dans la revue *Noticias* sous l'égide du Musée historique de Santa Barbara.

L'équipe de chercheurs que j'ai évoquée dans ma postface a par ailleurs collaboré à la réalisation de deux documentaires à l'intention du grand public, *West of the West*[1] et *Six Generations*[2]. Tous deux sont d'une grande qualité. Le premier permet de découvrir l'univers et l'histoire de l'archipel des Channel Islands, notamment Santa Cruz, San Miguel et San Nicolas. Le second éclaire le destin des communautés chumash à travers l'histoire familiale d'une habitante de Santa Barbara, Ernestine Ygnacio-De Soto, dont l'arrière-grand-mère fut une informatrice privilégiée de John Harrington après la mort de Librado.

1. Brent Sumner et Peter S. Seaman, 2016 (www.thecifilm.com).
2. Paul Goldsmith, 2011 (www.der.org).

Une partie des archives que j'ai consultées est accessible sur le site « The Lone Woman and Last Indians Digital Archive ». Le croquis de la page 96 a été inspiré par une de ces archives en ligne. Celui de la tunique, p. 144, a été réalisé d'après le tableau de l'artiste Holli Harmon exposé au Santa Barbara Natural History Museum.

Remerciements

À Nathalie Fiszman, mon éditrice, et Frédéric Mora, pour leur fidèle soutien.

Aux proches et amis qui m'ont entourée pendant l'écriture de ce roman.

À leurs initiales, F. F., H. K., G. K., P. L., C. T., I. T., B. M. J. C., ils se reconnaîtront.

Du même auteur

Quand les Bretons peuplaient les mers
Fayard, 1979, 1988

Contes du cheval bleu : les jours de grand vent
Jean Picollec Éditeur, 1980

Le Nabab
Jean-Claude Lattès, 1982
et « Le Livre de poche », n° 6423

Modern Style
Jean-Claude Lattès, 1984

Désirs
Jean-Claude Lattès, 1986

Secret de famille
Jean-Claude Lattès, 1989
et « Le Livre de poche », n° 6963

La Guirlande de Julie
Robert Laffont, 1991

Histoire de Lou
Fayard, 1990, 1993

Devi
Fayard, 1993

Quai des Indes
Fayard, 1993

Vive la mariée !
Du May, 1993

La Vallée des hommes perdus
L'Inde secrète
(aquarelles d'André Juillard)
Éditions DS, 1994

L'Homme fatal
Fayard, 1995

La Fée chocolat
(illustrations de Laurent Berman)
Stock, 1995
Fayard, 2002

Le Fleuve bâtisseur
(photographies de Bérengère Jiquel)
PUF, 1997
L'Inimitable
Fayard, 1998

Lady Di
Éditions Assouline, 1998

À jamais
Albin Michel, 1999

La Maison de la source
Fayard, 2000

Julien Gracq et la Bretagne
Blanc Silex, 2000

La Côte d'amour
(photographies de Christian Renaut)
Alizés l'Esprit large, 2001

Pour que refleurisse le monde
Entretiens avec Jetsun Pema
Presses de la Renaissance, 2002

Les Hommes, etc.
Fayard, 2003

Le Guide du Club des Croqueurs de chocolat
(avec Sonia Rykiel et Julie Andrieu)
Michel Lafon, 2003

Le Bonheur de faire l'amour
dans sa cuisine et vice-versa
Fayard, 2004
et « Le Livre de poche », n° 30543

Les Couleurs de la mer
(photographies de Philip Plisson)
La Martinière, 2005

Au royaume des femmes
Fayard, 2007
et « Le Livre de poche », nº 31039

À la recherche du Royaume
(photographies de François Frain)
Maren Sell éditeurs, 2007

Gandhi, la liberté en marche
Timée Éditions, 2007

Les Naufragés de l'île Tromelin
Michel Lafon, 2009
et « J'ai lu », nº 9221

Le Navire de l'homme triste
et autres contes marins
L'Archipel, 2010
et « J'ai lu », nº 9910

La Forêt des vingt-neuf
Michel Lafon, 2011
et « J'ai lu », nº 9876

Beauvoir in love
Michel Lafon, 2012
et « J'ai lu », nº 10723

Sorti de rien
Seuil, 2013
et « Points », nº P3364

Marie Curie prend un amant
Seuil, 2015
et « Points », nº P4449

La Fille à histoires
Seuil, 2017
et « Points », n° P4903

Il me fallait de l'aventure
Éditions de l'Aube, 2018

Je te suivrai en Sibérie
Paulsen, 2019

Un crime sans importance
prix Interallié
Seuil, 2020
et « Points », n° 5405

Retrouvez l'univers d'Irène Frain
sur www.irenefrain.com

RÉALISATION : NORD COMPO À VILLENEUVE-D'ASCQ
IMPRESSION : IMPRIMERIE NORMANDIE ROTO
DÉPÔT LÉGAL : MAI 2022 . N° : 148861 (2200336)
IMPRIMÉ EN FRANCE